賺夠銀子和離去

下

風文創 1088

京玉 著

目錄

風 文創

1088

第四十二章

第二日一早，兩輛馬車載著沈家眾人與牧老往莊子去。到了莊子，除了牧老，眾人心中都驚訝無比。

沈慶、周遠航及沈母沒想到莊子會這麼大。

而宋雁茸和沈念則是因為沒想到兩、三天的工夫，莊子附近居然變化這麼大。

如今，小院附近有七、八戶人家，山澗處隱約可見兩個出菇大棚，大棚的架子已經搭好了，架子旁堆了很多捆好的棕簾與草簾。

小山的背風處，豬舍的木頭框架也已經大致完成。

宋雁茸等人正驚訝，沈元看到眾人，大喊了一聲。「娘、大哥、嫂嫂、小妹！」話落，人就旋風般跑了過來。

沈元指著眼前的一切，邀功般對宋雁茸道：「嫂嫂，妳快去看看，哪裡不合適的，咱趕緊改了。」

見到宋雁茸臉上的驚訝，沈元得意道：「怎麼樣，嫂嫂，是不是覺得跟作夢一樣快？」說完壓低聲音道：「其實我也沒想到，這些人太能幹了，不僅自己能幹，那兩個侍衛好像還是不小的頭頭，手底下各有十幾號人，嫂嫂將那些圖紙給了他們後，他們立刻就行動了，採購也很快，這不，才兩天就弄得差不多了，嫂嫂先去後院看看你們準備製種的那些屋子吧！」

沈元就像個小喇叭，說個沒完，但大家都聽得出來，沈元這兩天也很興奮，可謂是幹勁十足，院子裡管廚房的張嬤嬤手藝又好，幾乎沒有她做不出的東西。

宋雁茸點頭。「行，去看看吧。」說完轉頭對牧老道：「牧老先請。」

一行人進了院子，張嬤嬤和劉嬤嬤聞訊都迎了出來，齊齊朝沈母行禮。「老奴見過老夫人。」

倒是將沈母嚇得一愣，不是出來看莊子嗎？怎麼自己就成了老夫人了？

沈母趕緊伸手將張嬤嬤和劉嬤嬤扶了起來。「快快起來。」

兩位嬤嬤知道宋雁茸和牧老這趟過來有正事，也沒敢往前湊，只忙著伺候沈母。

宋雁茸與牧老去後院看了新搭建的接種室和培養室，指出了接種室幾個密封做得不夠的地方，就再沒發現別的問題。

宋雁茸只覺得燕公子培養的人果真不一樣，就聽一侍衛問道：「夫人，若是這裡沒有問題，還請夫人去小山那邊看一看，有一處小的們都不甚明瞭，一直沒有動手，想著等夫人來了問清楚再做。」

宋雁茸點頭道：「行，那咱們一起去看看吧。是不是豬舍附近的池子？我剛才遠遠看了，好像就只有池子還沒有動工。」

侍衛道：「對，就是那個池子。屬下們不知道那裡是做什麼用的，要有密封性，又需要透氣，屬下們實在不好掌握，問了二公子，二公子也不知道夫人是用來幹什麼的，所以就一直還沒有動工。」

宋雁茸考慮到如今也算徹底與燕家站在一條船上，既是燕公子特意派過來的人，那定是十分信得過的，便直言道：「這裡是準備養蚯蚓的，密封性主要是防止蚯蚓逃跑，透氣性是為了蚯蚓的生長。」

那侍衛明顯一愣，就連一旁的牧老、沈慶和沈元都愣住了。

「宋丫頭，這蚯蚓養來幹什麼？又該如何養？」還是牧老最先沒忍住好奇，出聲發問。

「也不用特意怎麼養，就是打算在這裡修建幾個蚯蚓池子，豬舍那邊的豬出欄後，就將豬糞清理到這裡，用豬糞飼餵蚯蚓，其實也算是讓蚯蚓再處理一次豬糞，被蚯蚓處理過的豬糞再當成肥料堆去田間地頭，能讓田地肥沃不少。等蚯蚓多了，到時候，咱們院子那邊可以養些雞鴨，吃蚯蚓長大的雞鴨格外美味。」

宋雁茸娓娓道來，聽得牧老嘖嘖稱奇。「妙呀，這些事情其實老夫也都知道，可怎麼就沒想到可以連起來做呢？」

身邊的幾人也都是一樣的表情，畢竟雞鴨吃蚯蚓什麼的，大家都懂。

牧老感嘆完，就又從袖兜裡掏出一個錢袋子扔給宋雁茸，還不待宋雁茸說什麼，他就朝跟來的那個侍衛道：「還愣著幹什麼，趕緊繳學費。」

那侍衛明顯又是一愣。學費？

牧老立刻道：「老夫跟宋丫頭學本事，哪一回沒繳銀子了？到你小子這裡就給我裝傻充愣是不是？」

那侍衛趕緊掏出身上的錢袋子遞給宋雁茸。「夫人，這是屬下的學費。」

宋雁茸「噗哧」一聲笑出來。「快收好，你天天幫著幹活，我沒給你銀子，倒還收你銀子，這傳出去像什麼話？」說著就將那侍衛的錢袋子推了回去。

又轉頭對牧老道：「牧老，我知道您銀子多，可銀子再多也不是這麼個花法，我不過與你們說說這裡的打算，您就給我銀子，那下次與您說話的時候，我是不是也得揣幾個錢袋子，隨時準備付您學費？」說著就將錢袋子還給牧老。

牧老本想拒絕，聽到宋雁茸說下次聊天要他給銀子，這才收回，嘴裡咕噥道：「行，那等妳這邊什麼時候開始養蚯蚓了再叫我。」

宋雁茸交代了蚯蚓池子要如何修建，一夥人又順道去看了豬舍的修建，以及出菇大棚的搭建情況。

一大圈走下來，等大家再回到院子的時候，張嬤嬤已經做好了豐盛的晚飯了。

沈元十分開心，在沈慶身邊低聲道：「大哥，你今天得好好嚐嚐張嬤嬤的手藝，不是我吹牛，就咱上次在潼湖鎮吃的那家酒樓，那師傅都不見得比得上張嬤嬤呢。」

牧老隱約聽到「潼湖鎮酒樓」，這才一拍腦門，對宋雁茸道：「瞧老夫這記性，宋丫頭，妳不是讓我將第二批木耳採了曬乾送去鎮上那酒樓？那李師傅原本還打算再給我訂金，還要繼續訂木耳，好像最近他那酒樓的木耳賣得不錯，我瞧很多人桌上都點了一小盤，若不是急著過來，我都想吃一盤了。」

宋雁茸眼睛一亮。「哦？李師傅還想再訂？那您怎麼回他的？」

「我不知道妳到底什麼打算，但也怕影響他做生意，左右妳不是說，妳當初跟他說木耳是你們採的，我就含糊道，若是再採到就讓人送來，不過叫他別抱太大希望，畢竟這木耳不好找，不見得每次都能找到這麼多。」

宋雁茸朝牧老伸出大拇指。「牧老辦事果然周到。」

見宋雁茸這麼直白的表揚自己，瞧她那樣，似乎還想將木耳賣給潼湖鎮那個李師傅，牧老一時有些心虛，他補充了一句。「我後面又特意多說了句，說你們要搬家了，恐怕往後回來一趟不容易。」

宋雁茸頓了一下，很快又問道：「那李師傅怎麼說？」

「他說只要妳願意，到時候採到木耳就找個鏢局幫他送過去就成，鏢局的費用他自己出。」

宋雁茸想到那次與李師傅打交道的情形，李師傅明顯是個醉心廚藝的人，而且當時他們才第一次交易，李師傅就給她付了一次訂金，足以見得，李師傅不是那種會賴帳的人。

等木耳採收後，她可以往李師傅的酒樓送一些，等生意做久了，就可以慢慢增加數量了。

「妳真打算往後用鏢局給李師傅送木耳？」牧老看出宋雁茸的打算，問道。

「嗯，李師傅要真能將木耳這菜做出名氣，往後我們的木耳也會更好賣。」

吃過晚飯，牧老就與他的車伕回去了。

因為莊子房間很多，這些天張嬤嬤與劉嬤嬤雖說是分管廚房和漿洗打掃，可如今院子裡沒有管事嬤嬤，兩人自然齊心合力管起院中一應大小事宜，將需要的日常用品都添置了，就等著沈家眾人過來住。

這不，這次大家都能睡上新被褥。

也因為這次的屋子是兩位嬤嬤布置的，宋雁茸與沈慶自然就住在了一處。

沈慶對這個安排十分滿意，而宋雁茸腦子裡還在想著畫冊的事情，正想找沈慶問點事情，竟也是一副期待的樣子，早早就與沈慶回房了。

「沈慶。」

「茸茸。」

兩人幾乎同時開口，隨之同時一愣，還是沈慶先開口。「妳先說。」

「嗯。」宋雁茸顯然有些迫不及待，拉了沈慶就坐在屋裡的小桌前。「你可有認識畫畫厲害的人？」

就這件事？沈慶有一瞬間的失望，他還以為……

不過，沈慶很快就調整了心態，如今茸茸有事能第一時間找他，這已經是一個很好的開始了，便問道：「妳需要畫得多好的？」

宋雁茸雙眼神采奕奕地說道：「就是想將蘑菇畫出來，畫得好看就行。」然後將自己白天想到的打算找鏢局合作，一同賣蘑菇的想法和沈慶說了。「其實往後咱們還能賣別的東西。」

咱們？

沈慶心中立刻生出絲絲甜意。「嗯，說起來，這活我或許就能接。」

「啊？」宋雁茸像是沒反應過來。

沈慶又說了一遍。「我是說，畫畫這事，若只是需要畫些蘑菇的畫冊，我想我可以畫。」

「你還會畫畫？」問完這話，宋雁茸又笑道：「對呀，你的字寫得那麼好看，還能寫那麼多種字體，畫畫肯定難不倒你，我怎麼將你給忘記了？行，那等你秋闈過後，就開始幫我畫蘑菇畫冊吧。」

「茸茸都不用看看我畫得怎麼樣？若是畫得不好，妳這段時間也好準備找能畫畫的人。」沈慶好心提醒，心中也是存了自己的小心思。

他還記得當初他用耕者的字體給宋雁茸寫字的時候，宋雁茸那滿眼的欽佩、崇拜，他今日特意想再露一手，好再感受一下被宋雁茸那般看著的滿足與甜蜜。

宋雁茸想著，左右還早，沈慶說的也確實在理，抬頭看見窗邊的几案上擺著筆墨紙硯，想必也是兩位嬤嬤貼心準備的，便指著屋中的小圓桌。「這裡你也可以作畫嗎？」

「有何不可？」沈慶說完就去那處几案上取了筆墨紙硯，一邊鋪紙磨墨，一邊問道：「這裡沒備顏料，我就先簡單畫些木耳？」

宋雁茸點頭，沈慶思索了一瞬，提筆開始作畫。

隨著沈慶的運筆，宋雁茸眼中的崇拜之色溢於言表，等沈慶擱下毛筆的那一刻，宋雁茸激動得一把抱住沈慶的胳膊。「沈慶，你太厲害了，你是什麼時候學畫畫的？畫得也太好看了！天啊，原來你不光字寫得好，居然也畫得這麼好！」

第四十三章

沈慶的胳膊突然被宋雁茸抱住，他的心猛地一跳，差點沒放穩毛筆，只聽見宋雁茸在身側說著什麼，沈慶知道，都是誇他的話，也不知道為什麼，沈慶覺得他能聽懂宋雁茸說的每一個字，可連起來，又好像聽不明白宋雁茸在說什麼，此刻他腦子「嗡嗡」作響，覺得自己的心都要飛起來了。

茸茸摟著他的胳膊！

她主動親近他了？

正想著，就見宋雁茸又晃了晃他的胳膊，還原地跺了幾下腳，那模樣甚是可愛。

然後就見她仰著笑臉，滿眼傾慕地誇讚道：「沈慶，你真是個大寶藏！」

沈慶心裡想「妳才是個大寶藏」，可嘴唇張了張，話沒說出來，居然就咳了起來。

宋雁茸立刻鬆開摟著他的胳膊，似是有些被嚇著了，帶著歉意道：「對不起，我一時高興，忘記你身子不好了，你沒事吧？」

糟糕，沈慶不會被她晃出問題吧？

沈慶可不想錯過難得與宋雁茸親近的機會，拉住宋雁茸的手，努力忍住咳嗽，道：「沒事，和妳沒關係，是我自己身子不好，一時高興，就……」

話未說完，又咳嗽起來，此刻沈慶恨死了自己這破身子。

宋雁茸見狀，連忙抽出自己的手，幫沈慶拍背。「你好點沒？要不要喝杯熱水？」

沈慶點頭。

宋雁茸趕緊倒了杯熱水，看著他喝下，又止住了咳嗽，這才放心。

心中卻想著，沈慶這身體也是該好好調理了，不然這情緒波動稍大一點，就會咳個沒完。

沈慶再次看向宋雁茸的時候，就看到她滿眼擔心，心中一暖。「放心，我沒事，之前看過大夫的，我就是身子弱了些，沒什麼大毛病。」

宋雁茸抿了抿嘴，終是忍不住道：「你別總不把自己身子當回事，身子弱已經是大毛病了，若不趁年輕好好調理，將來老了，有你後悔的。」

沈慶一聽，好像確實是這麼回事，以前他只想著好好讀書，出人頭地，未曾想過自己將來要怎麼樣，這身體也就偶爾激動時容易咳嗽，季節變化容易頭疼腦熱，沒別的毛病，並不影響他讀書，他也就沒怎麼上心。如今，他有了想攜手百年的人，自然是不能讓這副身體扯了後腿。

「那該怎麼調理？」問完，沈慶自己就先笑了。「瞧我，都糊塗了，妳又不是大夫，我……」

沈慶話未說完，就被宋雁茸打斷了。「是，我不是大夫，不知道你的身體具體該怎麼調理，但我至少知道，要早睡早起，多運動。」

宋雁茸說這話的時候，心裡也想著，等下次有幸再見到神醫，就求一求神醫也給沈慶看看，這樣她也能對沈慶的身體心中有數，不然除了知道「體弱」，其餘一概不知。

想到這裡，又問道：「你平常還覺得有哪裡不舒服嗎？」

沈慶本想說沒什麼，心中一動，就低頭說：「還好，就是總會比別人覺得冷些。」說這話的時候，心中擂鼓般「咚咚」直響，生怕被宋雁茸看穿心中所想。

宋雁茸沒有多想，伸手拉住沈慶的手，只覺得他的手好像確實涼涼的，並不像小說裡常描寫的男主那般掌心暖暖熱熱。

她眉頭皺了起來。「你自己覺得手涼嗎？」

沈慶耳尖微紅。「習慣了。」

這是什麼回答？

「到底是覺得還是不覺得？」宋雁茸又問。

「嗯，有覺得。」

宋雁茸微鬆一口氣，有感覺應該比沒有感覺要好上許多。

眼看著還有三個月左右就要科考，宋雁茸道：「如今天氣不錯，明天開始，每天早上你都同我們一起爬山吧，到了山上，我與小妹採蘑菇，你就尋個空地來回走走，或者帶本書去讀。」

沈慶自然是一百個願意。「其實我也可以幫忙找找蘑菇，以前這個時候我也會和二弟進山採藥，不會耽誤我讀書的，都這個時候了，能讀的書我也讀得差不多了，做點別的事說不準還能悟出點新的東西。」

宋雁茸覺得沈慶說得有理，便沒反對。「隨你。今天累了一天了，早點睡吧。」

「嗯，我去廚房取熱水漱洗。」

沈慶說著就要起身，卻被宋雁茸按住了肩頭。「你坐著歇會兒吧，我去。」

說完，宋雁茸幾步就朝外走去，留下沈慶在屋中，一時心跳如雷。他剛才往床上看了，床上擺的是一個長長的雙人枕頭，也就是說……

沈慶一時紅了耳根，不敢往下想。

宋雁茸很快就回來了，跟著來的還有端著水的張嬤嬤和劉嬤嬤。主子們還沒歇下，這兩人自然是一直候著的。

張嬤嬤笑著說：「夫人往後需要熱水喚一聲就成，不用自己跑到廚房，老奴們都候著呢。」

劉嬤嬤也跟著附和。「就是。」

這一天下來，宋雁茸又沒瞎，自然看出張嬤嬤和劉嬤嬤的殷勤和能力，她如今的身分地位，若是去外頭買婆子回來，肯定買不到如此妥帖的，沈母今天在這兩位的陪伴下，精神頭都比往日好上許多，宋雁茸便開門見山說道：「我瞧兩位嬤嬤十分妥帖，若是不嫌棄沈家貧寒，往後願意留下的話，就幫著管理內宅吧？」

果然，宋雁茸這話一出，兩位嬤嬤哪裡有不答應的，眼中的喜悅壓都壓不下。從燕家的粗使婆子，一躍成為沈家的管家婆子，兩人聽完就放下水盆要磕頭謝恩。

宋雁茸雖然可以接受這個時代買賣奴僕，但打心底裡還是覺得這不過是一份工作而已，並沒有真正覺得對方就是奴婢或下人，哪裡會受兩位嬤嬤如此大禮，連忙伸手去扶。「兩位嬤嬤快快請起，往後我這裡的規矩可不興這般的跪拜大禮，大家只要做好各自手裡的事情就可以了。當然，若是做了不該做的，我也不會輕饒。」

兩位嬤嬤連連應是，這樣的主子上哪裡去找？

話都說到這個分上，宋雁茸乾脆道：「兩位嬤嬤明日抽時間去趟洛城，想必妳們對牙行比我熟悉，各自挑兩個小丫頭幫著打下手，也省得事事都要妳們親力親為。」

兩位嬤嬤實在沒想到，她們不過是來送個漱洗的水，竟然就遇上這天大的好事。這意思是往後她們手底下就各自有兩個小丫頭了？人手還由她們親自去牙行挑？

這樣的臉面就是燕府的一般管事也是沒有的。

兩位嬤嬤連忙道謝。

張嬤嬤試探問道：「老夫人和夫人、姑娘身邊需不需要也挑些人手？到時候我們讓牙行多送幾個丫頭過來，夫人自己挑？」

宋雁茸道：「妳們自己挑好幫忙的人手就行，我們暫時不用。」她又沒缺胳膊少腿，不需要丫頭。如今飯來張口，衣來伸手，她只要養好蘑菇就行了，人多了她還懶得管理。

兩位嬤嬤應聲。

說話間，宋雁茸與沈慶也都漱洗完畢，宋雁茸突然想起什麼，朝張嬤嬤問道：「家中可有湯婆子？幫我灌一個送來可好？」

正準備端水出去的張嬤嬤一愣，這都五月了，還要湯婆子？不過嘴上倒沒耽擱。「有，老奴原先想著老夫人身子虛弱，怕是需要，就準備了。」沒想到，老夫人沒用上，夫人倒是用上了，這麼說來，豈不是夫人身體比老夫人還弱？瞧著好像不是那麼回事呀。

張嬤嬤很快就送來一個裝了熱水的湯婆子，宋雁茸謝過，就將那湯婆子塞進被子裡，朝沈慶道：「早點休息吧。」

沈慶點頭。「嗯，妳先。」

宋雁茸沒有多想，只覺得自己現在離床近些，每次也都是她睡內側，便解了外衫鑽進被窩。

沈慶見了連忙轉身，她竟然脫了外衫？那他是不是也應該將外衫脫掉？

沈慶只覺得臉有些發燙，立刻吹熄油燈，生怕被宋雁茸看見。

其實他這個擔心完全是多餘的，因為此刻宋雁茸根本沒有看他，而是背朝外躺著。

沈慶猶豫了一會兒，褪去外衫與鞋襪，輕輕掀開被子，在宋雁茸身後躺下。

宋雁茸這會兒才一個激靈轉過身來。「你怎麼睡這邊來了？」不是各睡一頭嗎？

沈慶悶悶地開口，聲音中隱隱帶著委屈。「只有這邊有枕頭。」

宋雁茸半坐起身來，伸手一摸，才發現居然是個長長的雙人枕。

誰放的雙人枕？

八成是劉嬤嬤……

沈慶見宋雁茸半坐著遲遲不躺下，他身上的被子也因宋雁茸的姿勢掀了起來，鬼使神差地說了句。「茸茸，我冷。」說完還輕咳了幾聲。

第四十四章

宋雁茸一聽，生怕沈慶著涼影響科考，一把將被子蓋在沈慶身上，自己也順勢躺了下來。

等躺好了才發現，好像哪裡不對？

她剛才坐起來，好像不是為了給沈慶蓋被子吧？

宋雁茸還來不及有下一步動作，就見沈慶壓緊被角，一副生怕被子裡進了涼風的樣子。

她不敢再動，沒多久就睡了過去。

倒是身邊的沈慶，一直閉眼假寐，若不是熄了燈，宋雁茸這會兒就會看見一個滿臉紅暈的沈慶了。

直到身邊傳來均勻的呼吸聲，沈慶才敢偷眼打量睡在身邊的女子。

剛才為了不讓宋雁茸起疑，他故意將兩人中間的被子也壓了壓，這會兒見宋雁茸已經熟睡，便輕輕鬆開兩人中間的被子，很快就覺得宋雁茸那邊傳來暖意，沈慶心中微微一緊，看來他確實挺弱的，他竟不知道自己體寒成這般。

他若是一直這樣，將來與茸茸一同睡覺，冬天裡豈不是會凍壞茸茸？

明日開始他一定要好好鍛鍊，哪天再見到神醫，得求神醫也給自己調理一番。

夫妻兩人竟在這事上不謀而合。

這一覺，沈慶睡著睡著就循著暖意靠向宋雁茸那處；而宋雁茸，因為被子裡悶了個湯婆子，正覺得有些熱，有個降溫的傢伙，她也迷迷糊糊地挨了上去。

第二天，沈慶早早醒來，睜眼的時候宋雁茸正靠在他懷裡，而他也摟著宋雁茸，生理反應更是來得猝不及防。沈慶莫名心虛又害怕，趕緊輕輕抽回手，偷偷退開些距離，緩了好一會兒才躡手躡腳地下床穿鞋襪與外衫。

此刻，他自己都覺得臉燒得很，伸手摸了摸，果然有些燙手。

沈慶回頭看了宋雁茸一眼，見她依舊睡得香甜，這才鬆了口氣。心中更是慶幸自己醒得早，要是讓宋雁茸先醒來，若是再讓她發現他……

沈慶覺得，等待他的恐怕又將是分房睡了。

如今空屋子有得是，鋪蓋、被子更是不缺，他都沒有理由拒絕。若是那樣，他好不容易與茸茸邁近的這一步，立刻又要退回去了。

沈慶能感覺到，宋雁茸與他睡在一起，不過是擔心他的身子，怕他著涼，而且她對他並無男女之情，否則一個女子怎麼能在一個男子身邊這麼安然入睡？

又或是她對他已經十分信任？

沈慶搖搖頭，覺得還是要一步一步來，便起身推開門，吹了會兒晨風，平復了心情，便準備去廚房取水。

張嬤嬤見狀，立刻端了熱水朝這邊走來，正要開口打招呼，沈慶在唇邊豎起一根手指，「噓」了一聲。

張嬤嬤立刻噤口，一時間不知道自己如何進退。

沈慶幾步朝張嬤嬤走了過來，接過熱水就放在院中的石桌上，一邊洗臉、一邊道：「夫人還沒醒，小聲些，往後早上我漱洗都在屋外，讓夫人多睡會兒。」

張嬤嬤一臉笑意地連連點頭。「哎，老奴記下了。大公子對夫人真好。」

沈慶嘴角微揚。「是她對我好，都是她在照顧這個家，我除了讀書，什麼也做不了。」心中卻突生莫名的苦澀。

他現在唯一能做的，大概就是將身體調理好，這次科考考出個好名次吧？

耳邊響起張嬤嬤的話。「公子可切莫這樣說，您好好讀書，將來給夫人掙個誥命回來，不比什麼都強？」

沈慶聞言，微笑點頭。「嗯。」

他見後院中還靜悄悄的，便抬腳去了前院找周遠航。

周遠航果然也起來了，這會兒剛拿著書坐下準備開始讀，見沈慶過來，立刻站了起來。「沈兄。」

沈慶抬手示意他繼續讀書，自己也從周遠航的桌上拿起一本書。

周遠航卻沒有停下來，他現在對於宋雁茸這個嫂嫂佩服得五體投地，這會兒再見到沈慶，頓時覺得沈慶好似也比往常厲害了。

「沈兄，你是怎麼娶到嫂嫂這麼厲害的媳婦的？我原先以為，我家中那些姊姊、妹妹們一個個甚是厲害，女紅、廚藝樣樣拔尖，昨日見識了嫂嫂的本事，我忽然覺得那些引以為傲的本事，竟是無趣得緊。」

周遠航說了一大堆，無不是在誇宋雁茸，沈慶聽著周遠航的誇讚，心中既驕傲又彷徨。驕傲當然是因為自己能娶到宋雁茸這麼好的媳婦；彷徨則是因為自己目前的無能為力，還沒有得到宋雁茸的承諾，他不知道宋雁茸什麼時候會離開他。

沈慶覺得，按照宋雁茸現在這個勢頭，她若是想和離，那燕家肯定會幫忙，不過幸好他的茸茸不是攀龍附鳳之人。

「沈兄？沈兄？」耳邊傳來周遠航的呼喚。

沈慶這才斂下心思，抬頭道：「嗯？」

「我剛才的話，沈兄怕是沒聽見吧？要不我再說一遍？」周遠航有些不敢確信。

「我聽見了，你誇茸茸厲害，我也覺得她很厲害、很好。」

周遠航笑道：「不是，我是問沈兄，嫂嫂家中可還有未出嫁的姊妹？」

沈慶眉頭微皺。「你不用想了，你嫂嫂娘家如今只餘她一人。」

「啊？」周遠航見沈慶面容嚴肅，識趣地沒再多問。

自從宋雁茸跟沈慶說要和離後，這件事情沈慶一直悶在心中，家裡人都不知道，他也不願意讓家裡人知道。如今，眼看著宋雁茸的羽翼日漸豐滿，尤其是昨晚聽了宋雁茸的下一步打算，沈慶越發覺得心中沒底。

他之前的說辭是覺得宋雁茸一個女子立女戶不好過，他有功名在身，左右兩人都無再嫁娶的意思，還不如相互依靠。

可如今，宋雁茸還需要依靠他嗎？她都開始採買小丫鬟了，之後她掙的銀子多，若是太子一直需要雞腿菇，宋雁茸養幾個護衛也不是不行。

沈慶拿著書卷，半天都未曾翻開，周遠航忍不住問道：「沈兄？可是有什麼心事？」難道是和嫂嫂有關？

沈慶再次回神，他今天在周遠航面前失神的次數有點多。「你覺得她對我怎麼樣？」也不知道為什麼，沈慶竟然問起了周遠航。

「啊？」懵了一下，周遠航才反應過來沈慶說的她是指宋雁茸。

「我覺得嫂嫂對沈兄挺好的呀，沈兄一心讀書，嫂嫂將家打理得這麼好。」才剛來洛城，就置辦了這麼大的莊子，沈慶的家庭條件，周遠航不說一清二楚，也算是了解得不少。就昨日的情形來看，沈慶的夫人明顯是種地、養豬的一把好手，這些年怕給沈家掙了不少銀子。如今八成是能種個什麼藥材，被哪個達官貴人訂購了。

周遠航覺得自己猜得八九不離十。

沈慶聽了苦笑一聲。「那我對她如何？」

「沈兄對嫂嫂也很好呀，對嫂嫂敬重有加，為了嫂嫂，熬了好幾晚寫了新話本……」周遠航偷眼瞄著沈慶，見沈慶猛地抬頭，周遠航立刻閉嘴。

他又說錯話了？

卻聽沈慶道：「她不知道耕者就是我，你別說溜嘴了。」

「啊？你居然瞞著嫂嫂？」周遠航驚訝。

沈慶皺眉。「我也不是故意不告訴她的，原先只想著靠這個掙點銀子，減輕家中負擔，等到發現她愛看耕者的書時，我一時不知道怎麼說，就拖到了現在。」

周遠航聽出沈慶的語氣裡滿滿都是沮喪，試探問道：「沈兄，可是又惹嫂嫂不開心了？」

沈慶長嘆了一口氣，閉了閉眼，似乎下定決心，對周遠航道：「不怕你笑話，你嫂嫂不想與我過。」

「什麼？」周遠航驚得差點從椅子上跳起來，結結巴巴道：「那、那沈兄的意思呢？」

沈慶悶悶道：「我自然是不願意放手，可我總希望她能心甘情願與我白頭偕老。」

周遠航聽了只搖頭，看不出來呀，這夫妻兩個平時相敬如賓，那日在青園外，宋雁茸對沈慶的維護之心那般明顯，怎麼會是不想一起過呢？

「嫂嫂為什麼會不想與沈兄一起過？」

沈慶又是一聲苦笑。「可能覺得我無趣吧！」

周遠航一拍桌子，道：「那還不簡單，讓嫂嫂覺得你有趣就行了。」他還以為宋雁茸喜歡上別人了。

沈慶正要張口，門外傳來張嬤嬤的聲音。「大公子、周公子，用朝食了。」

屋內兩人對視一眼，應了一聲，立刻不再討論這個話題。

出了屋子，沈慶就問道：「夫人起來了嗎？」

張嬤嬤笑道：「剛起來，就是夫人讓老奴來叫兩位公子的，夫人讓公子吃完後收拾好要帶的書卷，等她和姑娘吃完就準備出門了。」

沈慶點頭應著，周遠航不明所以地問：「沈兄，今天出門去哪裡？」

沈慶低聲道：「茸茸擔心我的身體，讓我跟著去爬山，多鍛鍊一下，免得科考的時候身子熬不住。」

說這話的時候，沈慶自己都沒發覺，話語間都是甜意。

周遠航皺著眉瞥他，那眼神分明是在說「對你這麼好，怎麼可能是要離開你」？

「她向來對我多有照顧。」沈慶讀懂了周遠航的意思。「待會兒要不要一同去山上走走？」

周遠航本想拒絕，但想到沈慶這人在感情上有些遲鈍，他原先不知道兩人的情況也就罷了，如今知道了，自然要找機會幫沈慶一把，便點頭應道：「行，我也一起去。」

那眼神分明在告訴沈慶，兄弟決定幫你一把！

第四十五章

兩人匆匆用了粥，就開始準備東西。

準確地說，其實是周遠航在準備，他們這次過來只打算小住，並未帶太多書籍。

周遠航在他與沈慶兩個不大的箱籠裡一陣翻找，最後找出了一套筆墨紙硯，還從自己的箱底翻出一盒顏料，欣喜地遞到沈慶眼前。「幸好將這玩意兒帶來了，給你。」

「帶這個幹麼？」他沒和周遠航提過畫冊的事情，怎麼瞧周遠航是打算讓他去山上畫畫？

周遠航一副看外行的模樣。「哎！這你就不懂了，你難得與嫂嫂一道爬山，難不成真打算到了山上，她幹活，你看書？」

沈慶的眼裡露出「不然呢」的意思。

「嘖嘖嘖！」周遠航搖頭感嘆。「真不知道作為耕者，你那些故事是怎麼寫出來的。」

本是隨意的感嘆，沒想到沈慶還認真回答。「就是聽你說你家裡姊妹那些事情，我再胡編亂造一通就寫出來了，我也沒想到那麼多人喜歡看。」

周遠航無語。

好吧，你厲害。

他緩了口氣，還是認真道：「你得慢慢走進她的心裡，她既然喜歡話本，必然對會寫話本的人敬佩萬分，既然你不方便說自己是耕者，那就露一手畫技，你的丹青如此精妙，何不趁此機會展示一番，哪個女人不喜歡有才華的男人？」

沈慶想到昨晚宋雁茸見了他的畫，高興地抱住他胳膊的場面，覺得周遠航說得有幾分道理，便點頭答應了。

沈慶與周遠航兩人揹著書簍等在大門口，沒過多久，宋雁茸與沈念也提著小竹簍出來了。

四人出了院子才發現，沈元、劉全和張福等人已經在外頭開始幹活了。

四人一路走來，經過大棚，一路上都有人打招呼問好。

到了山上周圍才漸漸安靜下來，周遠航用手肘碰了碰沈慶，用眼神示意他說點什麼。

沈慶皺眉想了會兒，最終卻是朝周遠航輕輕搖頭。

倒是前頭的沈念和宋雁茸正說得起勁。「嫂嫂，我瞧二哥現在越來越出息了，妳是不是再給我安排點活兒？我今早聽張嬤嬤說，她們今天要進城買幾個丫頭回來，往後我是不是就更沒什麼可做的了？」

「那妳想做什麼？」

「我也不知道，我除了廚房和針線上的活，別的也不會，可現在廚房裡有張嬤嬤，針線上有劉嬤嬤，她們什麼都不讓我做了。」

宋雁茸想了想，問道：「要不妳也一起習字吧？將來管家也方便。」

沈念習字不多，但比村裡大多數目不識丁的人要強上許多，這會兒聽宋雁茸讓她習字，她內心是拒絕的，可想到自己確實沒什麼可做的，或許她也可以習字，至少往後也能像嫂嫂那般看話本。

她聽嫂嫂說過幾個話本上的故事，覺得挺有趣的。

周遠航適時開口道：「妳們也可以讓沈兄教妳們作畫，沈兄的丹青在鹿山書院可是連先生們都讚不絕口的。」

卻不料，他的話音剛落，前頭的兩人就齊齊轉頭道——

「不行，我大哥要科考。」

「不行，他得科考。」

周遠航摸了摸鼻頭。「我也不是讓他現在教妳們，很快就要考試了，等考完試，他不就能教妳們一段時間了嗎？」

沈念還是擺手拒絕了。「算了吧，學那個還不如習字呢。」

宋雁茸卻露出若有所思的神情。

周遠航一見，這是有戲呀，趕緊給沈慶使了個眼色。

沈慶這回總算開口道：「茸茸若是想學，我休息的時候可以慢慢教妳。」

宋雁茸果然眼睛一亮，點頭道：「好。」

到了小樹林前，宋雁茸指著一片平坦的草地對沈慶和周遠航道：「你們兩個在這裡讀書吧，我與小妹進去找蘑菇。」

沈慶正準備答應，就被周遠航碰了下胳膊，聽周遠航道：「嫂嫂和小妹這是出來採蘑菇的？那我與沈兄也一同轉轉吧，讀書也不差這會兒工夫，對吧，沈兄？」

沈慶還能說什麼？這麼明顯地給他創造機會，他當然得應下。「嗯，茸茸，我與妳一起吧。」

「大哥，你……」沈念話未說完，就見周遠航朝她猛使眼色，雖然不明白周遠航要幹什麼，但她還是立刻改口道：「嗯，那大哥和嫂嫂去那邊找，我往這邊找。」

這片林子裡沒什麼大樹，且是兩個小山坡，也不會有什麼猛獸，沈念也沒什麼好擔心的，說完就轉身進了小林子。

宋雁茸想著，左右讓沈慶出來是為了他的身體，讀書確實不差這一時半刻，便道：「那行，你們跟我一塊兒吧。」

周遠航點頭一起應下，沒走幾步卻突然叫了一聲。「哎呀，我腳扭到了，要不你們去吧，我在這兒等你們。」

「傷得怎麼樣？要不要找大夫看看？」宋雁茸有些擔憂，周遠航也是要科考的人，可別在這節骨眼上受傷影響考試。

周遠航連連擺手。「沒事、沒事，我歇會兒就行，你們快去吧。」

見他的樣子不像是重傷難耐，宋雁茸交代道：「那你有事就喊我們，我們先進去了。」說著帶著沈慶往林子裡去了，在她不注意的時候，沈慶回頭看向周遠航，周遠航哪裡還有受傷的樣子，他正朝沈慶比了一個握拳的動作。

宋雁茸撿了根棍子，一邊往前走，一邊用棍子在前頭探路，眼睛卻四處尋找著蘑菇的蹤跡。

沈慶原本還想著該和宋雁茸聊點什麼，見她認真地在找蘑菇，便也開始努力尋找起來。

宋雁茸走了一大圈，也才堪堪採到幾株平菇。「唉，今天運氣好像不是很好，也不知道小妹那邊是什麼情況？」

「茸茸，妳看那邊樹上白色的東西是不是蘑菇？」沈慶指著一棵老樹道。

宋雁茸順著他指的方向看去，頓時雙眼發光。「猴頭菇？」說完就拉著沈慶往那邊快步走去，開心地說著。「走，快去看看！」

沈慶見宋雁茸只顧著盯著樹上的蘑菇，路都不看，也顧不上仔細品味被宋雁茸牽手的喜悅，連忙回握住她，生怕她摔倒。

兩人來到樹下，宋雁茸仔細看了那蘑菇，開心地朝沈慶道：「果真是猴頭菇，沈慶，你真是太厲害了！」

見她滿臉的笑意，沈慶也跟著開心。

沈慶在心中默默記下，茸茸喜歡耕者的字、喜歡好看的話本、喜歡好看的畫，還喜歡各式各樣的蘑菇。下回再有人問他夫人喜歡什麼，他覺得自己可以回答這個問題了。

可很快的，宋雁茸就開心不起來了，那個猴頭菇的位置有些高，她根本搆不著。「沈慶，你試試。」

沈慶踮腳也搆不著。「用棍子戳下來？」

宋雁茸連忙搖頭。「不行，我想要這猴頭菇製種，棍子會戳壞，弄壞了會影響製種。」

沈慶想了想，放下背後的書簍，半蹲著按在樹上，朝宋雁茸道：「茸茸，妳踩到我肩膀上來。」

宋雁茸看了看沈慶的肩膀，又看了看猴頭菇的位置，高度確實綽綽有餘，可要是把沈慶踩傷了怎麼辦？

看出宋雁茸的猶豫，沈慶笑著道：「妳放心吧，妳夫君還不至於弱成那樣，這蘑菇應該挺難尋的吧？我往常都沒見過，快上來。」

宋雁茸想想也對，還是不確定地問了句。「那我真踩了？」

見沈慶點頭，宋雁茸這才走到沈慶身邊，沈慶趕緊半蹲著身體。

宋雁茸抓著他的肩膀，一腳踩在他弓起的大腿上，迅速往上一蹬，另一腳立刻踩上沈慶的肩頭，雙手抱住樹幹，總算能搆得到猴頭菇了。

宋雁茸顫巍巍地伸手，小心地將猴頭菇採了下來。

直到猴頭菇完整的拿在手中，宋雁茸這才鬆了一口氣。她一手拿著猴頭菇，另一隻手緊緊摟著樹幹，以防晃動的身體摔下來，又有些擔心道：「沈慶，我採到了，怎麼下來？我沒手了。」

沒手了？沈慶覺得宋雁茸的話有些可愛。「沒事，妳還有我，我現在慢慢蹲下來，妳慢慢鬆手。」

「好。」

於是兩人配合著，抱著樹幹的宋雁茸慢慢順著樹往下滑，沈慶往下蹲了些便鬆開自己撐著樹的手，轉而抓住宋雁茸的腳。「鬆手，我接住妳。」

宋雁茸想拒絕，可沈慶身體已經退後，她腳下一時沒有支撐，又不敢過度使用拿著猴頭菇的那隻手，只得聽話的鬆手，下一刻就穩穩落在了沈慶的懷中。

「嫂嫂！」幾乎同時，傳來沈念驚恐的聲音。

原來遠處的沈念剛才正好繞到這附近，轉頭正巧看到宋雁茸從樹上落下，因為有灌木擋著，她並沒有看到下面的沈慶，還以為宋雁茸掉下來了，喊完才發現自家大哥一把摟住了嫂嫂。

此刻沈慶和宋雁茸還維持著相擁的姿勢，目光卻都看向沈念，沈念的臉就先紅了起來，趕緊轉身。「我什麼都沒看見。」

說完就朝來時的方向慌忙走去。

沈慶和宋雁茸見沈念這樣，才猛然發現兩人的姿勢有些曖昧，慌忙分開。宋雁茸差點弄丟手裡的猴頭菇，趕緊轉身拯救快掉落的猴頭菇，自己的身體卻失去平衡。

眼見宋雁茸要摔倒，沈慶又伸出胳膊將她一把摟住。

第四十六章

這次宋雁茸不敢亂推了，小心的護著猴頭菇，鬆開沈慶，輕聲道：「謝謝。」

此刻宋雁茸低著頭，沈慶呼出的熱氣盡數噴在她的耳畔，一時間，宋雁茸耳根微紅，心跳都快了半拍。

她趕緊轉身撿起地上裝蘑菇的小簍子，將猴頭菇小心的放進去，一邊整理因爬樹亂了的衣衫，一邊道：「我們回去吧。」

沈慶點頭，忽然發現宋雁茸沒有看他，便開口道：「嗯，走吧。」

兩人同時伸手到小簍子上，沈慶的手正好覆上了宋雁茸的手。

宋雁茸想抽回，沈慶卻緊了緊。「茸茸。」

宋雁茸只覺得這聲音比往常低沈，似乎撥動了她的心弦，心沒來由的一顫，使勁將自己的手抽了出來，就聽沈慶道：「茸茸，給我一個機會可好？若是我這次能高中，妳就先別跟我和離好嗎？來日我定當更加努力讀書，待我金榜題名時，我們就好好做夫妻，好嗎？」

沈慶的話說到後面，竟帶著明顯的乞求。

這樣的沈慶是宋雁茸記憶中所沒有的，宋雁茸上輩子一直忙著讀書，心裡也都裝著各種實驗，還沒來得及談個戀愛就穿越了。

不過宋雁茸雖沒談過戀愛，看過的可不少，沈慶是動心了，而她呢？剛才那樣就是心動的感覺吧？

宋雁茸想到自己最近的表現，又是送沈慶去詩會，為了沈慶與梁燦撕破臉，昨晚還與他同床共枕……

她可不是隨便的人！

一定是這具身體先入為主地將沈慶視為自己的夫君，所以她才會那樣。

見宋雁茸臉色變幻莫測，沈慶心裡一沈，小心喚道：「茸茸？」

宋雁茸只覺得臉有些發燙，她不想被沈慶看見，便頭也不抬地轉身離開，一邊說道：「回去再說，我考慮一下。」

沈慶聽了這話，知道有戲，心中一喜，連忙跟上。

兩人到了周遠航等著的地方時，都已經收拾好了心緒。

沈念也已經到了，她指著周遠航搭好的畫架道：「大哥、嫂嫂，你們看，周大哥在畫畫，畫得真好看。」

周遠航知道沈慶和宋雁茸過來了就要起身，宋雁茸制止了。「你腳上有傷，就先坐著吧。」

周遠航這才想起，他剛才「扭到腳」了，遂繼續坐在斜坡上，道：「遠航失禮了。」

宋雁茸走近，見周遠航畫的正是眼前的山巒，讚道：「周學子的畫不錯。」

周遠航等的就是宋雁茸這話。「嫂嫂過獎了，在沈兄面前，我這畫根本不夠看。」

「大哥比你還畫得好？」沈念驚訝，她從未見大哥作過畫，在沈念看來，她家大哥就是讀書很厲害。

周遠航沒想到他這話並沒有引起宋雁茸的注意，倒是讓沈慶的妹妹這般意外，只得跟沈念道：「對，妳大哥的丹青在鹿山書院可是數一數二的，要不讓妳大哥畫一幅？」

沈念連忙點頭。「大哥，你也畫一幅讓我與嫂嫂看看吧？大哥就畫一幅嫂嫂的畫像吧？」說完沈念促狹地朝宋雁茸擠了個笑臉。

周遠航立刻拍手表示贊同。「這個主意不錯！沈兄，我還帶了顏料呢，你快……」話沒說完，就見宋雁茸退開幾步轉身朝山下去了。「你們慢慢畫，我剛採了新蘑菇，就先回去了。」

沈念一聽，以為宋雁茸急著回去製種，也收起玩笑的心思，立刻追過去。「我也走了，嫂嫂等等我！」

周遠航一時愣住，他說錯什麼話了？怎麼一個、兩個都突然變臉了？

他垮著臉問沈慶。「沈兄，我是不是給你添亂了？」

沒想到沈慶竟是抬手將拳頭擋在嘴邊，輕笑出聲。

周遠航沒注意，可他剛才可是一直看著宋雁茸的，他分明看見她臉紅了，怕被發現才溜走的。

至於沈念，沈慶一猜就知道，她是追著去幫忙製種了。只可惜，周遠航還不知道宋雁茸與沈念如今手裡的活，只以為她們是出來採蘑菇吃的。

「沈兄？」見沈慶笑，周遠航放了心。「剛才你與嫂嫂和好了？」

沈慶點頭。「差不多吧。」

「那……還畫畫嗎？」周遠航指著地上鋪開的一大堆器具問道。

「回去再畫。」沈慶說完也抬步往山下追去。

山間迴盪起周遠航的呼喊。「哎！你幫我收拾一下呀，要不等等我也行啊——」

宋雁茸回到院子，就與沈念去了後面的小院落。

如今這裡沒有她與沈念的允許，別人不能過來。

兩人開始忙著做培養基與滅菌的事情。

等候的時間，沈念問道：「嫂嫂，妳今天聽周大哥說大哥的畫很好看的時候，怎麼一點都不意外？妳見過大哥畫畫？」

宋雁茸忽聽沈念提起這個，一時愣住，想起昨夜沈慶幾筆勾勒出的木耳圖，點點頭。

「我也是昨晚才知道的。」

沈念驚呼。「啊？你們昨晚在屋裡畫畫？」

宋雁茸聽著沈念這話，怎麼感覺有點怪怪的？

就在這時，外頭傳來劉嬤嬤的聲音。「夫人，白叔找您，說有要事稟報。」

宋雁茸與沈念對視一眼。有要事稟報？她們這裡能有什麼要事？新的雞腿菇又還沒種出來。

「嫂嫂，別發愣了，快去外頭看看吧。」沈念催促道：「這裡有我就行了，我會看著火的。」

宋雁茸這才起身。

見到宋雁茸，白叔也不繞圈子，直言道：「夫人，公子那邊查過了，梁燦確實是三皇子的人。」

就這件事？她早就知道了。

白叔嚴肅道：「夫人，往後這邊的蘑菇恐怕得小心些，三皇子與梁燦結識，就是因為上次在灣溪村發現大片的雞腿菇。那次太子也出來了，三皇子藉口去那附近辦差跟過去的。三皇子那次還帶了殺手，試圖對太子下手，辛虧太子的手下也不是吃素的，直接滅了三皇子養的那些殺手，若不是太子剛好犯病，那次三皇子怕是會把自己搭進去了。」

「三皇子帶殺手去追殺太子？」宋雁茸努力回憶她那日碰到的人。

白叔點頭道：「是的。」

宋雁茸無奈一笑。「那日，我應該是碰上了受傷的三皇子。」

可笑，她當時還以為是太子。她想到書中的太子在沈慶的陪伴下，很快等來同伴，而她不想再與太子扯上關係，確認書中的情形，太子一個人也不會有事，便撒腿跑了。

若是當時，她知道那是三皇子，如今又會是什麼情形？

宋雁茸不敢往下想，正好白叔問道：「夫人，您、您碰上三皇子，後來怎麼樣了？」

「我當時害怕就跑了。」

白叔心中鬆了口氣，幸好夫人沒有與三皇子扯上關係，只點點頭。

「夫人英明，三皇子可不是好相與的，此次三皇子想將手伸到洛城來，原本是想透過梁燦，在這一屆科考的學子中培養一批自己的人，如今梁燦已經暴露，他的計劃怕是要落空了，只是不知當他知道是他的救命恩人暴露這事後，會有什麼打算。」

那些皇子之間的鬥爭，宋雁茸不是很關心，她只是擔心道：「如今我還能不能栽培蘑菇？」

白叔道：「公子那邊的意思是，夫人保證雞腿菇的供給就行，與殿下那邊無關的蘑菇，夫人儘量少栽培，但也不必什麼都不栽培，只是不可太過高調，畢竟到時候雞腿菇怕還是需要別的蘑菇來掩護一二。」

宋雁茸想了想。「就是保證雞腿菇的安全？」

白叔點頭。

這下子宋雁茸犯難了，不讓她栽培太多蘑菇，那她怎麼掙錢？全靠養豬？

可老實說，她對養殖並不是太在行，養少了掙不了太多銀子；養多了的話，萬一出現什麼疾病，以她的畜牧水平，只能是全部宰殺，那不得賠死？

果然，這命運還是要掌握在自己手裡，現在怎麼辦？

看出宋雁茸的為難，白叔問道：「夫人可是有什麼難處？公子說了，夫人有什麼想法，儘管說出來。」

這一次宋雁茸不再傻得將心裡話說出來，斟酌道：「您跟燕公子說，我這邊還準備栽培靈芝，收集靈芝孢子粉。我聽高神醫說，那個對太子殿下的身體很好，我今天還採到了猴頭菇，高神醫說，太子也一直在用猴頭菇，但外面的東西到底沒有咱們自己栽培出來的安全。所以，您看，我這邊其實就得栽培好幾種蘑菇。太子殿下需要常年服用，我還得繼續尋些其他品種，才能給太子殿下不斷提供他需要的蘑菇。其實，蘑菇中還有很多都對身體不錯，往後指不定能發現更好的蘑菇。」

白叔聽了不斷點頭，宋雁茸見有些說服白叔，繼續道：「白叔，要不您今天再跑一趟，跟燕公子說說這邊的情況，我這邊得不斷收集各種蘑菇，才能有更好的蘑菇給太子殿下。而且牧老也知道，蘑菇的種子要保存下來，每年我得栽培兩批，不然菌種老化了，等再想要的時候就沒了。」

第四十七章

涉及到太子要用的雞腿菇，白叔不敢耽誤，當即牢牢記下宋雁茸的話，去了趟燕府，將宋雁茸所說的一字不漏地轉述給燕回韜。

燕家老爺子也在，聽完白叔的話，父子十分震驚。

「你是說，沈慶的夫人還能栽培出靈芝，並且收集靈芝孢子粉？」燕回韜忍不住問道。

「是的，沈夫人是這麼說的。」白叔答得肯定。

他不久前才聽高神醫說靈芝孢子粉，可靈芝他知道，卻不知道孢子粉，他的人與太子的人都還不知道這玩意兒該從哪裡入手，宋雁茸那邊竟送來消息說她能栽培靈芝並且收集靈芝孢子粉？

還有猴頭菇。

宋雁茸居然連這也能栽培，燕家每年幫忙收集猴頭菇可是費了不少勁。

燕老爺點頭。「行，老夫明白了，你轉告沈夫人，只要她能好好栽培殿下需要的蘑菇，其餘事情她自己決定。再去調一隊護衛，分散在莊子附近，一定要護沈家，特別是沈夫人的周全。」

白叔領命離開。

燕回韜問道：「父親，我聽沈夫人那意思，怕是想自己再做些蘑菇的買賣，若是因此暴露了她那邊的雞腿菇，引來麻煩，發生意外，咱們往後上哪裡去尋這些雞腿菇和靈芝孢子粉？」

燕老爺卻道：「只要太子身體能調理好，將來登上那個位置，我們難道還護不住一個小小的沈家？若是連沈家我們都護不住，那還拿什麼和人家鬥？」

燕回韜神色一凜。「父親教訓得是。」

燕老爺又道：「最近你抽個時間去莊子那邊看看，沈家這次要科考的那位學問怎麼樣？若是可以，將來說不定能成為殿下的左膀右臂。」

燕回韜想到沈慶的情況，笑道：「沈慶的學問豈止是可以，據兒子所知，若是沒有意外，這次科考，他就是考個頭名也使得。」

燕老爺意外中透著幾分驚喜。「哦？」

燕回韜將那日沈慶在青園的表現說給燕老爺聽，燕老爺聽得連連點頭。「倒是與殿下的政見不謀而合。」

「兒子也沒想到，已經將這事也稟給殿下了。」說起這個，燕回韜也是一臉欣慰，這對夫妻真是為太子殿下而生的。

白叔回來的時候天已經黑了，他便找了在書房的沈慶帶話給宋雁茸。

這一天，宋雁茸忙著和沈念製種，還故意躲著沈慶，沈慶連吃飯的時候都沒見著宋雁茸，白叔讓他帶話，他直接放下書本，去內院尋人了。

這會兒他也不用顧忌了，直接尋去沈念屋中，兩人正在討論耕者話本裡的故事，見沈慶過來，宋雁茸眼神有些閃躲，正想尋個藉口今晚和沈念睡，沈慶哪裡會給她這個機會，直言道：「茸茸，白叔讓我帶話給妳。」

「白叔回來了？」宋雁茸驚訝，燕公子那邊這麼快就回話了？想到此處，宋雁茸趕緊起身，朝沈念道：「我明天再與妳講。」

沈念連連點頭。「嗯，嫂嫂和大哥先忙。」

宋雁茸跟著沈慶一到屋中，就問道：「可是燕公子那邊回話了？怎麼說的？」

「白叔說，燕家老爺子親自發話，讓妳想怎麼做就怎麼做，只要他們燕家還在，定護妳周全。」

「真的？」宋雁茸很意外，沒想到燕家竟然答應得這般爽快，可見靈芝孢子粉與猴頭菇於燕家和太子而言，比她想得還重要。

果然是物以稀為貴。

沈慶見宋雁茸高興的模樣，忍不住問道：「怎麼了？今天可是發生了什麼事？」

白叔讓他給宋雁茸帶話的時候，他只顧著高興能有藉口找宋雁茸，倒忘記打聽事情的前因後果。

宋雁茸也不隱瞞，將白叔之前跟她轉達的話同沈慶說了，末了道：「若是燕家不讓我賣蘑菇的話，那我之前打算讓鏢局幫著送畫冊，去附近各地賣蘑菇的計劃就要落空了，往後咱們的進帳就牢牢攥在燕家手中了。」

沈慶聽完暗自點頭，這更堅定了他要好好讀書，出人頭地的決心。他不希望她往後連自己喜歡做的事都做不了。

這一夜，宋雁茸早有準備，讓劉嬤嬤在屋裡加了床被子和枕頭，自此，又開始了與沈慶同床不共枕的日子。

而劉嬤嬤與張嬤嬤兩人只以為夫人是體弱畏寒，便開始變著花樣給宋雁茸進補，倒是將宋雁茸的氣色調理得越發好了。

沈慶讀書也越發用功，每天早上，他都會同周遠航去爬一次山。

幾天後，沈慶又收到一個詩會的邀請帖子，這一次詩會的來頭更大了，是太子奉皇帝旨意前來洛城，了解洛城一帶今年參加科考的學子的水準。

因此，這一次收到帖子的學子眾多，幾乎這屆考生人手一份。不過，大家手裡的帖子卻是有區別的。

比如沈慶手裡的燙金紅帖，位置是安排在太子與各位先生所在的廳堂中；周遠航手裡的紅帖，位置則安排在廳堂外的迴廊中；而梁燦手裡的綠帖，位置則是在園子裡。

沈慶與周遠航拿著帖子很是激動。太子呀，未來的皇帝，兩人哪裡想過，還能參加這樣的詩會。

兩人一番合計，猛然發現帖子的區別。

詩會是在洛城有名的流雲逸苑舉辦，流雲逸苑最有名的是有一個很大的園子，洛城有些臉面的人經常會在這裡辦宴會。

詩會既然在流雲逸苑，那麼定然很多人都會被安排在園子中。

那麼沈慶手裡的帖子，無疑是最好的，周遠航手裡的，也可以算是上等的，園子中的便是普通座了。

「沈兄，我這回又是沾了你的光了。」周遠航自知，在洛城他連個認識的人都沒有，如今卻能接連參加這些詩會，這都是因為沈慶的夫人與燕家有買賣。「沈兄，來日你們夫妻但凡有用得著我周遠航的，千萬莫要跟我客氣。」

沈慶想到宋雁茸接下來的打算，道：「行，等科考完，你嫂嫂這邊正好需要人手畫畫，去外面找，我們也不太放心，到時候，我與你兩人好好畫完你再回家，可好？」

周遠航毫不猶豫地答應了。「只要沈兄與嫂嫂不嫌棄，往後嫂嫂若是需要畫畫，都可以找我。」周遠航應得爽快，卻知趣地沒有提前打聽宋雁茸需要畫什麼。

另一邊，梁燦等人收到綠帖也都十分高興，各個摩拳擦掌，誓要在這場詩會上壓過沈慶的風頭，卻哪裡知道，人家已經贏在起跑線了。當然，這是後話。

詩會安排在七月初，轉眼到了六月，宋雁茸與沈念又去了趟洛城，將之前訂的那些瓶瓶罐罐都取了，還買了許多針線布疋，只因沈母如今身子已經恢復得不錯，加上有了劉嬤嬤和張嬤嬤作伴，她開始和兩位嬤嬤探討針線和廚藝，探討得久了，自然就想動手了。

兩人正挑著布料，抬頭卻看到眼熟的身影，沒想到在洛城居然還能遇到熟人，不過這人，宋雁茸與沈念都不想遇見。

沈念拉了拉宋雁茸的袖子，道：「嫂嫂，我們走吧。」

宋雁茸也不想多生是非，便對小二道：「幫我們把剛才挑好的布料和針線都包起來吧。」

跟店小二說完，姑嫂兩人就攜手轉身準備離去。

宋雁茸與沈念不想理會人家，可顯然，對方不是這麼想的，只聽到背後傳來意外的聲音。「宋雁茸？沈念？」

沈念本想假裝沒聽見，拉著宋雁茸繼續走，可身後那人沒有給沈念機會，幾步就追了上來。

見果然是宋雁茸與沈念，梁婷婷似乎有幾分開心。「真的是妳們呀！我之前聽說妳們也來了洛城，沒想到居然能在洛城遇見。妳們是來買布料還是買針線？這次我幫妳們付銀子吧。」

說到後面，梁婷婷帶著明顯的炫耀。

沈念不想理會，宋雁茸卻不是這麼想的。梁婷婷這人雖然心眼不太好，可腦子和城府卻不太夠，這樣的「敵人」送到眼前，她自然應該好好探一探「敵情」。

想到這裡，宋雁茸輕輕捏了捏沈念的手，以示安撫，面上卻是沒看沈念，只朝梁婷婷道：「妳幫我們付銀子？妳哪來的銀子？怕不是又想誆我銀子吧？」

梁婷婷居然一點也不生氣，笑著朝身後一個小丫鬟招手道：「翠玉，去幫她們把銀子結了，再去前頭找間茶館，我要與同鄉敘敘舊。」

那個叫翠玉的丫鬟恭敬的朝梁婷婷福了下身子道：「是，夫人。」

夫人？

沈念與宋雁茸對視一眼，都十分意外。

沈念忍不住開口道：「妳嫁人了？」

梁婷婷一臉得意，似乎就等著對方問這話。她將耳邊垂落的一縷頭髮勾至耳後，又拿出帕子，一副貴婦人的作派，道：「嗯，剛嫁過來沒幾天，我夫君待我極好，婆家在洛城也算有點臉面，這不，我不過是想出來轉轉，非要我帶個丫鬟，還給了我五十兩銀子，說是不夠花回去再取。妳們也知道，我向來節儉……」

話未說完，那個叫翠玉的丫鬟就腳步匆匆地跑了過來。「夫人！」接著低聲在梁婷婷耳邊說了幾句，眼見梁婷婷的臉色一變，滿臉的得意立刻消失，一臉不可思議地看向宋雁茸與沈念。

第四十八章

好半晌梁婷婷才道：「妳們一次買那麼多布疋做什麼？」

梁婷婷以為宋雁茸和沈念不過買兩身衣服的布疋，能有幾尺？誰知道對方居然買了整整十疋布，一疋布就能做十來身衣裳了，宋雁茸和沈念這個買法，這是要做上百身衣裳？想到沈母女紅不錯，沈家來到洛城，新來乍到的，怕是一時找不到什麼合適的營生，梁婷婷頓時明白了，笑道：「妳們現在在做衣裳買賣？」

沈念見梁婷婷這樣，也明白了梁婷婷變了臉色的原因。「怎麼了？不是要幫我們付銀子嗎？這會兒是付不起了？」

梁婷婷笑道：「我是說給妳倆付銀子，可妳們這些又不是自己用的，我哪能如此亂花銀子？我剛嫁入于家，若是婆家知道我拿自家銀子貼補別人做買賣，我哪還有臉在婆家待下去？要不，我請妳們去對面茶樓喝茶、吃點心吧。」

沈念還想嗆幾句，宋雁茸趕緊又捏了捏她的手心，搶先道：「行，那走吧。」

梁婷婷瞧宋雁茸那樣，還以為宋雁茸還惦記她哥哥梁燦，有些得意地朝沈念瞧了一眼，就命翠玉先去訂雅座。

梁婷婷覺得自己這排場挺足的，還想再說幾句，就見鋪子裡好幾個店小二正抱著一疋疋布放到外頭的馬車上。

等布疋都裝好了，就見外頭的車伕付了銀子，朝宋雁茸與沈念躬身道：「夫人、姑娘，布疋都已經裝好了，還需要買什麼嗎？」

夫人？姑娘？

梁婷婷有些傻眼了，她剛才看到這邊在裝貨，還以為這馬車是這家鋪子的，因為宋雁茸她們買得多，所以才幫忙送貨。

可這車伕剛才在付銀子，轉頭還叫宋雁茸和沈念「夫人、姑娘」？這車伕是宋雁茸她們的？馬車也是？

梁婷婷抬起顫抖的手。「妳、妳們到底從哪裡得的這許多銀兩？」

沈念早看不慣梁婷婷了，嗤笑一聲。「怎麼？見我們銀子比妳多，是不是連茶水銀子也不想花了？若是那樣，我們就告辭了。」說著就要拉著宋雁茸離開。

梁婷婷趕緊叫道：「我沒說不請妳們喝茶呀！」說著幾步追過來，挽住宋雁茸另一邊胳膊道：「雁茸，我們可是好久不見了，走，今天說什麼我也要請妳吃些茶水、點心。我跟妳說，這洛城的點心可比咱們潼湖鎮上的點心花樣多得多了，味道還頂頂好。」

沈念很是生氣，可接收到宋雁茸「少安勿躁」的眼神，她只得忍著。

梁婷婷以為沈念吃癟，更是得意，挽著宋雁茸的胳膊好心勸道：「雁茸呀，不是我說妳，既然如今沈家這般殷實了，妳怎麼也不添個貼身丫鬟，像我如今這樣，出門多方便。」

宋雁茸只是笑笑，並不接話。

梁婷婷以為宋雁茸是因為沈念在場，不方便說，一副她懂的樣子，輕輕拍了拍宋雁茸的手。

三人很快來到茶樓。

梁婷婷一副東道主的樣子，點了一壺八寶茶和幾樣洛城時興的點心。「我婆婆說呀，咱們女人就是要多喝八寶茶，養生還實惠。」

沈念「嗤」了一聲。

點心上來後，沈念就一個勁的悶頭吃了起來，中間還叫人添了幾次，梁婷婷正與宋雁茸顯擺著自己如今嫁得多好，一時間，也只能忍痛讓沈念多吃幾樣了。

「妳夫君是守城的將士？太厲害了，那豈不是洛城進進出出都是妳夫君說了算？」宋雁茸見梁婷婷說得興起，不時捧場一句。

梁婷婷倒是不敢胡亂吹噓，乾笑一聲，道：「那倒不至於，這話可不能亂說，如今洛城誰說了算，妳們還不知道吧？」

宋雁茸一副迷茫的樣子，搖頭道：「這還真不知道。」

果然，見宋雁茸這副無知的模樣，梁婷婷更加得意，優越感油然而生，她壓低聲音道：「是燕家。說了妳們怕是不知道，燕家是當今太子的外祖家，這下知道燕家多厲害了吧？我告訴妳們，我夫君的小舅舅可是在燕家當差呢！厲害吧？」

梁婷婷一臉得意，宋雁茸卻是聽得心裡慌，這會不會成為燕家的隱患？面上卻狀似隨意道：「妳夫君叫什麼名字來著？下次我們進出城的時候，萬一遇到什麼麻煩，是不是可以找妳夫君幫忙？」

宋雁茸其實更想知道梁婷婷說的那個在燕家當差的舅舅叫什麼名字，但梁婷婷這腦子，宋雁茸怕她回去就又跟別人說了，到時候打草驚蛇就不妙了。至於梁婷婷的夫君，這不是她自己求著跟她們顯擺嗎？

果然，梁婷婷十分得意道：「我夫家姓于，名字還是別說了，我夫君如今剛當差不久，妳們可不能給他添麻煩。」

沈念這會兒也吃得差不多了，拍了拍手裡的碎渣子，嗤笑道：「怕不是妳夫君在守城軍中根本說不上話吧？」

「妳怎麼說話的？我忍妳很久了，若不是看在雁茸的面子上……」梁婷婷被沈念氣到了，好吃好喝的供著，她說話還這麼難聽。

宋雁茸趕緊站出來當和事佬。「好了好了，別吵了，我們今天也出來挺久了，今天就聊到這裡吧，畢竟我們現在和婷婷妳可不一樣，家中還有活兒等著我們回去做呢。」

這話顯然取悅了梁婷婷，她一副憐憫的樣子道：「也是，那妳們先回去吧，我如今也沒什麼可做的，我逛會兒街，累了就回家歇著了。」

兩方人馬就此別過。

沈念氣呼呼道：「這個梁婷婷怎麼這麼不要臉！上次對我做出那樣的事情，現在居然像沒事人一樣過來和咱們攀交情，她腦子有問題吧？既然嫁得那般好，她家大哥不是快科考了嗎？怎麼不見她提一句如何幫她大哥的事？」

「小妹，莫要與她一般見識，更不能為那種人生氣傷身，妳想想，她若是腦子沒問題，會將自己的情況一五一十地告訴咱們？說起來，咱們與她也算是撕破臉了吧？」

沈念一聽，好像是這麼個理，見宋雁茸滿眼算計，沈念小心道：「嫂嫂，妳可是發現了什麼問題？」是不是可以整一整那個梁婷婷？

沈念心眼不壞，可也絕不是那種以德報怨的人。

後面那話雖然沒說出來，可宋雁茸也猜到了大概，她點點頭。「這還得看燕公子怎麼安排了。」

沈念這才想起，那個被梁婷婷說是洛城最厲害的人物燕公子，如今可都在幫著他們，燕公子如今要買的雞腿菇，她還參與製種了呢。

姑嫂兩人上了馬車，宋雁茸就將梁婷婷夫家的事告訴了白叔。

「今天那個梁婷婷就是梁燦的妹妹，如今梁燦已經是三皇子的人，可他的妹妹卻突然嫁了這麼個人，我擔心于家那個舅舅將來會成為三皇子埋在燕家的暗棋。白叔回頭趕緊去和燕公子說一聲，讓他早有提防。」

白叔沒想到宋雁茸出來買點東西，還能遇上這種事情，而她還如此有心，能將這些事情理得這麼清楚，白叔鄭重點頭，或許沈夫人真的上天派來幫助殿下的貴人。

燕家辦事效率極高，第二天就將事情查清楚了。

等宋雁茸接到消息，已是晚上了。

梁婷婷的夫君名叫于祖輝，祖上一直在洛城，也算是有點祖產。于祖輝的外祖家卻有些艱難，家中人丁單薄，于祖輝的外祖父、外祖母去世後，只留下一個小兒子周盛。作為唯一的姊姊，于祖輝的母親便將周盛接到于家，一手養大。

周盛只比于祖輝大六歲，如今在燕家當侍衛。能在燕家當侍衛，拳腳功夫與為人勢必不會太差。

宋雁茸仔細回憶原著中的劇情，可這一段似乎並無描述，甚至她隱約記得，梁婷婷好像是在梁燦狀元及第後，嫁到了京城某戶人家，怎麼如今卻提前出嫁，而且還是嫁到洛城？

難道劇情的走向已經被她影響了嗎？

沈慶回房休息的時候，見宋雁茸還靠在床頭認真的想著事情，不由得有些心疼。「茸茸，這些天可是累著了？」

「啊？你回來了。」宋雁茸似是才發現沈慶回屋。

沈慶走過去，將指尖輕輕放在宋雁茸的太陽穴上揉著。「我給妳揉揉。」

宋雁茸本想拒絕，可沈慶微涼的指尖觸上她的太陽穴，又輕輕揉開，有種說不出的舒服感，便聽話地閉眼享受。

沒過一會兒，就聽沈慶輕聲道：「如今妳又要養豬，又要採蘑菇、製種，我聽小妹說，妳那些蘑菇快弄好了，要準備栽培了，往後妳豈不是更累了？要我說，如今二弟養豬養得挺好的，妳不如直接將那二十頭豬交給二弟負責，他若是有什麼不懂的問妳，妳再去看看，平常就讓二弟管著吧。我瞧妳這些日子都瘦了不少。」

她瘦了？

宋雁茸睜開雙眼，直直地看向沈慶。

沈慶被她看得一慌。「我不是讓妳把豬舍給二弟，只是想讓二弟多替妳分擔些，妳就能少操些心。小妹那邊，瞧著如今也可以幫妳製種了，等我科考完，妳也給我安排些活兒吧。」

沈慶說了一大堆，宋雁茸卻突然道：「我真的瘦了？」

第四十九章

這回輪到沈慶愣住了，他說了這麼多，她只關心有沒有變瘦？

心裡這麼想，面上還是點頭認真道：「嗯。」

這下，宋雁茸不用沈慶幫她揉太陽穴了，她坐直身子，仔細扯了扯身上的衣服，腰身還真是鬆了些。「我果然瘦了。」

瞧宋雁茸高興，沈慶也覺得好笑。「瘦了還這麼高興？」這模樣，比她掙銀子還開心。

沈慶默默在心中記下，宋雁茸開心的原因，還有可能是瘦了。

「自然開心了，你都不知道，過完年，我天天跟著二弟吃吃吃，他天天又是打豬草、又是翻豬圈的料，沒胖多少，我卻胖了好些，衣服都有些緊了，看來這段時間我天天爬山還是有用的，這不，衣服又鬆了。」宋雁茸說完，看了沈慶一眼。「對了，你也爬了一個多月的山了，覺得身子好些沒？」

聽宋雁茸這麼說，沈慶認真想了想，他最近這段時間好像真不怎麼咳嗽了，往常這時候總會咳嗽幾聲，這段時間明顯沒這毛病了。

沈慶點頭，將心中所想說了出來。

宋雁茸也很開心。「那就好，證明這法子還是有效果的，你可得堅持下去。」

說不定不用神醫出手，沈慶自己鍛鍊，再配合她即將出產的靈芝孢子粉，身子就能養好了。

轉眼到了七月，莊子上的蘑菇迎來了大豐收。

平菇已經採摘過一次了；雞腿菇也到了採摘的時候；大片的靈芝在宋雁茸的精心打理下，猶如一個模子刻出來的一般，長得很是齊整；就連猴頭菇，也冒出了小菇帽。

宋雁茸歡喜，聲音都比往常輕快了不少。「白叔，這邊的雞腿菇可以採摘了，還得麻煩您今天跑一趟，通知牧老一聲。」

白叔領命就去跑腿了。

牧老剛好在家中，因太子這幾天就要到洛城了，高神醫正和牧老商議這段時間怎麼幫太子養身體。

聽說雞腿菇可以採摘了，高神醫隨口問了句。「沈夫人那邊靈芝種得怎麼樣了？」

素來嚴肅的白叔這會兒也多了幾分神采飛揚。「夫人種的靈芝也都長出來了，大片大片的，模樣可喜人了。」

「哦？那你可曾見到靈芝孢子粉長什麼樣了？」高神醫興致高漲。

白叔搖搖頭，眼裡的喜色並未消失。「夫人說，靈芝要開始彈孢子粉了，所以這段時間莊子上忙著黏牛皮紙筒，夫人說要給靈芝扣上紙筒收集孢子粉。」

高神醫連忙站起身來。「那我也跟你們一起去看看。」靈芝他見過不少，可從未聽說過收集孢子粉這事，更何談見過。

當天午後，牧老和高神醫就到了莊子上，兩位趕到的時候，宋雁茸已經去了大棚採收平菇了。

劉全招呼兩位進屋。「小的這就去喚夫人。」

牧老和高神醫聽說宋雁茸在大棚採蘑菇，當即喊住了劉全。「我們也過去看看。」他們本就是來看蘑菇的，何必多折騰。

張福先跑去大棚通知宋雁茸，等牧老和高神醫趕到的時候，宋雁茸和沈念已經在大棚外頭候著了。

宋雁茸遠遠地就朝牧老和高神醫揮起了手。「在這裡！」

牧老與高神醫快步走了過來，伸著脖子朝宋雁茸身後的大棚看去。

宋雁茸身後的兩個大棚都是用竹子搭建的，上面蓋著草簾，大棚旁邊的草簾此刻都捲了起來。

牧老道：「宋丫頭，雞腿菇呢？我怎麼看著這裡頭都是平菇？」

宋雁茸笑著道：「雞腿菇我都放在後頭了，走，我這就帶您過去，高神醫也一起看看吧。」

說著，宋雁茸就領著兩人往大棚裡走去。

前半部分，大棚裡都是平菇，走到一半，地上空出一塊，宋雁茸伸手打開大棚中間的草簾，讓出身子好讓牧老和高神醫都能看見。

牧老和高神醫看著一大片雞腿菇，內心激動又震撼，這蘑菇種起來這麼簡單？

牧老看著雞腿菇，有些擔憂。「宋丫頭，這麼多雞腿菇，採摘後如何保存？」

先前那點雞腿菇採收的時候氣溫還不是很高，宋雁茸告訴牧老要在通風處晾曬一會兒，等稍乾後再去烘乾。

如今已到了六月，這種天氣，正是雞腿菇容易發黑的時候。

沒想到宋雁茸已經想好了法子。

燕家有得是人手，她沒有自動的冷風機，卻可以人力製造冷風來處理雞腿菇。這個時代已經有了手搖的鼓風機，不過這東西一般用於燒窯時候，宋雁茸也是上次訂那些瓶瓶罐罐時，意外看到那個鋪子的夥計抬了個鼓風機才知道的。

「燕家有個地窖，有許多冰塊，我已經跟燕公子說過了，這幾天雞腿菇採收後直接送去燕家，在地窖口放幾個鼓風機，派人輪流鼓風，雞腿菇就放在風口，用冷風讓雞腿菇失水就可以了。」當然，如今燕家冰窖口的鼓風機也是經過改造的，鼓風的人站在冰窖側面就能操作鼓風機，並不需要站在冰窖裡，否則只怕雞腿菇還沒乾，鼓風的人就凍死了。

牧老雖然沒見過這法子，但不知為何，就是覺得宋雁茸想得極為周到。「這法子不錯，要冷風處理，是不是今晚就要採收？」

「對，趁夜裡涼送去燕府，省得在路上悶壞了。」

牧老捲起袖子道：「那還等什麼，現在就開始採雞腿菇吧！」說著就要進去開始採蘑菇。

宋雁茸笑著攔下。「牧老，您先別著急，咱們先去吃飯吧，吃飽了才有力氣幹活，待會兒讓人先將裝雞腿菇的小筐都送上來。」

「也行，吃完了咱們一口氣將蘑菇採了。」說完這話，牧老看了眼那一地的雞腿菇，忍不住問道：「宋丫頭，往後這些蘑菇妳都打算和沈丫頭自己採？要不要幫妳物色幾個婆子或小丫頭來幫忙？」

宋雁茸朝正在採收平菇的沈念努努嘴。「您跟那位沈丫頭說去，是她不肯雇人的，您知道，我懶，可那丫頭太勤快了。」

「哦？」牧老挑眉，走到正蹲在地上採摘平菇的沈念身邊。

本想問她為什麼不願意雇人，可看見沈念動作麻利的採摘下一叢平菇，將菇柄下頭沾著的栽培料清理掉，裝進一個裝滿平菇的大竹簍中，再用手裡一個小鐵爪將栽培料中未採下的菇柄根部刨出來，裝進另一個裝著廢料的筐中。

牧老到嘴邊的話就變了。「沈丫頭，妳這鐵爪將栽培料裡的菌絲都帶出來了，下回還能出菇嗎？」

沈念這才發現牧老在她身後，笑著道：「牧老，這是嫂嫂教的，清除這些老蘑菇的根和白色的菌絲皮，栽培料才能透氣，這樣下一批菇才能長出來。」

牧老撫了撫鬍鬚，若有所思的點頭。「哦，原來是這樣。」

說完一臉笑意。「老夫一段時間沒來，小丫頭已經比老夫懂得還多了，難怪不希望妳嫂嫂再雇人，妳這是想自個兒守著這門手藝吧？下回怕不是連老夫也不讓來了吧？」

沈念自然能聽出牧老開玩笑的意思。「您說對了，說不準下回我也和嫂嫂一樣，遇上一個和您一般愛學種植蘑菇的有錢老頭，來一次給我扔一袋銀子。」

牧老伸手敲了沈念腦袋一下。「妳這丫頭，竟然連老夫也敢打趣了，找打。」

高神醫問宋雁茸。「沈夫人，聽說靈芝也都長出來了，可否帶我去看看？」

宋雁茸點頭。「就在旁邊那個大棚，高神醫且隨我一起來。」

說著帶著高神醫往外走去。

牧老聽見，連忙追去，道：「老夫也去看看。」轉頭對沈念道：「沈丫頭，老夫好不容易來一趟，妳不陪老夫走走？」

沈念看了看大棚裡的平菇，估算著也快到吃飯時間了，這會兒也採不了多少，便放下手裡的小鐵爪，將那筐採摘好的平菇和廢料提了起來，道：「行，我陪您一起去看看靈芝。」

沈念將分別裝著平菇和廢料的兩個筐放在大棚外頭，又將大棚兩邊的草簾都放了下來。

看著沈念有條不紊的做完這一切，牧老點點頭。「沈丫頭越來越有妳嫂嫂的風範了。」

沈念不太明白，但是聽牧老說她和嫂嫂像，她心裡很高興。「牧老這是誇我對不對？」

牧老點點頭，和沈念一起往另一個大棚走去。

這一棚的靈芝也是覆土栽培的，當牧老看到滿地長得一模一樣的靈芝時，才反應過來，高神醫剛才在大棚門口為什麼一動不動了。

原來，高神醫也如他一般，被這場面給震撼住了。

身為「藥神」，靈芝這玩意兒，牧老沒少見，神醫自然見得更多。

可他們何曾見過這麼一大片靈芝的？還每個都長得一樣。

要知道，先前看到的平菇和雞腿菇雖然多，可好歹那些蘑菇的大小及各自的形態還是有差異的，可這靈芝是怎麼回事？

牧老與宋雁茸關係熟悉些，他指著這一棚整齊劃一的靈芝，問道：「宋丫頭，妳莫不是會什麼仙法吧？」

第五十章

知道牧老是玩笑話，宋雁茸只是笑笑沒有接話。

高神醫此刻卻認真地盯著一處靈芝，突然睜大眼睛，指著那一處道：「沈夫人，我應該沒有眼花吧？那處靈芝上隱約飄起的東西，就是靈芝孢子粉嗎？」說完又揉了揉眼睛，再度定睛觀察著。

牧老聽高神醫這麼一說，也忙擠到大棚門口，道：「哪裡？你說的是哪裡？我怎麼沒看見？」

牧老順著高神醫的目光看去，並沒看到高神醫所說的東西。高神醫卻又激動地指向另一處道：「那裡！那裡出現了！」

牧老定睛看去，驚呼道：「哎喲，真的，莫非這就是靈芝冒出的仙氣？」

高神醫眼睛還盯著大棚的靈芝，頭也不回地道：「你這老頭，都說了那叫靈芝孢子粉，你非要扯什麼仙氣。」

「老夫沒看到什麼包子的粉還是饅頭的粉，就一縷仙氣，你沒看過那些靈芝的畫嗎？上頭不都飄著仙氣？」牧老也是目不轉睛的盯著大棚的靈芝，想再看看哪株靈芝能冒出仙氣。

宋雁茸在身後道：「好啦，你們別只顧著看靈芝彈孢子粉了，咱們先去吃飯，今晚將雞腿菇先採收了，明天就來給靈芝套袋，過兩天兩位前輩若是有空，就一起過來收孢子粉吧。」

「有空！」

牧老和高神醫異口同聲。

想到今天的正事是雞腿菇，兩人也不再巴巴地看靈芝了，跟著宋雁茸姑嫂兩人下山。

回去的路上，牧老不斷地問問題。

「宋丫頭，那靈芝為什麼長得如一個模子刻出來的一般？妳是怎麼做到的？先前別的蘑菇也沒這樣呀。」

高神醫聞言也連連點頭，想到宋雁茸在前頭帶路，他點頭，宋雁茸也看不見，於是又出聲道：「對，我也想知道這是怎麼做到的。」問出口又覺得自己唐突了，這明顯是人家的秘方，他怎麼糊塗了？

正要說點什麼轉開話題，免得宋雁茸為難，就聽宋雁茸已經開口。「我之前聽說，不同的光照方向可以影響靈芝上面菌蓋的方向，而大棚內若是通風不夠，會影響靈芝菌蓋的大小，便試了試，沒想到是真的。」

沈念恍然大悟。「哦，難怪嫂嫂每天調整靈芝大棚草簾開的大小和位置，卻沒見嫂嫂對平菇和雞腿菇這般，原來就是那樣做才讓靈芝長成現在這般一模一樣。」

宋雁茸好笑地反問。「要不然妳以為我每天那麼仔細的調整那簾子幹麼？」

沈念嘻嘻一笑。「我以為靈芝嬌氣些，需要注意得多些，我忙著伺候平菇，就沒來得及問嫂嫂了。」

姑嫂兩人的對話落入牧老和高神醫耳中，牧老一副明白了的樣子，高神醫內心卻很震撼。之前他就知道，宋雁茸願意教牧老栽培各種蘑菇，如今牧老都能自己製種了，他只覺得，這宋雁茸不是大智就是大愚，但與宋雁茸幾次相處，這孩子明顯不傻，那就只能是個心中有丘壑的大智之人了。

可聽說是一回事，今日親眼目睹，親身感受又是另一回事了。

下了山，宋雁茸對沈念道：「小妹，牧老和高神醫走得慢，也不是外人，妳揹著蘑菇就先回院子吧。」

沈念朝牧老和高神醫微微欠身，見兩人都沒有意見，道了一聲。「那我先去院子裡將蘑菇放好。」說完便先行離去。

見沈念走遠，宋雁茸壓低聲音問道：「有件事我想請兩位幫個忙，這幾天太子舉辦的詩會就快開始了，不知道太子到洛城沒？我這裡為太子準備了一份禮物，想托兩位轉交，不知方不方便？」

兩人對視一眼，還是牧老先開口，笑著道：「老夫覺得還是宋丫頭親手交給太子殿下更合適。」

「啊？」宋雁茸驚訝。「這不太好吧？我一個鄉野村姑，這麼去見太子不合適吧？」

高神醫笑道：「不瞞沈夫人，太子殿下早就想見見沈夫人了，當然，還有沈學子。當初得知沈夫人能栽培雞腿菇的時候，太子就想見見沈夫人這樣的奇女子，只是那時宮裡催促，太子急著回京城，這事便沒有提上日程。這次太子來洛城，明面上是奉皇上之命，先來考察洛城這批考生的學問，其實主要目的是來見見沈夫人和沈學子的。當然，這也是因為沈夫人不僅栽培出了雞腿菇，如今還栽培了靈芝和猴頭菇，這些對太子殿下很重要。」

宋雁茸聽了這話，心中有些慌亂，她只是想左右靈芝栽培出來了，往後也是太子這條船上的人了，不如順便做幾個靈芝盆景送給太子，也算是將太子這條「粗大腿」抱牢些。

但宋雁茸完全沒想過自己去見這條「粗大腿」，畢竟這粗大腿是太子殿下，她如今一介平民去見太子，不知道要跪多久。

宋雁茸不喜歡別人朝她下跪，更不想去跪別人，這會兒聽說太子這趟來洛城的主要目的居然是見她和沈慶，準確的說，應該是見她，宋雁茸頓時不淡定了，苦著一張臉，惆悵得不知道如何開口。「那個……可不可以讓太子殿下別見我？你們也知道，我在鄉野中長大，很多規矩都不大懂，像殿下那樣的人，我若是壞了規矩可怎麼是好？」

牧老見此，哈哈大笑，指著宋雁茸那副愁容朝高神醫道：「你瞅瞅她這模樣，原先我每次見她，這丫頭都一副胸有成竹的模樣，沒想到也有她害怕的時候。不就見見太子殿下嗎，瞧把她嚇得，老夫每月與太子相見，倒不曾發現殿下還能嚇唬到這丫頭。」

高神醫與宋雁茸不是很熟，也就是因為兒子的原因見過幾回，見牧老這般打趣，高神醫一時不太好搭話，只在一旁呵呵笑了幾聲。「沈夫人寬心，太子宅心仁厚，不會拿規矩懲治人的。」心裡想著，太子就算是個凶煞，如今靠宋雁茸的蘑菇調理身體，他也不會對宋雁茸下手，也不知這丫頭在擔心什麼。

牧老話鋒一轉，打聽道：「宋丫頭，老夫挺好奇，妳打算送什麼給太子殿下？」

宋雁茸皺著臉道：「就是靈芝盆景，這次夫君能收到燙金紅帖，我們心裡清楚是殿下的恩賞，我們也沒別的拿得出手的東西，就只能趁這次栽培靈芝，弄了個簡單的靈芝盆景，想表達一下謝意，哪裡想到……」說到後面，宋雁茸的聲音低了下去。

牧老和高神醫卻對宋雁茸的靈芝盆景來了興致，他們不是沒見過靈芝盆景，可宋雁茸能自己栽培出靈芝，還能讓靈芝按著自己的意思生長，她能拿出來送給太子的靈芝盆景，那得是什麼模樣？

兩人一時間只覺得自己的見識有些不夠用了，完全無法想像宋雁茸的靈芝盆景。

「宋丫頭，妳那盆景能不能先讓我們見識見識？」這次開口的依舊是牧老，高神醫滿眼期待地在一旁點頭。

沒想到向來有問必答、有惑必解的宋雁茸，這次居然賣起了關子。「不行。」

「哎，宋丫頭，別啊，咱們都是老熟人了，實在不行，妳就讓老頭子我一個人先看看。」牧老轉眼就把高神醫拋棄了。

高神醫張嘴想說什麼，宋雁茸拉著牧老往院子裡的飯廳走去。「牧老，您先吃飯吧，今天咱們可是有正事的。」

飯桌上，因為周遠航也在，牧老便不再提起靈芝盆景的事，可他心裡就跟貓抓似的。

因為宋雁茸與沈念在內院用飯，沒與他們一起，一向注重細嚼慢嚥的牧老和高神醫快速吃完飯，心裡全惦記著快點將雞腿菇送去燕府，然後再想辦法看看宋雁茸的靈芝盆景。

許是兩人吃得太快，等了好一會兒也不見宋雁茸和沈念兩人出來，倒是張嬤嬤和劉嬤嬤得了吩咐，去外頭找了各自的兒子，開始安排人手往大棚那邊送裝蘑菇的小竹筐。

牧老和高神醫注意到，這些小竹筐明顯也是宋雁茸她們專門為雞腿菇做的，一堆高高的小竹筐，一旁還有一堆竹片編好的竹筐蓋子。

牧老和高神醫看得連連點頭，宋雁茸辦事倒是挺周全的。

他們從未採摘過如此多的雞腿菇，所以並未考慮過雞腿菇在運輸過程中會互相擠壓，導致雞腿菇損失。如今見到這些早已準備好的小竹筐，這才恍然，只要將雞腿菇小筐小筐的裝好，再套進大筐裝車，自然就能解決了。

可若是事先沒有準備，今天這蘑菇怕是要折損大半。

「走吧，可以出發了。」見牧老和高神醫看著那些正往山上搬運的小竹筐發愣，宋雁茸出聲提醒。

「欸。」兩人趕緊應聲，一夥人一同往山上趕去。

「牧老，高神醫，你們若是累了就歇會兒，這裡人手夠。」宋雁茸說道。

牧老頭也不回的採摘、裝筐。「這算什麼？老夫我還從未一次採摘這麼多雞腿菇，這些都是給殿下用的，就咱們幾個人，我還嫌慢呢。」

因為雞腿菇是太子要用的，這會兒大棚中也就宋雁茸、沈念、牧老、高神醫和燕家的那兩個侍衛小頭領在採摘，劉全和張福、沈元三人負責將採好的雞腿菇往山下搬運，山下由白叔親自守著馬車。

一系列流程下來，都是極為信得過的人才能碰到雞腿菇。

倒不是不相信沈慶，而是沈慶天天與周遠航一起讀書，對於栽培蘑菇這事，周遠航還不知道。

雞腿菇採摘完後，大夥兒一起下了山，馬車行至院子的時候，張嬤嬤和劉嬤嬤抬了一個木箱子等在院門口。在宋雁茸的指揮下，劉全和張福小心地將木箱子搬入馬車。

牧老看著木箱子疑惑道：「這是？」

第五十一章

眼見牧老一臉好奇地朝那個大箱子走去，宋雁茸幾步走上前，按住箱子，道：「這是秘密，待會兒到燕家再打開。」

「哦？莫非這就是妳說的靈芝盆景？」牧老雙眼亮晶晶的。

宋雁茸但笑不語，指著牧老的馬車道：「準備出發吧，牧老，高神醫都已經在車上等您了。」

牧老只得甩甩衣袖上了馬車。

白叔這邊的馬車裝了整車的蘑菇，宋雁茸也跟著牧老準備上牧老的馬車，身後卻傳來沈慶的聲音。「茸茸，我與妳一道去。」

太子的詩會在即，宋雁茸正要拒絕，讓沈慶好好讀書，沈慶卻彷彿料到宋雁茸要說什麼，趕在宋雁茸開口前道：「天都快黑了，妳這時候出門，我不跟著一起去也沒法安心讀書。」

宋雁茸想今晚左右也是要見燕公子的，讓沈慶一起去，在燕公子跟前露露臉也挺好，便點頭道：「嗯，那一起過去吧。」

到了洛城，天已經黑了，城門已經關上了，燕家的侍衛上前喊話，城門上用繩子拴著一只提籃垂下來，侍衛上前將一塊腰牌放入竹籃中，城頭的士兵收回提籃，驗明腰牌，很快的，城門一處堪堪只容一輛馬車通過的角門就打開了。

兩輛馬車依次進城，很快就到了燕府。

這是宋雁茸與沈慶第一次來燕府，看著巍峨的大門，宋雁茸第一次感受到了這個時代階級的差距。

白叔上前叩門，門房小廝見是白叔，二話不說，開了角門讓馬車進去。

馬車行了一會兒就在一處空地停下，宋雁茸與沈慶隨牧老、高神醫一起下車。

白叔那邊的馬車也停了下來，燕府小廝們麻利的上前來搬馬車上的雞腿菇。

白叔一手按在那個裝著靈芝盆景的木箱子問道：「夫人，公子在廳裡候著了，這個要現在搬過去嗎？」

宋雁茸點頭。

一行人跟著白叔往內行去，早有丫鬟規矩地提著燈籠隨行一旁。宋雁茸只覺得這燕府真不是一般的大，若不是有白叔帶領，她覺得自己鐵定迷路。

到了一處院子，有小廝前去通報，很快就聽到裡頭傳來燕回韜的聲音。「快快請進來。」

白叔抱著箱子側身，讓宋雁茸等人先進去。

宋雁茸不是沒見過燕回韜，只是未曾經歷過這樣的陣仗，一時間還真有些膽怯。她退後半步，示意牧老和高神醫先行。

牧老看出宋雁茸的不自在，便大步先行。

宋雁茸忽覺握拳的手一熱，轉頭見沈慶已經走在她身邊，剛才就是沈慶輕輕握了下她的手，這會兒正側目看著她，見宋雁茸看過來，沈慶輕聲道：「別怕。」

宋雁茸點點頭，瞬間覺得不那麼緊張了，她總不能還不如沈慶這土生土長的古人吧？思及此，宋雁茸定了定神，跟著牧老進了屋子。

還來不及行禮，燕回韜就快步從上首的主位走了下來。「各位貴客，快快入座。」

宋雁茸抬頭看去，燕回韜還是如初見那般，一身青衫穿在他身上竟顯得格外貴氣，不過滿面笑容讓他看起來依舊毫無架子。

他親自將宋雁茸與沈慶迎至座位，倒是讓兩人受寵若驚了一把。

「鼓風機都已經按照沈夫人的意思裝在冰窖口了，如今雞腿菇送過來了，一會兒擺好了就開始風乾吧。」燕回韜直入主題。

宋雁茸點點頭。

「等等沈夫人過去看看哪裡還有什麼不妥，若是沒問題就讓下面的人開始幹活了。」燕回韜說話間朝門口看去，這才看到白叔抱著個箱子立在門口。

燕回韜疑惑道：「白叔手裡是什麼？」

宋雁茸朝白叔點頭，白叔將箱子抱了過來，宋雁茸對燕回韜道：「這是我做的靈芝盆景，一個給燕公子，一個給太子，感謝燕公子與太子對夫君和我們家的照拂。我們家沒什麼能入得了兩位貴人的眼，我們夫妻兩人便賣個乖，做了兩個靈芝盆景讓兩位看個新鮮。」

燕回韜顯然沒想到宋雁茸還會製作靈芝盆景，點頭道：「沈夫人費心了。」

沈慶此刻心中也是滿滿的感動，他知道，宋雁茸這是在為他打點。

眼見燕回韜揚手準備讓人將東西帶下去，牧老連忙出聲。「燕公子，能不能打開讓我等開開眼界？」

燕回韜其實也挺想看看，可是當著別人的面就拆開禮物，好像不合規矩，畢竟他與宋雁茸可沒有牧老那般熟稔。這會兒牧老主動提及，燕回韜便裝作一副為難的樣子道：「這……」

牧老與燕回韜時常打交道，見他這表情，明顯是自己也想看，便幾步走了出來，笑呵呵道：「宋丫頭，這東西都送出來了，燕公子想看看，妳不會阻止吧？」

宋雁茸不知道這裡頭的講究，還以為燕公子真的為難，連忙道：「燕公子隨意就好。」

得到宋雁茸的同意，燕回韜一個眼神，白叔立刻領會，將箱子打開。

只見裡頭擺了兩個盆景，一盆是鹿茸靈芝盆景，另一盆是三摞像是串在一起的靈芝盆景。

除了宋雁茸夫婦，在場眾人何曾見過這樣的盆景？

這次不用牧老再開口，燕回韜連忙吩咐白叔將兩盆靈芝搬出來放在桌上，讓大家好好看清楚。

白叔也極為震驚，小心地將兩盆盆景從箱子裡搬出來，眾人這才看清了靈芝的全貌。

那盆鹿茸靈芝盆景下面配的是一個方形的紫砂盆，上頭是叢生的鹿茸靈芝，呈橘黃色，尖端是一團白色，看著挺像珊瑚。

另一盆下頭是個橢圓形的棕色陶瓷盆，上頭有三串靈芝，呈褐色，之所以說是串，是因為每株靈芝的上頭都長著另一株靈芝，如此堆疊，竟有五層之高。

捨得用靈芝做成盆景的人本就不多，往常所見的靈芝盆景，不過是將一些形狀好看的靈芝好好擺放一下，因此在場眾人十分驚豔，紛紛起身，圍攏過來。

燕回韜指著那盆鹿茸靈芝，問道：「這也是靈芝？世上還有這樣的靈芝？」

燕回韜的問題，牧老也想問，便在一旁猛點頭。「對，宋丫頭，妳確定這也是靈芝，不是珊瑚？」

宋雁茸笑著解答。「是的，這也是靈芝。」說完看向牧老和高神醫。「還記得我說過充足的通風能讓蘑菇的菌蓋長大，而通風不足，則不利於菌蓋的生長吧？」

兩人點頭，當然記得，今天才說過，他倆還不至於老糊塗呢。

宋雁茸指著那盆鹿茸靈芝。「讓靈芝長成這樣其實很簡單，就是多悶著點，讓它們不怎麼通風，菌蓋就長不出了。你們看，若是充分通風，上頭這些白色的就可以長成靈芝的菌蓋了。」

燕回韜第一次聽見這樣的理論，一時間只覺得似懂非懂，牧老和高神醫卻是聽得連連點頭。

牧老毫不猶豫地誇讚道：「宋丫頭不錯，這也能想到，厲害！」說完又指著另一盆問道：「那這個是怎麼做出來的？」

「這個稍微複雜一點點，我也是瞎想的，試著做了幾個，沒想到這幾個做成了。其實就是將一個靈芝接到另一個上面來，等長得差不多了，再繼續接另一個。」

牧老伸手試探地輕輕碰了下接口。「那剛開始怎麼接穩的？」

「在裡頭扎一根小木籤，靠小木籤將兩株靈芝連接起來。」

「這麼說來，這接口處裡頭藏了小木籤？」這回開口的是高神醫。

沈慶看著宋雁茸被幾人圍著問東問西，卻侃侃而談，哪裡還有剛才在門口時的畏縮？沈慶只覺得屋中的宋雁茸此刻周身都帶著光芒，極為耀眼。

眾人正對著兩盆靈芝嘖嘖稱奇，屋外傳來小廝急切的呼聲。「公子、公子！」

屋中眾人停止了討論，眼見著外頭跑來一個小廝，在燕回韜耳邊耳語幾句，就見燕回韜眼中意外之色一閃即逝，接著就轉身對眾人歉意道：「家中來了貴客，我須出去迎一迎，諸位要麼在此稍候，也可讓白叔帶大家去冰窖那邊看看雞腿菇如何處理。」

燕回韜這麼說了，大家自然是讓他先去忙。

宋雁茸這趟過來，本就是處理雞腿菇的，自然不會真的在這裡等燕回韜，況且燕回韜這一出去，也不知道要多久才能回來。

宋雁茸對白叔說：「那我們先去看看雞腿菇吧，早點處理完，我們也好早些回去。」

宋雁茸在冰窖前仔細調整雞腿菇的位置，這時，有小廝快步過來。

「沈大人、沈夫人，有貴人想見見兩位！」

第五十二章

貴人？要見他們夫婦？

晚上來燕府，能讓燕公子拋下雞腿菇的事情，著急去見的貴人，除了太子本人，還能有誰？

宋雁茸突然想明白這一點，驚訝地朝沈慶看去，見沈慶也一副驚訝的樣子看向她，顯然，他也猜到了來人的身分。

牧老和高神醫原本正點頭讓沈慶與宋雁茸先回去，這會兒聽到來人的話，眼中的意外之色一閃而過。

見宋雁茸與沈慶似乎猜出了來人的身分，準備跟著小廝離開，牧老招來一旁提著燈籠的小丫鬟。「去給沈夫人找件厚實的披風，拿個暖手爐，再給她送碗熱薑茶過去。」

小丫鬟提著燈籠離去後，高神醫道：「若是沒猜錯，應該是太子殿下到了，我等也去前頭候著吧？」

牧老擺擺手。「你去候著就行，太子的身體如何，有你在，我也沒什麼作用，我還是在這邊守著雞腿菇吧。」

高神醫想了想，覺得牧老說得有道理，牧老只是根據他的藥方給太子製藥，這會兒太子遠道而來，他也好些日子沒見到太子殿下了，這次過來就是為了把脈，看看太子如今的身子如何，以便及時調整藥方。

宋雁茸此刻的心情十分惆悵，她特意將給太子的禮物也一併帶了過來，就是想要避開與太子見面，想著等太子來的時候，她就裝病，讓沈慶一個人去見太子。原著中，沈慶本就是太子的人，想必與太子相處定不會有問題。

可千算萬算也沒算到，太子會提前到達燕府，瞧燕公子剛才那模樣，分明也是剛知道太子的到來。

沈慶看出宋雁茸的惆悵，輕輕握住她冰涼的手，低聲道：「別怕，我聽說太子殿下是個很和善的人。」

宋雁茸皺著小臉，朝沈慶露出一抹苦笑。

沈慶不明白宋雁茸怎麼好像很怕太子，今天進了燕府後，她甚至有些被燕府的氣派給震懾住了，可一說起蘑菇，她又恢復成那個侃侃而談的自信女子了。

沈慶騰出另一隻手，將宋雁茸垂落的頭髮輕輕別在耳後，又道了聲。「別怕，我陪著妳。」

宋雁茸的心莫名安定了下來。

夫妻倆跟著燕府的小廝來到燕回韜的書房，看到院中明顯增多的護衛，兩人更加確定了屋裡人的身分。

小廝叩了叩門，裡頭傳來一個略顯低沈的嗓音。「進來。」

小廝推開門，朝宋雁茸夫婦做出一個「請進」的動作，沈慶護著宋雁茸進了書房，身後的門又被關上。

宋雁茸偷偷瞄了眼書桌後的陌生男子，只見那人一身紫色長袍，貴氣逼人，或許同是身子有些弱的原因，太子的臉色與沈慶有些像，都有些蒼白，此刻他眼中透著些許疲憊，正有些好奇地看向宋雁茸與沈慶。

見宋雁茸偷眼看自己，太子並沒有生氣，微微扯了下嘴角，也不等燕回韜介紹就笑道：「這就是沈學子與沈夫人吧？快坐下說話。」

哦？不用跪拜了？

宋雁茸有些疑惑地看向燕回韜，燕回韜卻會錯了意，以為宋雁茸不知道眼前人是誰，遂提醒道：「太子殿下賜座，還不快謝恩？」

沈慶拉著宋雁茸朝太子行了一個跪拜禮。「潼湖學子沈慶，謝殿下賜座。」

宋雁茸低垂腦袋，嘴角微抽，跟著一起跪拜。她還以為可以躲過去呢。

兩人剛坐下，就有丫鬟在外稟報。「殿下，高神醫來給您請脈了。」

太子點頭，燕回韜揚聲道：「讓神醫進來吧。」

高神醫身後的小廝端著一個托盤，托盤上放著一件鑲著白色狐狸毛邊的大紅色披風，一旁還放著一個精巧的銅製手爐。

太子有些疑惑地看向那個托盤，都七月了，怎的還拿這些東西？在場也只有宋雁茸一個女眷，不用高神醫開口，太子就先說話了。「這是給沈夫人的？」

高神醫點頭。「回殿下，方才沈夫人為了雞腿菇，在冰窖風口吹了好一會兒涼風，牧老便讓燕府的丫鬟給沈夫人拿過來暖暖身子。」

太子點點頭，抬手示意丫鬟將東西給宋雁茸。

宋雁茸這會兒身子還沒暖過來，丫鬟遞來暖手爐，她便朝太子福了福身子以示感謝，接過暖手爐，任由沈慶幫她將披風裹上。

上頭傳來太子的輕笑。「沈學子與夫人倒是鶼鰈情深。」

聞言，沈慶身子一僵，隨即朝太子抱拳道：「殿下見笑了。」他沒有看見，身後的宋雁茸此刻竟有些臉紅。

太子又道：「孤今日見你們夫妻兩人，一來是要感謝沈夫人為孤栽培雞腿菇、靈芝和猴頭菇，二來是想和沈學子商量一件事情。」

沈慶惶恐起身。「不敢當殿下的謝，能為殿下效勞，是我們夫妻的榮幸，殿下有什麼事情儘管吩咐。」

宋雁茸也隨著沈慶一起起身，只低頭不說話，沒人看到她皺起的眉頭。她隱隱覺得太子要商量的事情多半不會是什麼好事，否則既然是感謝她，接下來就應該直接賞了。

果然，太子讓他們夫妻坐下後，緩緩開口道：「是關於這次詩會，或者還包括這一次的鄉試，可能需要委屈沈學子了。」

如果只是詩會，什麼委屈沈慶都覺得無所謂，但若是鄉試，沈慶想知道是什麼委屈？

宋雁茸卻不這麼認為，若是詩會可以商量，但若是鄉試，憑什麼？

還不待沈慶開口，宋雁茸就先問道：「不知道殿下想怎麼委屈我夫君？」

在場幾人都在等著沈慶的回答，顯然沒想到宋雁茸居然會先開口。

沈慶拱手道：「內子無狀，還望殿下莫要介懷。」

太子饒有興致地看向宋雁茸，這位沈夫人，剛進來的時候分明是個平凡怯弱的女子，有些手忙腳亂的模樣，她夫君為她裹披風，他打趣一句，她還會臉紅。沒想到這會兒涉及到沈慶，她竟比沈慶還著急地站出來，甚至直視他。

太子心中微微一動，倒不是對宋雁茸動心，而是沒想到世間真有這般愛情。

太子的生母先皇后，當年與還是皇子的皇上也十分恩愛，可後來隨著皇帝登基，朝堂紛爭，為了平衡各方勢力，皇帝的後宮陸續進人，皇帝不再是先皇后一個人的。

或許是思慮過重，先皇后生下太子後，身子就一直不大好，加上太子身子也不大好，皇后覺得是她沒照顧好肚子裡的太子才導致如此，一心撲在照顧太子上，漸漸開始不理會後宮事宜；等太子慢慢長大，皇后的空閒時間也多了起來，她迷上了看話本，每每被話本裡的神仙愛情感動得落淚，合上書又總會念叨「那樣的神仙愛情也就是話本才有」。

懵懂的太子不知道什麼叫「神仙愛情」，他問母后，他的母后卻是摸著他的小腦袋道：

「等你長大就知道了，我兒將來一定要做個好男人，將妻子寵成個孩子。」

「若是我不想那麼寵妻子呢？」小太子懵懂地問著。

皇后笑著說：「那就證明，那個人不是你特別喜歡的，你就不要讓她做你的妻子。」

「為什麼？」

「等你長大就明白了。」皇后摸著小太子的腦袋感嘆道。

太子還沒弄明白這句話，皇后就已經撒手人寰。

皇后剛離世的那些日子，太子整日宿在皇后的宮殿，整理皇后的遺物，發現最多的竟然是話本。

太子翻看了很多話本，終於明白皇后說的神仙愛情是什麼，可他的母后再也回不來了。這些年，太子知道在他父皇的心裡，他母后是不一樣的存在，可那又怎樣？父皇心中還有他的天下，為了他的天下，他依舊往返於後宮各主。他的兄弟也是如此。

太子不想成為那樣的人，因此，每每在皇帝提出給他選太子妃的時候，他都以自己身子不好，須調理身子為由推拒了。

沒想到，今日竟讓他見到了宋雁茸這樣的女子，只是不知道沈慶是不是也能同樣對待宋雁茸？

太子朝沈慶點頭。「沈夫人為孤解決了雞腿菇的問題，如今孤的身子日漸好轉，孤感謝她還來不及，怎會因這等小事而怪罪。」

沈慶這才放心，見太子示意他坐回去，沈慶拉著宋雁茸坐下。

太子又道：「也不怕兩位笑話，孤的三皇弟那邊不知怎麼知道了有人幫孤弄出了雞腿菇，但如今還不知道是誰，孤也是為了沈夫人的安全，所以之後可能不能太關照沈學子，甚至還要委屈沈學子，因為沈學子的同窗梁燦是三皇弟的人，沈學子與梁燦上回因為結下梁子，梁燦讓三皇弟找了人，在這次的鄉試上對沈學子的考試卷動手腳。」

第五十三章

「只要是為了夫人的安危，小民願……」

沈慶後面那個字還沒落下，宋雁茸立刻起身，朝太子的方向微微欠身，道：「殿下，民婦愚鈍，既然殿下知道有人要對我夫君的試卷動手腳，為何不阻止？既然殿下覺得不知道如何感謝民婦，那民婦就挾恩一回了。」

一旁的沈慶聽了宋雁茸這話，連忙扯她的衣角，低聲急急道：「茸茸！」

宋雁茸卻看都不看沈慶一眼，抬手就將沈慶輕輕拽住衣角的手拂去，繼續道：「民婦想殿下出手幫夫君沈慶一把，民婦私以為，殿下可以趁此次機會，將三皇子黨羽拔除一些。科舉乃朝廷為選拔人才與官員舉辦的，三皇子染指科舉居心何在？恕民婦愚鈍，民婦覺得三皇子這是藐視朝廷，不將天下社稷放在眼裡，說得嚴重些，他這是想謀反。」

宋雁茸垂著頭一陣說，她沒有看到太子與燕公子的臉色，兩人此刻滿臉驚訝，甚至連高神醫都滿眼錯愕地看向宋雁茸。

這女人，居然連謀反的話都敢說出來。

要是說三皇子藐視朝廷，他們或許不會這麼意外，但宋雁茸將這事往謀反上說，雖然在座各位也都覺得三皇子想與太子爭奪那個位置，心知肚明是一回事，這麼直白的說出來，宋雁茸還真是第一人。

見太子和燕公子臉色有些不對，沈慶生怕宋雁茸惹惱太子，跪在地上朝太子磕了一個頭道：「殿下，內子莽撞，若有什麼地方衝撞了殿下，小民願一力承擔。」

太子眼中閃過一絲玩味。「哦？包括讓你此次落榜？」

「小民願意。」

「我不同意。」

沈慶與宋雁茸幾乎同時開口，沈慶說完，趕緊朝宋雁茸使了個眼色，示意她不要再說。她怎的糊塗得在太子殿下面前說「我」？

可這會兒宋雁茸哪裡肯聽？她也直挺挺地跪下，恭敬地朝太子磕了一個頭。「殿下，若是覺得被民婦衝撞了，或者覺得民婦挑撥天家兄弟，只管治民婦的罪，請不要讓沈慶替民婦挨罰，他寒窗苦讀十多年，不應該被如此對待。」

眼見著沈慶又要磕頭，太子收起玩笑，正色道：「兩位快起來吧。」

說著示意一旁候著的丫鬟將宋雁茸扶了起來，又道：「孤原本是為了沈夫人的安危考慮，所以這次才打算放過老三，既然沈夫人如此說了，孤若是還姑息養奸，豈不是愧對列祖列宗了。」

此話一出，宋雁茸歡喜，沈慶卻擔憂道：「殿下……」

太子抬手制止了沈慶。「孤知道沈學子擔心什麼，放心，既然沈夫人不怕，那孤就算是重兵把守也不會讓人傷了沈夫人分毫。至於沈夫人的話，孤以為說得甚有道理，定不會放過想在科舉中動手的人。」

又安撫幾句，便揮手讓夫妻倆退下了。

城門已經關了，城中，燕家那處院子還沒有收回，夫妻倆便乘著馬車回到城中巷子裡的小院。

燕府，宋雁茸夫婦剛離開，燕回韜就擔憂道：「殿下，您真的準備這次就出手了嗎？我們準備了這麼多年，如今可不是最好的時機，若是失手……」

太子抬手。

「表哥，我心中自有打算。」

「可是……」

「難道表哥不覺得沈夫人的話很有道理？一個農家女子尚且知道拚命也要守護自己想守護的東西，我等怎能畏畏縮縮？」

知道太子心意已決，燕回韜也不再多說。

高神醫倒是被剛才那一幕給驚呆了，他有些後悔這麼早進來，原本他只管給太子把脈，從未摻和、了解那些具體的鬥爭，只知道三皇子與太子不對盤。

他沒想到，今天跟著第一次見太子的宋雁茸，竟然讓他得知此次科舉有黑幕，這麼大的事情，高神醫不覺有些心慌，換了好幾次手，才將脈把明白。

「太子身子這陣子沒有繼續惡化，這是個好兆頭。」說著又調整了藥方，便藉口要去盯著雞腿菇，告辭離去。

太子看著高神醫有些慌亂的背影，笑著朝燕回韜道：「瞧把神醫給嚇得，沈慶夫人叫什麼來著？你說那丫頭膽子怎麼這麼大？真是什麼話都敢說。」

燕回韜笑道：「好像是叫宋雁茸。」

另一頭，沈慶與宋雁茸回了屋子，沈慶正說了同樣的話。

「茸茸，妳今天怎麼敢說那樣的話？挑撥天家兄弟，妳這腦袋是不想要了？造反的話妳也敢說？」

宋雁茸卻拍拍胸口，一副後怕的樣子。「你別說，我今天也挺害怕的，雖然我篤定太子不會殺我，畢竟雞腿菇、靈芝、猴頭菇這些還都在我手裡，但我也怕，我怕他萬一真生氣，逼我將法子都交出來，再將我拖出去砍了。」

見宋雁茸自己心裡也算明白，沈慶這才放軟了聲音。「知道要掉腦袋，妳還說？」

「賭一把啊，若是太子連這事情都要計較，他也不值得我給他弄這麼多蘑菇，將來更不值得你追隨。」

沈慶聽到這裡，輕輕將宋雁茸拉進懷中。「茸茸，以後不可再如此冒險了，這世上沒有什麼比妳重要。」

宋雁茸原本還一副戰鬥的模樣，被沈慶突然摟住，身子僵了下，聽到沈慶的話，瞬間有一種心中被塞滿甜甜棉花糖一般的感覺。

等宋雁茸醒神，已經被沈慶摟了好一會兒了。

宋雁茸有些慌亂的推開沈慶。

「我去燒水。」

看著宋雁茸凌亂的腳步，沈慶輕笑。「我和妳一起。」

院中如今只有白叔和外頭的兩個侍衛，內院只有夫妻兩人，沈慶打了水倒入鍋中，兩人一起燒水漱洗。

這一夜，宋雁茸是在沈慶懷中安睡了一整晚。

轉眼就到了太子定下詩會的日子，洛城中人還在紛紛打聽太子什麼時候來洛城，卻在詩會開始前，才猛然發現，太子早已經來了洛城。

在得知梁燦利用三皇子的人脈，在三皇子默許下，準備對沈慶的試卷動手腳。太子原本想將計就計，讓三皇子以為得手，以為梁燦還沒有暴露，將來在關鍵時候利用梁燦傳遞錯誤消息給三皇子，藉此一把扳倒三皇子。

太子這邊已經掌握了梁燦、梁婷婷以及梁婷婷夫君的小舅舅這條完整的線，將來用起來，勝算十分大。

可是這些的前提是要犧牲沈慶這次的科考名次，其實也算是對沈慶的保護，不讓沈慶過早暴露，繼而保護好宋雁茸。

沒想到那夜這對夫妻竟然是那般表現，如今太子也改了策略。宋雁茸與他說的那番話，何嘗不是一種投誠？

原本太子準備在這次詩會上壓制沈慶，抬舉梁燦。如今也不需要了，既然沈慶夫妻已經將身家押在他這條船上，他不能讓這兩人失望。

於是，毫無意外，沈慶在這次詩會出盡了風頭，甚至連周遠航，太子都順帶誇獎了一番。

而梁燦，興沖沖地來，在看到沈慶與周遠航的座位時，心就涼了一半，他本不想再生是非，只想詩會快快結束，隨意寫了一首詩，卻還是被一位老先生當眾指出。「此子戾氣太重！」

梁燦簡直想當場吐血，他不過簡單作了一首施展抱負的詩詞，怎的就戾氣重了？

怎料，太子也點頭，誇那位老先生眼光毒辣。

這都叫什麼事？

一定是沈慶，沈慶是太子的人，因看不慣自己，在太子那邊說了什麼，所以太子才對他發難。

對！一定是這樣的。

梁燦被一群人指指點點，只覺得手腳冰涼。

他倒是自信，一點都沒覺得是自己暴露了。

梁燦心中狠狠地想著：沈慶，你給我等著！詩會出風頭有什麼可得意的，等著科考吧，我一定讓你落榜，永無科考的機會。

第五十四章

這場詩會後，以沈慶為首的十來位學子，一時間在洛城學子中風光無限，周遠航也跟著風光了一些時日。

而梁燦因為戾氣重的評價，眾學子們知道太子明顯不喜梁燦，大家本就與梁燦不甚熟悉，自然不會因為梁燦去觸太子霉頭。

於是，原本因梁燦有幾分才學，對他心生欣賞而圍在梁燦身邊的學子，開始漸漸與他保持距離。

隨著鄉試臨近，連陳鵬都沒有往日那般熱絡了。

梁燦強自壓下心中的憤恨，開始手不離卷的溫書。

莊子上，終於可以收集靈芝孢子粉了。

這天先後來了兩趟馬車，第一趟自然是牧老和高神醫，兩人早有準備，今天的穿著都是束著袖口的簡便衣褲。

牧老一手拿著刷子，一手拿著一個牛皮紙袋，站在靈芝大棚外，看著一個個套著牛皮紙的靈芝，不知從何下手，疑惑道：「宋丫頭，這怎麼開始？直接打開袋子？」

雖然在往大棚來的路上，宋雁茸已經和大家說明怎麼收集孢子粉，但大夥兒都是第一次經歷，聽懂了是一回事，真要動手，不免有些沒底。

牧老正好問出了在場人的疑惑。

這次收集孢子粉的人不只有牧老、高神醫、宋雁茸及沈念，宋雁茸早就讓侍衛通知燕公子，從燕府撥了好幾位靠得住的人過來幫忙，這會兒大家都懵懵懂懂地有些不敢動手，等著宋雁茸示範。

面對十多雙眼睛，宋雁茸也不膽怯，走進大棚，對大家道：「這個就是靈芝孢子粉，像這樣，用刷子將孢子粉刷進我們帶來的袋子裡就可以了。」

宋雁茸示範了一遍，對大家道：「就是這樣，大家看明白了吧？很簡單的。」

沈念最先道：「哦，原來就是掃灰嘛，將裡頭所有的孢子粉當成灰塵掃進袋子裡就成了，對吧，嫂嫂。」

宋雁茸說：「對，大家看明白了就可以動手了。」

燕府派來的那批人知道靈芝孢子粉的重要，原本這步驟沒什麼難度，可一想到這是給太子殿下使用的，十來個大小夥子，頓時有些遲疑。

倒是沈念、牧老與高神醫三人點點頭。

宋雁茸道：「那牧老、高神醫和小妹，你們三人先開始。」說完又對一眾燕府的人手道：「你們就先看看他們怎麼收集的，看明白了就自行開始吧，有什麼不明白的隨時問我。」

大家在收集孢子粉的時候，主要就是注意下面墊著的那張紙，別把那上面的泥土刷進去。」

隨著牧老、高神醫、沈念三人的加入，燕府那些人圍著看了一會兒也紛紛蹲下開始收集孢子粉。

太子與燕公子知道今天莊子上收集孢子粉，忙完手裡的活也乘馬車來到莊子。這便是今天第二趟來莊子上的馬車。

莊子上大多數都是燕府的人，自然一眼就認出了來人，這會兒宋雁茸去了大棚，不在院中，消息就傳到了沈慶耳中，如今沈慶與周遠航都在一起讀書，兩人便趕緊迎了出去。

太子得知宋雁茸去了大棚，沈慶、周遠航兩人原本在讀書，便對兩人道：「離鄉試沒剩多少天了，你二人繼續讀書吧，孤與表哥去大棚那邊看看就行。」

沈慶與周遠航不至於傻到真的丟下太子回去溫書，便道：「殿下仁心，小民今天本就想過去看看，卻遭內子拒絕，如今正好跟著殿下一起過去，待會兒內子見小民與太子一起過去，也就不會責怪小民了。」

太子聽聞，笑著點頭。「沈學子倒是實誠。」被夫人管得如此緊，別人遮掩還來不及，他居然還說得一臉得意。

一行人來到大棚外的時候，就見大棚裡十來號人正蹲在地上，手裡拿著一把刷子，低著頭認真往牛皮紙袋子裡刷著紅褐色粉末。

燕府派來的這批人中有幾個是身手很不錯的護衛，太子一行人過來的時候，那幾個頂尖護衛就知道有人來了，只是他們都明白，這段時間，這大棚附近，明裡暗裡不知道有多少人盯著，這會兒能這麼明目張膽過來的，定然是自己人。

那幾人便也就安心收集孢子粉。

等不經意往外看一眼，才發現不僅燕公子來了，太子殿下也來了。

那些人紛紛朝太子與燕公子單膝跪下。「殿下、燕公子。」

宋雁茸等人才發現大棚外頭的人，正要起身行禮，太子抬手止住了。「此處不是府內，大家莫要多禮，先各自忙著吧。」

說著，太子朝宋雁茸的方向抬步走去，拿起地上擺著的裝了孢子粉的紙袋，問道：「這就是靈芝孢子粉？」

宋雁茸恭敬道：「回殿下的話，是的。」

太子有些意外的抬頭看了宋雁茸一眼，這丫頭倒是與上次不一樣了，似乎特別規矩了些。

太子伸手從袋子裡捏起一小撮孢子粉，在指尖摩挲了幾下，問道：「這個能直接服用？」

「回太子殿下的話，是的。」

太子輕笑出聲。「沈夫人打算今天都這般同孤說話？」

「回……」宋雁茸剛要開口，頓時覺得不太對，抬頭偷瞄了太子一眼，見他正有些好笑地看著她，眉頭輕輕一皺。「殿下的意思是？」

「沈夫人將孤當成平常人就是了。」說著就要將指尖捏著的孢子粉放進嘴裡，一旁立刻站出一個護衛阻止道：「殿下！」

太子卻抬手制止。「無妨。」說著，將指尖的孢子粉放進嘴裡，仔細品嚐。「味道有些怪，似乎有些黏牙。表哥試試？」

燕回韜上前接過那袋孢子粉，也嚐了些，點頭道：「殿下說得極是。」

一旁的高神醫和牧老躍躍欲試，他倆怎麼忘記了，這孢子粉是直接吃的，剛才竟然只顧著埋頭收集孢子粉，都忘了嚐嚐了。

兩人直接從手邊的靈芝上刷一些孢子粉放進嘴裡，高神醫道：「確實有些黏牙，這味道也確實難以形容。」

跟著進來的周遠航隱約知道宋雁茸在幫燕公子種什麼東西，那東西是給太子用的，他原先以為是什麼藥材或瓜果，如今才知道，居然是靈芝。

沈慶的夫人居然會種靈芝？難怪能得太子如此看重。

這會兒，周遠航看向宋雁茸的眼神都變了。

趁太子與燕公子都在討論孢子粉的味道，周遠航輕輕拉了下沈慶。「沈兄，靈芝孢子粉是什麼東西？待會兒也讓我嚐嚐？」他已經不敢再稱宋雁茸為「嫂嫂」了。

沈慶點點頭。「嗯，回頭你自己跟你嫂嫂說，這是她弄出來的東西。」

太子與燕公子又看了一會兒大棚裡的靈芝，了解孢子粉是如何收集的，太子還親自試著收集了孢子粉。「倒是挺有意思的。」

太子和燕回韜要離開，宋雁茸等人也隨著一起出去送。

太子指著另外一個大棚道：「那裡頭是什麼？」

在場除了太子，也就燕回韜與周遠航沒來過，兩人眼中也滿是疑惑，尤其是周遠航。

「那邊是平菇和雞腿菇，後頭還有些猴頭菇。」

「哦？」太子來了興致。「孤可以看看嗎？」

宋雁茸做了個「請」的手勢，笑道：「殿下請，雞腿菇與猴頭菇本就都是太子的。」

等太子與燕回韜進了大棚，宋雁茸這才看向沈慶，輕聲道：「你怎麼過來了？」

周遠航卻在一旁道：「嫂嫂，還有我，我也來了。」

宋雁茸丟給周遠航一個皮笑肉不笑的笑臉，周遠航卻絲毫不介意，自顧自地道：「遠航今日才知道，嫂嫂居然這麼厲害，連靈芝都能種出來。」他又指了指面前的大棚。「這個大棚我也可以去看看嗎？」

宋雁茸點頭，周遠航興奮得鑽進了大棚，從此開啟了膜拜宋雁茸的人生。

太子看了雞腿菇與猴頭菇，又問了些問題，宋雁茸都一一作答。

太子離開的時候吩咐道：「將馬車上的箱子搬下來給沈夫人。」又朝宋雁茸道：「孤知道妳的蘑菇都是拿來賣錢養家餬口的，孤自然不能白拿這麼多蘑菇，這是那批雞腿菇的銀錢，外加靈芝和猴頭菇的訂金。妳做的靈芝盆景，孤很喜歡，想要什麼賞賜儘管開口，只要孤能辦到。」

聽到這是太子付的蘑菇錢，宋雁茸很是高興。「多謝殿下！民婦不要別的，只願夫君……」

太子猜測宋雁茸要幫沈慶討賞賜，便道：「沈夫人想要什麼，仔細考慮幾天，等想清楚了再讓人來找孤。」說完從腰間扯下一個腰牌讓人遞給宋雁茸。

送走了太子與燕回韜，沈念在後頭將今天的平菇採了回來，看著家裡成堆的乾平菇，沈念有些發愁。「嫂嫂，這些平菇怎麼辦啊？這麼多，咱們也吃不完，是不是得想個法子將平菇賣了？」

第五十五章

院子的後花園中，一個專門用來晾曬蘑菇的小棚子下已經堆放了好幾筐蘑菇，雖然張嬤嬤換著花樣做平菇，但也不可能天天吃，還是攢下來好幾筐。

「妳大哥快要考試了，等靈芝孢子粉收集好了，咱們就去洛城燕公子借給我們的那個院子裡住吧，等妳大哥考完試了咱們再回來，這段時間，咱們可以在洛城將這些蘑菇賣一賣。」宋雁茸說道。

沈念雙眼一亮。「那咱們怎麼賣？直接去市場賣蘑菇，還是做成吃的再賣？」

「那就看妳了，妳想多掙些銀子，那就做成吃食再賣，但是會辛苦些；若是想輕鬆些，那就少掙點銀子，直接賣蘑菇。」

沈念忙道：「嫂嫂，我不怕辛苦，我想要多掙銀子。」

宋雁茸點頭。「那咱們明天就去洛城吧？左右這邊的靈芝孢子粉已經安排妥當了，他們收完孢子粉自會送去燕府。我一會兒去跟妳大哥說一聲，讓他將書本、典籍都收拾好。」

「嗯，那母親和二哥呢？」

「這邊有張嬤嬤、劉嬤嬤，還有小丫鬟們照顧，母親就留在這邊吧，等妳大哥那邊放榜了我們就回來。二弟的話，他如今管著豬舍和蚯蚓池子，一時半刻恐怕走不開。」

「行，都聽嫂嫂的，不過咱們做什麼吃的呢？」沈念一想到明天就去洛城，她還沒想好賣什麼吃的，不由得有些著急。

「炸蘑菇和涮串吧。」

「炸蘑菇？涮串？這怎麼做？」沈念聽都沒聽過。

宋雁茸笑著挽住沈念的胳膊，道：「走，咱們去廚房找張嬤嬤。」

姑嫂兩人到了廚房，張嬤嬤正在教雅蘭和碧竹兩個小丫鬟和麵，張嬤嬤一邊和麵、一邊講解，兩個丫鬟手裡也沒閒著，一邊認真聽，一邊還麻利的摘著菜。

雅蘭和碧竹就是張嬤嬤親自去外頭買回來的小丫鬟，如今兩人廚藝還不行，宋雁茸他們的吃食還是張嬤嬤親自做的；但張嬤嬤沒有藏私，每天做飯菜都帶著兩個小丫頭學，等張嬤嬤做完內院的飯菜，外院小廝和白叔以及那幾個侍衛的飯菜就讓兩個小丫頭動手。兩人都很勤快，這段時間廚藝進步很大。

張嬤嬤見宋雁茸與沈念過來，連忙停下手裡的活。「夫人，姑娘，可是有什麼吩咐？」兩個丫鬟也恭恭敬敬立在一旁。

宋雁茸笑著說：「鄉試在即，夫君與周公子要去洛城備考，我與小妹打算明天一同過去，順便將這些日子收集的平菇賣掉。小妹想多攢些銀兩，我就想著做些炸蘑菇和涮串，所以來張嬤嬤這裡請教一二。」

張嬤嬤將手裡的麵粉搓掉，手在圍裙上擦了擦，道：「夫人和姑娘想做什麼？要不要老奴一起去洛城？」

宋雁茸忙道：「不用，您在這邊照顧好母親就成。」然後又將自己準備怎麼做吃的和張嬤嬤說了下。「具體怎麼弄，張嬤嬤幫我們拿個章程？」

張嬤嬤聽完笑道：「夫人說的這個好辦，老奴立刻調粉，咱們現在就能炸些蘑菇出來。至於涮串，夫人說的那些調料，一時間咱們莊子上怕是湊不齊，回頭老奴列張單子，夫人和姑娘到洛城去採買齊全了，再處理好就成了。」

沈念連連點頭。「張嬤嬤太厲害了，太謝謝您了，回頭我們掙了銀子，也給張嬤嬤分一份。」

張嬤嬤眉開眼笑道：「那敢情好，老奴先多謝姑娘賞賜了。」

說完又對宋雁茸道：「夫人，既然你們都去洛城了，那邊廚房也不能沒人伺候，老奴在莊子上伺候老夫人，夫人和姑娘就把碧竹和雅蘭帶去吧，大公子科考在即，夫人和姑娘又有買賣要忙，就讓這兩個小丫鬟去幫忙。」

宋雁茸略一想，就點頭答應了，畢竟她不擅長廚藝，沈念若是去忙買賣，沈慶和周遠航每天吃什麼，還真成問題了，科考在即，吃食上可不能馬虎。

張嬤嬤那邊很快勾了芡，將蘑菇往裡一轉，立刻撈起來扔進油鍋裡，很快就炸出一大盤酥香爽脆的脆皮蘑菇。

廚房中，五人嚐了脆皮蘑菇，都覺得味道十分不錯。

沈念邊往嘴裡塞脆皮蘑菇，一邊又往鍋裡炸了幾個。「這麼好吃的蘑菇，我給二哥送一盤去，看他還敢不敢說蘑菇吃厭了。」

沈念炸了挺多蘑菇，宋雁茸端了一盤送去沈慶與周遠航讀書的地方。

宋雁茸很少過來，聽到敲門聲的時候，沈慶與周遠航以為是劉全或張福，嘴裡應了聲「進來」，頭也不抬地繼續讀書。

宋雁茸道：「廚房裡新炸了蘑菇，你們快趁熱吃。」

兩人聞言立刻抬頭，眼中既意外又驚喜，沈慶沒想到宋雁茸白天會來看他，而周遠航嘛，自從知道了宋雁茸會種靈芝，他已經將宋雁茸列入神一樣的存在了，這會兒猛然見到神仙，自然驚喜至極。

周遠航比沈慶還快，立刻站了起來。「嫂嫂來啦，快快坐下。」

宋雁茸將盤子放下，眼睛看向沈慶。「你也休息一下，先吃點東西，嚐嚐這個味道怎麼樣。」

宋雁茸話剛落下，一旁的周遠航就立刻道：「嗯，好吃！」

沈慶走過來，溫聲道：「妳怎麼過來了？是不是有什麼事？」

若只是送些吃食，通常都是張嬤嬤過來，宋雁茸不會親自過來。

果然，就瞧見宋雁茸點頭道：「嗯，也算是有事吧，小妹那邊採了好些平菇，眼瞅著家裡都堆不下了，你和周公子也快要考試了，所以我和小妹想著，不如明天咱們就去洛城燕公子借給咱們的那處院落，我與小妹也好將那些蘑菇賣了。你快嚐嚐這個好不好吃，小妹打算賣這個。」

沈慶笑道：「妳就慣著小妹吧，她嫌沒事情做，妳就弄了一大棚的平菇讓她伺候，如今平菇堆滿院子，妳又幫她想法子賣平菇。」

沈慶知道宋雁茸如今根本不缺銀子，那日太子給的那口箱子，裡頭全是金子，剛打開的時候，差點沒晃花他眼睛。

宋雁茸還樂呵呵的笑著。「沈慶，這下我們真的發財啦！」

沈慶覺得，他如今越來越喜歡「我們」這個詞了。

第二天，宋雁茸就帶著大家去了洛城的小院。

因為出發的時間比較早，到洛城的時候街上剛熱鬧起來，沈念心裡惦記著那些蘑菇，張嬤嬤給的配料方子她先收著，直接領著碧竹和雅蘭去集市支起一口油鍋開始賣炸平菇。

這個時代平菇本就少見，更別談油炸了，那一口鍋裡的油得多貴呀。

原本以為這炸平菇會很貴，一問才知道三文錢一串，比肉包子沒貴多少。

一時間沈念的生意十分火爆，這才第一天，碧竹便回院子取了好幾次平菇。

沈念的生意連續好了四天，第四天中午卻出事了。

第五十六章

這天中午正是人多的時候，因為再過兩天就要考試了，城中的學子為了考前放鬆，出來轉的也比往常多了許多。

這會兒，沈念的小攤前還圍著好幾個學子，準備來嚐嚐鮮。

突然人群外一個婦人大聲號哭地朝這邊過來了，嘴裡喊著。「殺千刀的黑心人啊！我兒過兩天就要考試了，如今吃了這黑心肝的炸蘑菇，變成了這樣，讀了十多年書，就盼著這次能考上，如今，就這麼完蛋了！」

原本沈念還以為是別處出事了，聽到「炸蘑菇」頓時頭皮發麻，手裡的芡粉盆子差點掉進油鍋裡，還是旁邊的碧竹手快，一把扶住了。

沈念朝人群外看去，就見到一個婦人穿著洗得發白的絳色衣裙，哭天兒抹淚地朝這邊過來，身後跟著兩人抬著塊門板，門板上躺著一個穿著讀書人衣衫的男子，還沒看清楚那男子什麼情況，那行人就已經到了跟前。

人群自動給那婦人讓了道。

婦人衝到沈念跟前，一把掀翻了她的芡粉盆，趁沈念愣神的工夫，幾下子將那筐平菇也扔了滿地，嘴上也沒停下，狠狠道：「妳個黑心小賤蹄子，竟然敢賣毒蘑菇，害我兒至此，看我不撕了妳！」

說著就準備衝上去撕打沈念，碧竹和雅蘭趕緊上前攔，卻因為力氣小，很快被婦人摺倒在地，碧竹腦袋磕在地上，一時昏死過去。

沈念見此，立刻反應過來，抄起手邊在鍋中挾炸蘑菇的鐵夾子道：「妳別亂來，再敢傷人，我就還手了。」

婦人見到沈念手裡的鐵夾子，腳步一時頓住，嘴裡卻又喊著。「大家快看啊，這黑心蹄子賣毒蘑菇將我兒子毒成這樣，如今還想打殺我這老婆子啦！」

眼瞅著那婦人眼睛滴溜溜地看向油鍋，沈念心中立刻覺出不好，自己先一腳將油鍋踢翻在地。

人群因為婦人的喊叫，又加上身後的門板抬進來，油鍋附近沒有別人，可心生歹念的婦人正彎腰想將油鍋往沈念身上掀過去，油鍋猝不及防被沈念先踢翻，婦人鞋子上濺了好大一片。

七月的天，穿得本就單薄，這下婦人的叫號更加尖銳了，若不是地上有熱油，婦人怕是立刻要坐在地上了。

只見婦人一聲尖叫響徹雲霄，後退幾步就喊道：「大家快看啊，這黑心的賤蹄子想用熱油燙死我呢！」

沈念拿著鐵夾子護在身前道：「妳胡說，我沒賣毒蘑菇，這蘑菇根本沒毒，還有，是妳剛才想將熱油潑在我身上，彎腰想掀油鍋，我才將油鍋往旁邊掀翻的。若是我想燙死妳，直接將油鍋踹妳身上還迅速些。」

這幾天沈念與碧竹、雅蘭在這裡賣炸蘑菇，經常在空閒時候會給旁邊幾個攤販分一些炸蘑菇吃，也算是結下了些許善緣。

這會兒幾個攤販都幫腔道：「就是，妳這婦人上來就又哭又嚎的，剛才我們都瞧見了，妳想用油鍋裡的熱油燙傷人家小姑娘。」

婦人卻朝說話的幾個商販吼道：「換你兒子考試前被人毒成這樣，你不哭不嚎？你哪隻眼睛看見老娘要燙死這死丫頭了？眼睛瞎了嗎？沒看見老娘被這黑心的賤蹄子燙成這樣？」

說話間，婦人幾步退開到沒有熱油的地方，就地坐下，脫了鞋襪，腳背處紅腫一片。

婦人還在喊叫，人群中，不知道誰喊了一聲。「呀，這不是沈慶學子的妹妹嗎？」

然後又有人道：「是啊，沈慶學子的妹妹怎麼可能賣毒蘑菇？」

婦人像是得了什麼啟發一樣，一下子從地上站了起來，也顧不得燙傷的紅腫腳背，朝沈念惡狠狠道：「好啊，原來妳自家大哥今年考試，難怪在這裡賣毒蘑菇，就是想毒死幾個這屆的考生，讓妳大哥少幾個對手是吧？」說著往前幾步，抬手就要打向沈念。

旁邊幾個拿著炸蘑菇的學子，立刻扔下手裡的炸蘑菇，一臉警惕地看向沈念。

眼見事情扯到自家大哥身上，沈念慌了神，根本沒注意搧向自己的手，「啪」一聲就是一個清脆的耳光。

眼見第二個巴掌又要打下來，沈念只覺得耳朵嗡嗡響，已經做好再挨一巴掌的準備，婦人的手卻被人緊緊攥住，少年的聲音在沈念耳邊響起。「妳再打一巴掌試試！」說完，少年將婦人手臂狠狠往一邊甩去。

婦人疼得叫喚，緩過來就朝少年撲去。「哪來的姘頭？敢攔……」

話未說完，少年幾步上前，朝婦人的臉就是「啪、啪」兩耳光。「別以為我不打女人！」

沈念呆呆地看向少年，滿眼淚花，嘴裡喏喏道：「青山？」

少年眉眼一動，側目看過來。「妳還好嗎？」

沈念點頭。「我沒事，只是……啊！」沈念說話間撲向高梓瑞，只聽「啪」一聲，沈念軟軟倒下。

高梓瑞一把摟住沈念，轉身看見原來是那婦人不知什麼時候撿起那把鐵夾子砸向沈念。

見高梓瑞盯上自己，婦人想跑，高梓瑞伸腿，用力將婦人的腳往後一勾，婦人頓時倒地。

高梓瑞吩咐身邊的小廝。「立刻報官。」

另一頭，剛得知消息的宋雁茸在雅蘭的帶領下趕了過來，看到倒在地上的碧竹和高梓瑞懷中的沈念。

在路上，宋雁茸已經聽雅蘭說了大概。

宋雁茸對雅蘭道：「妳先將姑娘扶回去。」

又對白叔道：「白叔，麻煩找個大夫過來，先看看碧竹。」

白叔還沒動，高梓瑞就道：「宋姊姊，我來。」說著就去察看了碧竹。「沒有人礙，養兩天就好了。」

宋雁茸隱隱覺得如今的高梓瑞有些變化，已經不再是當年那個青山了，但此刻也顧不了許多，指著木板上的男子道：「那再看看那個男子是什麼情況。」

高梓瑞上前察看，又拿出一包銀針，朝男子扎下。

不一會兒，男子就悠悠轉醒。

這會兒，宋雁茸才看向婦人。「妳口口聲聲說他是吃了我家小妹的蘑菇中毒的，那妳說說他是什麼時候吃的？」

宋雁茸話落，就聽到高梓瑞也朝婦人道：「剛才我可是在場的，人家只說了她是沈慶學子的妹妹，妳怎麼就知道沈慶是她大哥？」

婦人眼珠子亂轉。「我、我哪裡知道什麼大哥、二哥的？」

說話間高梓瑞突然上前幾步卸下婦人的下巴，從她的後牙槽位置拿出一個毒包，驚訝道：「死士？」

第五十七章

婦人見到高梓瑞手裡的藥包，撲過來就想搶回去。「你幹麼！這是我牙疼，大夫給我塞的藥！」

高梓瑞冷哼一聲。「牙疼？塞這種見血封喉的劇毒？」

婦人手一顫，像是嚇到了。「你說什麼呢，什麼毒藥，我聽不懂你說的話。」但整個人已經開始慌了。

高梓瑞再次冷笑。「我還當是死士，原來不過是個蠢婦。」

木板上剛轉醒的男子此刻已經坐起身了，正揉著腦袋朝婦人無力地喚道：「娘，怎麼了？」

婦人聽到男子的呼喚，錯愕、驚喜，一時間臉色十分精彩，不過她很快撲到少年身邊，痛哭道：「兒啊，你總算醒過來了，娘還以為你就這麼丟下娘了。」

宋雁茸卻朝男子開口道：「你是什麼時候吃我家小妹的炸蘑菇？」

婦人還處於兒子失而復得的巨大驚喜中，宋雁茸突然發問，她還來不及開口，就聽少年一臉懵懂道：「什麼炸蘑菇？」

說話間，男子似乎對自己的衣袍很是意外，輕輕抬起胳膊看著自己身上的衣袍，疑惑道：「娘……」

婦人像是突然醒神。

「兒啊……」

高梓瑞上前抓住男子的手腕，將他的手掌攤開，又是一聲冷笑。「你平常是做什麼的？」

「砍柴。」

「讀書。」

男子和婦人同時出聲。

說完，男子疑惑地看向婦人，婦人垂下腦袋。

高梓瑞將男子的雙手在眾人眼前攤開，滿手老繭，這一看就是做粗活的，男子與婦人的話孰真孰假，一目了然。

高梓瑞冷冷地盯著婦人。「妳兒子是讀書的？這雙手是寫字的？」

男子被高梓瑞抓得有些疼，用力抽回自己的手，奈何剛醒過來，力氣還沒恢復，試了好幾下都沒有成功，瞥見高梓瑞的眼睛，一時間有些不敢說話。

婦人吶吶的，明顯有些底氣不足。「我們家裡窮，我兒子自己砍柴賣錢讀書的。」說話間將男子摟緊了些。

高梓瑞忽然鬆開男子的手，一手捏住他的下巴，迫使他嘴巴張開，一手拿出剛才從婦人嘴裡掏出的藥丸放在少年嘴邊，嘴角輕扯，冷笑道：「妳猜，他吃下這見血封喉的毒藥後，是鼻子先流血，還是嘴裡先吐血？抑或是七竅流血。」高梓瑞一副很有興趣的樣子。

婦人驚恐地瞪大眼睛，不敢相信，光天化日之下居然有人敢用毒藥毒死人，可是她不敢賭，連忙求道：「不要，你要是想看被毒藥毒死後是什麼樣子，我來吃，我吃！」

說著就想上前搶那枚藥丸，高梓瑞哪裡會那麼容易讓那婦人得逞，手腕一翻，就將藥丸收了回去。

婦人顯然沒想到是這個結局，剛抬頭看向高梓瑞，就聽他道：「還不快快招來，妳兒子是幹什麼的？為什麼冒充鄉試的學子？」

婦人磕頭道：「我說，我說，我兒子是砍柴的，是有人給了我三十兩銀子讓我這樣做的。」

圍觀人群一陣唏噓。

高梓瑞又道：「妳兒子明明是中了蛇毒，為何要說是吃炸蘑菇中毒的？」

蛇毒？宋雁茸在一旁驚呆了，這個時代，中了蛇毒這麼容易解毒？她剛才好像只瞧見高梓瑞給那男子扎了幾針，這就解毒了？

短短半載，高神醫就將自己的兒子也教成了神醫？太不可思議了。

婦人這會兒早已經沒了剛才的潑辣，身子幾乎趴在地上，哭了起來，卻不說話。

圍觀的人群這會兒卻是炸開了鍋。

「好毒的法子，假裝學子中毒，誣陷真學子的妹妹！」

高梓瑞見婦人只哭不說話，頓時沒了耐心。「妳兒子餘毒未解，若是我不出手，妳兒子就見不到明天的太陽，妳儘管哭。」

婦人立刻收住哭聲。「我說，我說，求神醫救我兒子，這事情與我兒子無關。」

婦人絮絮叨叨說了起來。

原來，婦人的兒子中了蛇毒，婦人沒有銀錢去看大夫，這時候有人找上門，聲稱能救婦人的兒子，但要婦人去做一件事情。

這件事情就是陷害沈念。

陷害一個不認識的小姑娘就能救下自己的兒子，況且又不用她出手去殺了那姑娘，婦人幾乎沒有考慮就答應了。

那人給婦人的兒子餵了顆藥丸，說是能讓蛇毒發作減緩，又給婦人三十兩銀子，讓婦人在事成之後帶兒子看大夫。

那人還給了婦人一顆藥丸，告訴她是詐死藥，若是遇上應付不了的局面，讓婦人咬破藥丸詐死，事情平息後他們會來救婦人。

「我不知道他們給我的是毒藥，不然我哪裡敢聽他們的話藏在嘴裡？等我知道了，我也不敢不按照那人說的做，我還等著銀子給我兒救命呢。」婦人說完又朝高梓瑞磕頭，哀求道：「求神醫救我兒一命！」

高梓瑞朝人群抬了下手，立刻有手下從人群中揪出好幾個人。

高梓瑞走到宋雁茸身邊，神情溫和了許多。「宋姊姊，這幾個人就是剛才在人群中點出小妹身分的。」

小妹？高梓瑞以前是這麼稱呼沈念的？她怎麼記得他當初是叫沈念為沈姊姊的，是她記錯了？

宋雁茸心裡想著這些，嘴上卻說道：「嗯，送官府吧，希望能揪出背後使壞之人。」沈慶上次在太子詩會上大放異彩，難免有些心思歹毒之人生出害人的心思。

聽見要見官，婦人嚇得癱倒在地上。

男子趕緊爬過去扶住婦人的身子。「娘！」轉身又對高梓瑞道：「求您饒恕我娘，我娘是為了救我，要抓就抓我吧！」男子顯然也弄清楚了事情的來龍去脈。

婦人搖頭。「不，神醫，是我咎由自取，還請神醫賜藥救我兒子。」

高梓瑞卻連一個眼神都沒給這對母子，隨手扔出一個瓷瓶。

「一天一粒，連服三天。」

說完就朝宋雁茸走去。「宋姊姊，我們先去看看小妹吧。」

宋雁茸看了眼那對母子，抬腳與高梓瑞一同離去。

許久未見，宋雁茸有些不知道該如何稱呼高梓瑞。

高梓瑞與以前真的太不一樣了，宋雁茸覺得他多半是恢復記憶了，便道：「你身子好些了嗎？今天怎麼來洛城了？」

高梓瑞笑道：「嗯，我能記起來的都記起來了，是我爹讓我來的，說是宋姊姊這邊出了許多新鮮玩意兒，我也許久未見宋姊姊一家了，收到消息就立刻過來了。這回我母親也一同來了，如今住在燕府，等她休息好，我就帶母親來宋姊姊家。」

「高夫人也來洛城了？改天我與小妹一同去拜見高夫人吧。」

「不不不，我母親說你們是我的救命恩人，她要親自來謝謝你們。」說這話的時候，高梓瑞已經完全沒有了剛才對那些人的冷酷，彷彿又變回了「青山」。

院子本就不大，宋雁茸出門的時候，沈慶以為她是跑去給沈念送什麼東西了，畢竟這兩天沈念做買賣，兩個小丫鬟常來回在院中拿東西再急急忙忙送去。

等沈念被帶回來的時候，沈慶就聽到了院中的聲響，趕出來一看，才知道是沈念出事了。

這會兒宋雁茸回來，還帶著高梓瑞，沈慶都來不及問高梓瑞情況，高梓瑞直接道：「我去看看小妹。」

沈慶正想說不合適，宋雁茸立刻拉住他。

「高梓瑞現在醫術很好，我們一起進去吧。」

沈慶這才反應過來，高梓瑞說的進去看看，原來是替沈念醫病。

不過高梓瑞醫術行不行？不過半載，就能給人看病、看傷了？

沈慶這麼想著，一邊推門帶高梓瑞進屋，一邊朝宋雁茸投去疑惑一瞥，見宋雁茸朝自己點頭，沈慶雖然還疑惑，卻不再多問，跟著一起進去了。

高梓瑞察看了沈念的臉，又替她把了脈，道：「小妹就是臉上受了些皮肉傷，受了驚嚇，我給她開兩副藥，喝了就沒事了。」

宋雁茸聞言，立刻叫來雅蘭拿著高梓瑞的方子去抓藥、熬藥。

這會兒碧竹也已經醒過來了，宋雁茸讓她去休息，她不肯，非要留在沈念身邊伺候。左右高梓瑞也看過了，說是無礙，宋雁茸也就隨她去了。

安排好了沈念這邊，宋雁茸與沈慶、高梓瑞一同退了出來，去了書房。

沈慶和宋雁茸還沒想好怎麼開口問高梓瑞，就見高梓瑞一撩衣袍，朝兩人跪了下來，不顧兩人勸阻，朝兩人磕了三個頭，道：「梓瑞已經恢復了記憶，聽說宋姊姊一家都來了洛城，原本早就想過來道謝，只因我娘需要照顧，我爹又因殿下的事情不能在我娘身邊，這才拖到了現在。若是沒有宋姊姊的收留，梓瑞如今怕還在潼湖鎮的街頭要飯，一輩子都不可能再見到我爹娘。若是沒能與爹娘相認，我娘怕是也挺不了幾年。所以，宋姊姊一家，救了我全家。」

說著又磕了一個頭。

沈慶連說：「梓瑞言重了。」

等高梓瑞落坐後，宋雁茸忍不住問道：「梓瑞，我看你如今的醫術似乎很厲害，你是怎麼在短短幾個月的時間裡，讓自己的醫術變得這麼厲害的？」

高梓瑞笑了下。「主要是我爹厲害，小時候就教過我一些基本的醫理，我恢復記憶後，雖說不可能記起之前學過的東西，但到底有些印象，再學起來就比常人容易得多了。」

說到底，就是人家基礎好、天賦好，又有個神醫爸爸教導。

「我爹這次叫我過來，也是想讓我多些歷練，畢竟，紙上得來終覺淺。」高梓瑞說道。

沈慶點頭。「這倒是。」

這邊眾人還在聊著，白叔已經過來了。「事情查出來了，也是這屆的學子在背後使壞。」

宋雁茸與沈慶對視一眼，心中同時想到一個人，不過沈慶沈得住氣一些，沒有說話，宋雁茸直接問道：「又是梁燦？」

白叔道：「應該是他，但是他有證據證明自己的清白，倒是查到了與他關係最近的學子陳鵬頭上，陳鵬原本不肯承認，後來卻全攬在自己身上了。殿下那邊的意思是，科考在即，這事既然已經有了了解，就到此為止，省得在科考前多生是非。但殿下也說了，若是兩位想要繼續揪出梁燦，他那邊也會全力配合。」

皇上專門派太子過來坐鎮科考，若是將好好的科考弄得沸沸揚揚，不管結果如何，對太子來說都不是什麼好事。

宋雁茸便道：「那就那樣吧，只是陳鵬那邊，既然他願意一力承擔，那就麻煩白叔幫我傳個話，就說我希望能嚴懲陳鵬，以儆效尤。」至於怎麼個嚴懲，宋雁茸對這個時代的律法不甚了解，就看太子那邊怎麼處理。

白叔立刻應道：「這個不用夫人說，太子殿下那邊也不會輕易放過陳鵬的。」

白叔又往燕府跑了一趟，沒兩日，外頭就傳出了對陳鵬的懲罰，剝奪功名，終身禁考，這還不是最重的，三代以內、三族以內不得入朝為官，不得應考。

這下子眾人譁然，恐怕陳鵬自己也想不到還有這後面一條。他自己爛了也就爛了，可現在不僅牽連後人，連族人也都受了牽連。後來聽說陳鵬瘋了，再後來又聽說，陳鵬被族人除了族。當然，這是後話。

沈慶在宋雁茸的監督下，服用了約十天的靈芝孢子粉，就到了鄉試的日子。

前一天，宋雁茸與沈念就已經將沈慶考試要帶的東西仔仔細細檢查了好幾遍，生怕有遺漏。

這個時代的鄉試，只准考生自己進去考試，並不允許帶書僮隨身伺候，據說是因為曾經有人被剝奪了考試資格，專門做起了陪考書僮，在送飯菜的時候幫忙舞弊來賺取鉅額酬勞。朝廷為了避免這種情況，便直接不讓人帶書僮陪考，一日三餐全部由考院的小吏送去考生的座位。

沈母惦記著沈慶考試，在莊子上常與人聊天，也知道了考試大概是什麼情況，本想也來洛城一趟，又怕給沈慶增加壓力，便忍著沒來，倒是做了好幾個提神的香囊讓人送了過來。

考試那天，天還沒亮，考院外就排了長長的隊伍，考生提著考籃，拿著號碼牌，等著驗身、檢查，進入考院，對號入座。

接下來就是三天三夜的考試了。

宋雁茸與沈念在白叔的陪同下，一個提著燈籠，一人幫沈慶挽著考籃，也在考院外等待著。

宋雁茸一遍一遍地交代。「沈慶，考試不要慌，記得沈著、冷靜。你放心，我找大師給你算過，你這次一定能高中。」

眼見著宋雁茸已經說了不下三遍了，一旁的沈念和原本有些緊張的周遠航都忍不住偷偷笑了起來，沈慶卻只是嘴角輕扯，每一次都耐心的點頭應好。

終於叫到沈慶和周遠航的號碼了，兩人提著考籃離去，宋雁茸還想再說，沈慶道：「放心，這一次我一定會考個好名次。」

宋雁茸這才沒有再說，只笑著朝沈慶揮手。

對，沈慶這次一定能考出個好名次，原著中，沈慶在那樣的境地都能上榜，如今考中自然沒有問題。

「嫂嫂，咱們回去吧，大哥已經進去了，妳再揮手大哥也看不見了。」沈念說完還嘻嘻笑起來。

宋雁茸這才老臉一紅，回身瞪了沈念一眼，拔腿就往馬車那邊去了。

沈念從後面追了上來，還不忘笑道：「我今天才知道，原來嫂嫂和大哥的感情這麼要好，想必我很快就能抱上大姪子了。」

宋雁茸瞪向沈念。

「妳一個姑娘家家的，如今還真是什麼都敢說，回頭我就告訴母親，讓她好好給妳找個婆家，省得妳在家打趣妳嫂嫂。」

沈念這才紅了臉，不敢造次。

宋雁茸心中哼著，果然，古人還是比較害羞，說到嫁人，就只能紅臉低頭絞手帕了。

沈慶考試這幾天，宋雁茸與沈念雖然沒去考場，心中也一直擔憂緊張著。

科考的第二天，高梓瑞來了家中，笑著道：「我想著宋姊姊與小妹這兩天在家也是無事，我娘讓我過來接妳們一道去白馬寺，那裡求功名可靈驗了，這會兒正好給沈大哥求個上上籤。」

宋雁茸與沈念這會兒正好無事，如此一來，能找點事情做，還真不錯，兩人相視一眼就欣然答應。

高梓瑞忙去馬車前給兩人打簾子。「宋姊姊，小妹，上我的馬車吧，我在車上準備了很多小吃，都是妳們喜歡吃的。」說完，似乎是怕兩人拒絕，又補了一句。「我坐妳們家的馬車就行。」

宋雁茸笑著道謝，沈念在上車的時候，彆扭地朝高梓瑞咕噥道：「小妹也是你叫的？我看你是又丟了些記憶吧？我明明是你沈姊姊。」

不料，高梓瑞揚起一抹燦爛的笑容。「那段時間，我也不知道自己多大，所以才叫妳沈姊姊的，如今，我知道了自己真正的年紀，我比妳大，自然跟妳家裡人一樣叫妳小妹了。」

沈念滿臉的不服。「你知道你自己的生辰，難道就知道我生辰了？我可沒告訴過你。」

「是沈二哥告訴我的。」高梓瑞說完，就放下車簾子，上了白叔的馬車。

沈念眨著眼睛對宋雁茸說：「嫂嫂，妳說，二哥是不是腦子不好使？怎麼連我的生辰也隨便往外說？」

宋雁茸卻突然發現，高梓瑞對沈念的態度似乎不太一樣，便笑道：「妳二哥應該也不算往外亂說吧！那會兒他以為高梓瑞是青山，以為青山往後就跟咱們一起住了，把他當自己家裡人，才會說妳的生辰；倒是高梓瑞，居然這麼有心記住了。」

沈念倒是沒發現宋雁茸話裡有話。

姑嫂兩人在高梓瑞馬車裡翻出很多精巧的糕點，馬車很快到了山下，高梓瑞依舊殷勤地上前來打車簾。

宋雁茸已經大致猜出高梓瑞的用心，便格外觀察高梓瑞對沈念的態度，甚至開始考慮，若是沈念嫁給高梓瑞，好像還真不錯，就是不知道高梓瑞的母親是什麼態度？依宋雁茸對高神醫的了解，神醫那邊應該問題不大。

馬車在山下停下，大家需要自己登山進寺廟。

可走到山道路口，前面突然圍了許多人，白叔前去打探，回來只道：「聽說前頭有貴人還願，抬了好些謝禮，山道一時便堵住了。」

第五十八章

「貴人還願？不是說這白馬寺最靈驗的是功名嗎？如今考試都還沒結束，就來還願了？」宋雁茸疑惑道。

白叔遲疑道：「好像是相府找到了失散多年的女兒。」

宋雁茸只覺得腦子裡炸響了一個驚天雷。

相府失散多年的女兒……原著中的女主！她竟然把這事給忘記了。

原著中，沈慶在考試前就遇上了這位相府千金，還是她鼓勵沈慶，讓沈慶能撐著一口氣參加完考試的。

所以這個女人在沈慶心中，一直是不一樣的存在。

但是，女主肯定是男主的，所以這注定是沈慶得不到的女人。

相府的這位千金，最終與梁燦有情人終成眷屬，在京城還被傳為一段佳話。

梁燦娶了相府千金，又有三皇子看重，仕途自然是扶搖直上。

而作為對照組的沈慶，原配愛上梁燦，並為梁燦擋刀而死，之後，心上人又嫁給了梁燦，而且沈慶原本的親人也是死的死，丟的丟，這差別可想而知。

如今，沈慶因為與宋雁茸一起，不是在莊子上，就是在洛城燕家借給他們住的院子裡，一切日常所需，宋雁茸與沈念、沈母都為他打理得妥妥當當，根本就沒有出去逛過，自然也就沒有遇上那個相府流落在外的千金。

若是沈慶之後遇上相府千金，會不會還如原著中一樣，對她動了心？

宋雁茸想到這裡，心裡沒來由地一陣不舒服。

見宋雁茸聽完白叔的話，臉色複雜至極，沈念忍不住出聲。「嫂嫂，妳怎麼了？」

宋雁茸這才猛然回神，捋了下散落在臉頰的髮絲，隨口道：「沒什麼，只是想著高夫人如今還在白馬寺等我們呢，這路卻不知道什麼時候才能通，有點擔心高夫人。」

那頭高梓瑞聽了，笑著道：「宋姊姊放心，我娘身邊有人伺候著，自從我回家後，她的病情已好了許多。」

高梓瑞雖然這麼說，還是派了人前去打探，看看前頭還要多久才能讓道路通暢。

幾人在山腳下約莫等了半炷香的時間，白馬寺的山路總算通暢了。

來上香的人挺多，大約都是家中有人在考試。

抬步走在通往寺廟的石階上，原本耳邊還是有關相府尋回千金的八卦和一些感嘆。

走到後面，漸漸變成了對相府的不滿。

「還願而已，什麼時候還願不行，非得挑科考這時候，把這上山的路一堵就是小半天。」

「就是，我看到好幾家人因為家中還有活，等得太久，又不知道什麼時候是個頭，都轉頭回去了，只好明天再來了。」

「哎喲，這可真是的，若是因此耽誤了菩薩保佑他們家人高中，可真是沒地方說理去了。」

後面的話越來越離譜，宋雁茸都聽得笑出了聲，敢情這考不上還能賴上相府耽誤他們燒香拜佛了？

沈念聽到宋雁茸的笑聲，也忍不住朝宋雁茸笑著輕聲道：「嫂嫂，她們說話可真有意思，怎的不想想自己臨時抱佛腳，倒怪起別人來了。」

宋雁茸趕緊在嘴巴前豎起食指，示意沈念聲音小一點。

沈念吐了吐舌頭，不再提這事。

高梓瑞卻道：「我覺得小妹說得有道理，宋姊姊不必讓小妹憋著不說。」

宋雁茸一臉問號。什麼？這還成她的不是了？

看著高梓瑞一臉沈念說什麼都是對的模樣，宋雁茸板著臉點頭道：「嗯，小妹說得對。」

沈念沒看出宋雁茸與高梓瑞之間無聲的交流，一把挽著宋雁茸，朝高梓瑞道：「我嫂嫂與我說話呢，你插什麼嘴？」

這回輪到高梓瑞呆愣了，不過也只是瞬間，他就道：「是，我不該插嘴。」

跟著高梓瑞過來的兩個小廝哪裡見過這樣的高梓瑞，一時間都懷疑他們主子是不是路上被人掉包了。

沈念與宋雁茸因為經常爬山，白馬寺這石階路根本不算什麼，高梓瑞就更不必說了，一行人一口氣就到了白馬寺。

竟還趕上了相府眾人在寺廟外頭與住持交談。

宋雁茸特意看了人群中那個站在隊伍前頭的年輕女子，女主果然不一般，那女子雖然不施粉黛，卻膚白貌美，一路爬上來，宋雁茸也聽了些關於這位千金的事情，聽說是被獵戶家收養的，平常也沒少在外面跑，竟然還能有這樣的皮膚，真是讓人羨慕。

明明沒有佩戴什麼首飾，卻一看就是大家閨秀。那獵戶家好像沒請人教這女子讀過書，可人家看著竟然還有幾分書卷氣……

這就是女主光環吧？

難怪原著中沈慶會喜歡女主，宋雁茸覺得自己若是個男子，怕也會喜歡這樣的女子。

宋雁茸覺得自己心裡發酸。

沈念卻不明就裡道：「嫂嫂，那女子生得也太美了吧！」

宋雁茸覺得心中有些苦，卻不得不承認。「確實很美。」

沈念摸了摸自己的臉，有些不平衡道：「嫂嫂，妳說，咱們與她一樣，也是在山裡跑的，怎的人家那麼白嫩？」

宋雁茸聽了沈念這話，笑道：「或許人家是天生的，也或許人家有什麼特別的保養方子。」

沈念一聽，來了精神，拉著宋雁茸一邊往裡走，一邊輕聲道：「嫂嫂，妳說她是天生的我還能理解，可是妳說的保養，怎麼個保養法？真能養出她那樣的皮膚？」

「我要是知道那保養方子，還需要等妳來問嗎？我不得先將自己養出那樣的皮膚？」宋雁茸好笑地反問。

沈念一副她明白了的樣子，感嘆道：「嫂嫂說得有道理。」

等姑嫂兩人結束對話，一旁的高梓瑞才忍不住道：「宋姊姊和小妹若是想要養膚的方子，我不但有，家裡還有調製好的現成的養膚膏。」

高梓瑞原本在沈念開口的時候就想說了，可又怕她怪他胡亂插嘴，硬是等兩人聊完才說。

宋雁茸知道高梓瑞這話是對沈念說的，便只笑著不接話，沈念本就對這事來了興致，自然沒發現什麼，驚訝地問道：「你說的是真的？」

見高梓瑞肯定的點頭，沈念又有些不大相信。「你學醫不過半載，怎麼就能配出那樣的養膚膏？你給我們胡亂往臉上抹東西，把我們臉抹壞了我上哪兒說理去？」

高梓瑞也不生氣，耐心道：「是我父親配製的，每年都會給太子和燕家送去一些，我娘也用過，待會兒妳們見了我娘就知道了。」

沈念原本還不大相信，可在白馬寺後面的廂房裡見到高夫人的時候，立刻就信了高梓瑞的話。

聽高梓瑞的意思，高夫人與沈母差不多年紀，高夫人還瘋魔了好些年，可眼前的高夫人看起來比沈母要年輕十歲，高神醫若是與高夫人站在一起，不知內情的人肯定會以為是父女，畢竟高神醫看起來本就顯老些。

事後，沈念還傻傻地問高梓瑞。「你爹怎麼自己不用那養膚膏？」

高梓瑞只覺得沈念可愛得緊。「我爹一個大男人，用那玩意兒幹什麼？」

高夫人知道高梓瑞當初就是宋雁茸和沈念帶回去的，對兩人十分感激。

聽說沈慶如今正考試，想著姑嫂兩人這會兒也是心中擔心，便訂了白馬寺廂房邀請兩人來燒香拜佛。

高夫人千恩萬謝後，這才道：「我已經訂了廂房，今晚妳們也在這裡住下吧，明天我們一起下山，正好去接考試完的沈學子。」

盛情難卻，而姑嫂兩人也確實沒什麼事，留在白馬寺燒香拜佛倒真成了個不錯的去處，宋雁茸便答應了下來。「那就多謝高夫人了。」

高夫人笑盈盈道：「都是一家人，沈夫人太客氣了。」

一家人？宋雁茸看了沈念一眼，那丫頭似乎並無所覺，宋雁茸笑著沒接話。

高夫人如今眼神清明，口齒清楚，想必也是大好了。

又聊了一會兒，高夫人道：「你們年輕人一處玩玩去，可以去前頭燒香拜佛，然後去後山轉轉，那裡景致不錯，待會兒飯點了會有鐘聲，你們聽到鐘聲記得回來，這兒素齋做得不錯，大家正好一起嚐嚐。」

宋雁茸點頭應「好」，便與沈念、高梓瑞一同去前頭燒香了。

原本她是不信這些的，可經歷了穿書，宋雁茸對這些倒是抱持著敬畏之心。

她虔誠的焚香，在佛前跪下，希望佛祖能保佑沈慶高中，保佑他們一家平安喜樂。許完願，宋雁茸恭敬的磕頭，上香。

出了佛堂，沈念就過來挽住宋雁茸。「嫂嫂，妳也許願讓佛祖保佑大哥高中了吧？我也是這麼許願的，大哥這次肯定能高中對不對？」

宋雁茸堅定的點了下頭，肯定道：「對，妳大哥這次一定能高中。」

又聊了幾句，話題又扯到了養膚膏上頭，沈念開始頻頻向高梓瑞打聽養膚膏的事情。

宋雁茸藉機道：「我今天有些累了，你們去後山看看風景吧，我先回去歇會兒，我晚些還想再來拜拜佛。」

如今高梓瑞有小廝跟著，沈念有雅蘭跟著，倒不怕人說閒話。

沈念卻道：「嫂嫂，那我與梓瑞去山上看看風景，妳帶雅蘭去歇會兒吧。」碧竹受傷，這次沒跟來，她不放心嫂嫂一個人回去。

宋雁茸卻拒絕了。「我能找著路，也讓雅蘭跟著妳一塊兒去看看風景吧，寺廟裡還能有什麼事。」

沈念一聽這話，覺得好像是這麼回事，便與高梓瑞帶著雅蘭和高梓瑞的兩個小廝離開了。

宋雁茸見他們走遠，這才轉身往回走。

往廂房的路上，人越來越少，可卻在一個轉角處，宋雁茸與人撞了個滿懷，差點摔倒在地。

「怎麼是妳？」宋雁茸忍不住出聲。

第五十九章

與宋雁茸撞了個滿懷的女子也差點摔倒，她扶著廊下的柱子，堪堪站穩，冷不防聽到宋雁茸這話，抬頭看去，疑惑道：「妳認識我？」

這女子不是別人，正是那位相府剛尋回的千金。

宋雁茸垂下眼簾，掩下心中的驚訝。「原本不認識，進寺廟的時候在外頭看見妳了。」

女子聽了一臉高興。「啊，原來妳剛才就見過我，那看來咱們挺有緣的。」一副白來熟的樣子。

宋雁茸卻只是頷首，不願再多說。

那女子卻依舊熱情道：「這位姊姊是來給家人求功名的嗎？我也是才聽說，這白馬寺求功名最是靈驗，這幾天科考，這兒香火比往常更甚。」

宋雁茸只保持禮貌的微笑依舊不接話，女子卻絲毫不介意，接著輕聲道：「姊姊，妳知不知道哪個佛堂求功名最靈驗？」

這語氣十足的請教意味，宋雁茸不好再保持沈默，指著拐角處道：「從這裡轉出去，前面會看到很多人，人最多的那裡就是。」

女子目露驚喜。「姊姊，我不太認得路，妳能不能陪我去看看？」

宋雁茸眉頭不自覺輕皺，第一次見面的人，怎麼能提出這樣的請求？還不待宋雁茸拒絕，女子就上前親熱地挽住宋雁茸的胳膊。「我一見到姊姊就覺得格外親切，我們是不是在哪裡見過？」

宋雁茸看著自己被女子挽住的胳膊，有些哭笑不得，嘴上還是肯定道：「我們之前沒有見過。」

「這樣呀，那看來就真的是緣分了，不妨告訴姊姊一個小秘密。」

「別……」宋雁茸可不想聽第一次見面的人說什麼秘密。

可顯然那女子不是這樣想的，繼續壓低聲音道：「我是偷偷跑出來的，想給一位今年科考的公子求個籤。」

說話間一臉的嬌羞，宋雁茸看得呆愣當場，還有這樣的姑娘？

宋雁茸確定，這女子說的公子肯定不是沈慶，按照原著劇情，她說的那個公子多半就是梁燦了。

宋雁茸看著眼前低頭羞澀的女子，心中疑惑，這就是原著中的女主？沈慶喜歡這樣的？

轉念一想，原著中的沈慶正是人生低谷，有一個人能不顧他情緒鼓勵他，在他走出這段人生低谷的時候，這個人在他心中自然就是不一樣的存在了。

「姊姊，妳陪我去一趟好不好？如今我身邊有好幾個丫鬟，我若是慢慢找過去，指不定還沒走到，就被丫鬟追上來了。」女子可憐兮兮地看著宋雁茸。

宋雁茸嘆了口氣。「好吧，那我陪妳到那裡，妳自己進去，我就不在外頭等妳了，我家裡人也在等我，我不好一直在外頭晃。」

女子連連點頭。「這是自然，多謝姊姊。」

說話間，那女子挽著宋雁茸，跟著宋雁茸朝外頭走去。

「姊姊，我的名字叫余燕燕，姊姊叫什麼名字？」余燕燕說道。

宋雁茸卻沒有報自己的名字，只說道：「妳叫我宋姊姊就可以了。」

說話間，拐角處傳來雜亂的腳步聲，像是一群人正追趕著往這邊過來了，還伴隨著一些聽不太清楚的呼聲。

宋雁茸正想拉著余燕燕躲在拐角處的廊柱後面，但這個余燕燕也不知道怎麼想的，不但不躲，居然還好奇地往前面走去，那樣子明顯是打算看熱鬧，疑惑道：「發生什麼事情了？」

這會兒，宋雁茸也不好丟下她，只得快走幾步，拽起余燕燕就準備後退，嘴裡也不忘提醒。「小心些。」

這會兒她們正在一處迴廊的轉角處，來人是正面過來的，這要是撞上了，吃虧的是她們，怎麼也得靠邊迴避一下吧？

可宋雁茸低估了來人的速度，她們這邊還來不及靠邊站，來人已經衝了過來。那男子本是撞向余燕燕的，宋雁茸在迴廊內側，來人沒看見裡頭還有個人，正要繞過余燕燕繼續衝，宋雁茸剛好伸手將余燕燕拉到自己身後，來人便直直撞向了宋雁茸，宋雁茸身子側著，倒下的時候余燕燕剛好完美地避開。

倒不是余燕燕特意躲開，而是兩人的位置就那麼湊巧。

宋雁茸腦中只閃過「女主就是不一般，霉運都能由她這炮灰來擋」……

耳邊響起余燕燕的驚叫，宋雁茸眼前一片黑暗，她知道自己是磕著腦袋了，很快就沒了意識。

宋雁茸暈倒後，逃竄的男子沒有停留，後頭追逐的倒是有一部分人被嚇得停了一下，但很快也逃走了。

余燕燕這會兒慌了神，也顧不得去給梁燦求功名了，嚇得站在一旁大聲哭喊，很快她的丫鬟循聲找了過來，見地上倒了一個人，自家小姐在一旁手足無措地叫喊著，丫鬟趕緊上前。

「小姐，您沒事吧？」

余燕燕哭著搖頭。「快叫大夫，快去，姊姊要是有個三長兩短，我可怎麼辦？」

姊姊？丫鬟看著有些語無倫次的小姐，心中納悶，卻也不敢說什麼，畢竟夫人可是尋了小姐多年，好不容易才尋回來。

一個丫鬟趕緊去叫大夫了，那個主事的丫鬟忙安撫著余燕燕，讓她別害怕云云，又問道：「小姐可知道這位夫人的家人在哪裡？奴婢們也好去通知她的家裡人。」

余燕燕這才稍微冷靜了些，想了會兒道：「姊姊好像說她的家人在後頭等她，想必也是訂了後面的廂房，妳們去後頭問問吧，姊姊姓宋。」

得了這個訊息，很快就有丫鬟行動了。

科考期間，誰都知道白馬寺香火鼎盛，人滿為患，這會兒若是家中沒有科考的人，那些訂得起廂房的人家可不會選這個時候來湊熱鬧，是以沒一會兒高夫人就得到消息趕過來了。

這會兒宋雁茸已經被移到余夫人的廂房中，大夫也剛趕到。

高夫人一邊命人去後山尋高梓瑞和沈念，一邊焦急等待大夫的診斷結果。

其實，依高夫人的意思，她是想直接等高梓瑞回來看診的，畢竟身為神醫的夫人，別的大夫在她看來，本事實在太牽強了。

還有這個相府剛認回的小姐，一直在一旁哭哭啼啼，高夫人只覺得腦子被她吵得嗡嗡直響，那個余夫人竟然也不說兩句，就那麼摟著那孩子溫聲道：「好了，好了，妳沒事就好了。」

這說的都是什麼話，沒看到宋雁茸還昏迷不醒嗎？她作為宋雁茸這方的家屬還站在這裡呢，余夫人竟然能說出這樣的話。

幸虧高梓瑞很快趕回來了。

「娘，怎麼回事？」

「高夫人，我嫂嫂怎麼了？」

高梓瑞與沈念一過來就問道。

高夫人將她知道的情況簡單說了下，高梓瑞就上前道：「娘，我先去看看宋姊姊。」

高夫人點頭，高梓瑞幾步就走了過去，沈念也跟著過去，將宋雁茸的手從被子裡拿出來。

余夫人這邊原以為是家屬來察看宋雁茸的傷勢，沒有阻攔，沒有料到人家居然是來把脈的。

余夫人這邊的大夫此刻正提筆寫方子，見此有些不樂意了。「你們這是何意？老夫已經替這位夫人診斷完畢了，方子都快寫好了，你們這是不信老夫的醫術？」

原本老大夫只是有些不滿的抱怨一句，余夫人只是微微皺眉，沒想到高梓瑞直言道：「對，就是覺得你醫術不行，我才親自診治。」說著閉眼給宋雁茸診脈。

老大夫氣得鬍子都顫抖，現在的少年郎都這般無理？余夫人也有了被冒犯的感覺。

兩人還沒發作，高梓瑞就已經收回了診脈的手，直接察看宋雁茸頭上的傷勢。

老大夫見他這樣，氣得笑出了聲。「少年人，你這也叫給人診脈？就你剛才那會兒，怕是都還沒摸準人家的脈吧？真是年少輕狂！」說話間滿是對高梓瑞的鄙視。

余夫人也明顯對高梓瑞這般行事很不滿，不過礙於身分，一副不願與高梓瑞計較的模樣。

高梓瑞也懶得與這些人廢話，他檢查完宋雁茸的頭部，就對沈念道：「小妹，妳讓妳的丫鬟和我娘的丫鬟一起過來，我們將宋姊姊帶回我們的廂房去。」

老大夫聽了大驚失色。「不可，這位夫人剛傷了腦袋，這會兒不能移動，否則後果不堪設想。」

高梓瑞還沒開口，余夫人就道：「這是他們的家事，老大夫你就別管了。」帶走了更好，省得她寶貝女兒看著這人就一直傷心的哭，哭得她也跟著心疼難受。

余夫人這邊沒有阻攔，高梓瑞他們自然很輕鬆地將人帶走了。

沈念有些惴惴不安，但人前她一直沒有問出來，高夫人見她這樣，越看越滿意。

直到將宋雁茸安排妥當，沈念才哽咽著問道：「我嫂嫂沒事吧？我大哥明天就考完了，若是嫂嫂出了好歹，可怎麼是好？」

高梓瑞伸手想握住沈念的手，卻到底沒有，他半途將手轉向沈念的肩頭拍了拍，安慰道：「放心，嫂嫂今晚就能醒過來，我這就給她開方子。」

沈念一顆心都在宋雁茸的安危上了，一時竟沒有察覺高梓瑞對宋雁茸稱呼的改變，滿眼希冀地看向高梓瑞。「真的？」

高梓瑞點頭保證，高夫人見此也放心下來。

別的她不敢誇口，可醫術方面，這父子倆可從未讓她失望過。

高梓瑞吩咐小廝拿著方子去山下買藥，又交給沈念一個小瓷瓶，讓她給宋雁茸後腦處抹一些，便轉身出了屋子。

一出屋子，高梓瑞立刻換了個人一般，冷峻地對小廝吩咐道：「去查查今天到底怎麼回事。」

寺廟中怎麼會突然有人奔跑追逐？

第六十章

去探查的小廝好半天都沒有回來，下山買藥的小廝都已經回來了。

高梓瑞心中微沈，如今跟著他的這兩個小廝，可是他爹求燕公子找來的個中好手，明面上是小廝，其實兩個都是功夫十分了得的侍衛。

高神醫夫妻承擔不起再失去兒子的傷痛，也因此欠了燕家人情，如今直接成為了太子的人。

燕家給高梓瑞的這兩個侍衛不僅武功了得，打探消息也是個頂個的好手，可如今派下山的普通小廝都回來了，出去打探消息的那個卻遲遲未歸。

高梓瑞忍不住對另一個燕府送來打扮成小廝的侍衛道：「你去看看。」

那個小廝遲疑道：「公子，小的職責是護公子周全，我們不能同時離開公子。」

「這裡不會有事，我是擔心……」

說話間，那個打探消息的侍衛回來了，躬身道：「公子，只查出後面追趕的那夥人，都是附近幾個潑皮，那幾人就是被前頭跑的那人收買的，說是每人收了二兩銀子，讓他們候在寺廟，得到前頭那人的暗示，他們就一陣追逐，至於為什麼這麼做，他們也不清楚。小的又去查了前頭跑的那人，卻怎麼也找不到了。」

哦？難道是特意等在那裡想暗害宋姊姊的？可是宋姊姊來白馬寺是他臨時邀約的，對方不可能有時間提前安排吧？

可那人明顯是有備而來，高梓瑞想了許久也沒想明白這其中的關聯。就在高梓瑞百思不得其解的時候，廂房一處突然燈火通明，寺廟一下子多了好些人，似乎還有官兵。

宋雁茸正好在這時醒了過來，高梓瑞一邊吩咐小廝前去探探發生了什麼事，一邊去屋中察看宋雁茸的傷情。

跟宋雁茸聊完，高梓瑞更加肯定那人不是衝著宋雁茸而來的了。

果然，前去探消息的人回來稟報，余相府剛尋回的千金得了怪病。

至於什麼怪病，余夫人那邊倒是將消息捂得緊緊的。

如此說來，那人應該是衝著相府千金去的。這也就說得通了，相府要來白馬寺還願，這事肯定會提前準備，人家才能提前做好埋伏。

既然與自己這邊沒有關係，高梓瑞也就不再關心這事。

又確認了宋雁茸的身體沒有大礙，他便回屋休息去了。

晚上，余相那邊鬧騰到半夜，大家都沒有休息好，第二天便乾脆早早下了山，各自回家休息，等著午時後去接沈慶。

等宋雁茸和沈念睡醒，發現沈母和沈元都來了小院，隨行的還有張嬤嬤等人。

「娘，二哥，你們怎麼來了？」沈念很高興，昨天嫂嫂出事，她真的嚇壞了，現在嫂嫂沒事，家人又都在身邊，她心中瞬間踏實了許多。

沈母笑道：「我本來就想跟著來的，可妳大哥不讓，我想著他考試我幫不了什麼，但不能讓他分心，就不來了；可妳大哥考試這麼大的事情，我在莊子上也不踏實，今天不是考試就要結束了，我就跟妳二哥一起過來了。

「對了，妳們兩個怎麼大白天的在屋裡睡到這時候？昨晚沒睡好？」

沈母這話一出，沈念差點露餡，宋雁茸趕緊道：「昨天高夫人約了我們去白馬寺，晚上在寺廟睡，寺廟剛好有貴人犯病，一晚上人仰馬翻，我們都沒睡好。」

沈母聽完點頭。「原來如此，那咱們現在去考院外頭候著吧，我可聽張嬤嬤說了，往年科考結束的時候，考院外的人是很多的，咱們得早點過去，占個顯眼的位置，這樣妳大哥一出來就能看見咱們。」

「張嬤嬤，真的嗎？考院外頭會有那麼多人？」沈念有些好奇。

張嬤嬤道：「老奴也是聽人說的，這幾天老夫人總讓老奴跟她講科考的事情，老奴就把聽說的有關事情都說了。」

「那咱們趕緊收拾一下，去接夫君吧。」宋雁茸也不知道這個時代的考試到底是什麼情況，原主沒有這方面的記憶，原著中也沒有過多描寫考試前後的場景，聽了這話，宋雁茸只想趕緊去占個好位置。

張嬤嬤笑道：「夫人放心，老奴都安排好了，這大熱天的，大公子連考了三天，這會兒最想做的事情無外乎是洗澡、睡覺、喝水，剛出考院，咱們帶壺水和一條濕毛巾去就行。」

「還是張嬤嬤考慮得周到。」宋雁茸不吝誇獎道。

一行人乘馬車往考院去了。

果然如張嬤嬤所說，在外頭等候的人還真不少，幾乎都是全家出動。

隨著考試結束的號角吹響，考院外一時間萬頭攢動。

宋雁茸與沈母等人各個伸長脖子盯著緩緩開啟的考院大門，出來的考生一個個都有些面色蒼白，頭髮和衣衫也沒有往日裡讀書人的整齊。

好一會兒才看到沈慶與周遠航互相攙扶著走出考院。

宋雁茸趕緊朝兩人揮手，大聲喊道：「沈慶、周遠航，這裡！」

人群中，沈慶一眼就看見了踮著腳朝自己揮手的宋雁茸，虛弱地笑了下，便與周遠航一起朝宋雁茸的方向走了過來。

沈元連忙擠開人群，上前去扶自家大哥。「大哥，你還好吧？還有遠航哥，你怎麼樣？」

張福也立刻過來扶住了周遠航。

兩人都只是點頭，似乎話都說不出來了。

沈元忍不住嘀咕。「考試這麼費勁嗎？往常咱們上山採藥，大哥都沒累成這樣呀，看來讀書還真是個力氣活。」

這話剛好被沈母聽到，毫不客氣地瞪了沈元一眼。「你大哥和遠航考了三天三夜，能不累嗎？你自己不願讀書，如今讀書倒還成力氣活了。」

宋雁茸想從沈元手裡接過扶沈慶的活兒，沈慶卻躲開了，笑著道：「我身上都臭了，別熏著妳了。」

「大哥，原來你還有力氣說話呀，那我剛才問你話，你怎麼都懶得回我？」沈元有些不滿。

不過他的話一出，倒是沖散了宋雁茸的幾分羞澀，畢竟沈慶剛才的話，竟讓她覺出幾分人前的羞澀感。

沈慶和周遠航兩人一進馬車倒頭就睡，再醒來時，馬車已經到了小院。

劉全、張福早已為兩人準備了溫水，一番梳洗，兩人這才回房睡覺。

這一覺直接睡到了天黑。

沈慶再次醒來的時候，發現屋中靜悄悄的，外頭已經黑透了，肚子「咕嚕、咕嚕」叫了幾聲，他揉揉太陽穴，掀開薄被坐了起來。

眼睛適應黑暗後，沈慶朝屋外走去，準備去廚房看看有沒有什麼吃的，沒想到他這頭剛拉開門，沈元就從旁邊的屋裡躥了出來，然後朝裡高興道：「娘，嫂嫂，大哥睡醒了。」

隔壁屋子是沈母之前住的，聽沈元這麼一喊，不用想，此刻他娘和宋雁茸等人肯定一直在沈母屋中等他睡醒。

沈慶嘴角微揚，果然下一刻就見宋雁茸和沈念也從那屋中出來了，兩人高興道——

「大哥，你醒了！」

「你醒啦，快過來坐。」

張嬤嬤也從屋裡出來，笑呵呵道：「大公子醒了，老奴這就去將灶上給您熱著的粥端過來。」

沈慶微微欠身。「有勞張嬤嬤了。」

「公子客氣了。」張嬤嬤一邊說著，一邊邁步往廚房去。

沈慶剛在沈母屋中坐下，張嬤嬤就端著一碗瘦肉粥過來了，還配一碟涼拌木耳。「公子今天可能有些餓狠了，先喝碗熱粥墊墊肚子，有什麼想吃的，老奴明天做。」

一屋子人眼巴巴地盯著沈慶喝粥吃菜，弄得沈慶很不自在，一碗粥喝下，竟也不覺得餓了。

剛放下碗，沈元就問道：「大哥，你考得怎麼樣？」

沈慶抬頭看去，一屋子人都期待地看向他，沈慶朝宋雁茸笑了下，便迎著沈母期盼的目光道：「娘，您放心，兒子這次覺得答得挺好。」

沈母鬆了口氣，又問道：「那你覺得考得好不好？能中吧？」

沈慶一臉為難地笑道：「娘，這能不能中，可不是我說了算。」

宋雁茸卻是莫名地輕鬆，原著中，沈慶那樣都考中了，這次他覺得自己考得不錯，那肯定是穩穩能中，且不會像原著那樣是最後一名了。

見沈母還有些不放心，宋雁茸便道：「母親，您就放心吧，夫君都這樣說了，他肯定能中，而且名列前茅。」

「當真？」

「自然是真的，我什麼時候騙過您？」

沈母一想，確實是，也不知道為什麼，如今宋雁茸的話她特別相信。

一家人說了好一會兒的話，又讓人去給周遠航送了吃食，沈母有些乏了，大夥兒這才各回各屋。

宋雁茸睡了一上午，沈慶睡了一下午，這會兒夫妻兩人一點都不睏，可因為大夥兒都一起漱洗了，這會兒已經躺了下來，不說點什麼尷尬得有些奇怪。

宋雁茸突然想到余燕燕，便問道：「你聽說過余相府尋回了流落在外的女兒這事沒？」

沈慶搖頭。「沒有，怎麼了？」他好像還沒見過宋雁茸和他討論外頭的傳聞。

於是宋雁茸便將這兩天發生的事情和沈慶說了起來。

宋雁茸一邊說，一邊看沈慶的反應，她還特意說了余燕燕的皮膚又白又嫩，連沈念看了都動心，都開始跟高梓瑞討要潤膚膏了。

沒想到，說到她摔跤時，沈慶直接從床的另一頭翻到她這頭，緊張地要察看她的傷勢。

宋雁茸連忙拂開沈慶的手，再三保證自己沒事，沈慶這才打消了要下床重新點燈來察看傷勢的意圖。

最後沈慶丟下了一句。「看來那個余燕燕與妳八字不合，往後見了她妳避著點。」

宋雁茸一愣，笑說：「沒想到夫君一個讀書人，竟然也信怪力亂神這一套。」

沈慶聽完也不惱，竟又說了句。「那位余小姐怕是腦子不好使吧？第一次見面就跟妳說那些話。」

「她可能也是著急找地方求籤吧，畢竟剛被認回來，又怕自己這事被余夫人知道了會惱她，才想著這麼和我說的，也有可能人家本就天真無邪呢。」

沈慶沒接話。

宋雁茸又道：「你猜余小姐喜歡的那位考生是誰。」

第六十一章

沈慶對這個話題其實一點興趣都沒有，不過見宋雁茸興沖沖的模樣，不忍拂了她的意，便很配合地問道：「是誰？」心裡卻很不當一回事，覺得就算那余小姐說了，宋雁茸八成也不認識。

耳邊響起宋雁茸的聲音。「梁燦。」

「什麼？」沈慶的聲音帶著明顯的驚訝，怎麼到哪兒都有這小子？

難得看到沈慶這表情，宋雁茸忍不住笑了起來。

沈慶見此，也跟著笑了起來。

「你怎麼一點都不擔心？」

宋雁茸突然這麼一問，沈慶有些莫名其妙。「我擔心什麼？」

宋雁茸斂了玩笑的神色，正色道：「擔心梁燦啊，我們與梁燦已經可以說是撕破臉了，他本就有三皇子撐腰，若是余相成了他岳父，往後他指不定怎麼對付你呢。」

沈慶卻很無所謂。「我擔心這個幹什麼，太子乃是正統，余相若是敢因為梁燦而去支持三皇子，他就是謀逆，能坐上相爺這個位置的人不會那麼糊塗的，妳放心便是。」

沈慶說得很有道理，若不是看過原著，宋雁茸定是能放心的。「可是……」

「沒事，妳儘管放心吧，一切有我呢。」沈慶說完，順勢在宋雁茸身邊躺下。

因為之前兩人也有過同床共枕的經歷，宋雁茸心中又還想著原著的內容，一時間竟沒發覺什麼不妥。

就連沈慶也是躺下來之後才似有所覺，但都已經躺下來了，也不可能再起來。

一時間沈慶也不知道說點什麼好。

宋雁茸想了會兒原著中的劇情，忍不住問道：「沈慶，你有沒有注意梁燦最近的動靜？考試前幾天小妹被人陷害那事，我總覺得與梁燦脫不了干係，只是那會兒考試在即，又一時抓不到他的把柄。可如今，梁燦不僅有三皇子幫忙，還多了一個余燕燕，我這心裡總是忐上忐下的。」

沈慶伸手摸了摸宋雁茸的腦袋，道：「我看啊，妳是這幾天在洛城太閒了，才開始胡思亂想了，明天我帶妳去買些妳喜歡的話本吧，然後我們就回莊子去，妳每天就與小妹一起種蘑菇，累了就看看妳喜歡的話本，這樣就不會總想這些有的沒的了。」

一提話本，宋雁茸來了精神。「對，你都不知道，這兩天我去了洛城好幾家書齋，居然都找不到耕者的新話本了，你說那位耕者，不會出什麼事了吧？怎麼突然就不出書了？」

沈慶眉頭一挑，幸好沒點燈，宋雁茸沒看清他的表情。

他清了清嗓子道：「過些時候應該就會出吧。」

「哦，那我過些時候來洛城再去買書吧。」說到這裡，宋雁茸似乎想起了什麼。「你怎麼這麼清楚？難道耕者是你的哪位同窗？最近因為科考，所以就沒寫話本了？」

宋雁茸的話讓沈慶心裡嚇了一下，不過幸好，宋雁茸又自己找了個合理解釋，沈慶就順著她的話「嗯」了一聲。

宋雁茸卻似乎更起勁了。「真的？你同窗這麼厲害？那你知不知道，他寫一本能掙多少？」說著，宋雁茸腦中靈光一閃，沈慶的同窗？還能將自己在外頭寫話本掙錢這樣的事情都與他說，而且耕者的字體，沈慶能模仿得那麼像，想是在臨摹耕者字體的時得到過耕者的點撥，那麼兩人的關係肯定是極好的，那除了周遠航還能是誰？

看著宋雁茸一副「她已經猜到了」的神情，沈慶心中一慌。「茸茸，我、我不是有意要瞞著妳的。」

宋雁茸一看沈慶的表情就篤定自己猜對了，說不定，沈慶還經常靠抄耕者的書來掙銀子呢。宋雁茸朝沈慶伸出手掌，一副「你不必多說」的樣子道：「行了，我了解，你也是有苦衷的，你肯定是答應了周遠航不說出去的，你做得很對，答應了別人的事情就得做到，你也不用覺得愧對周遠航，畢竟他是耕者這事是我自己猜出來的。」

沈慶愣住。「……」

周遠航是耕者這事情？就周遠航那狗腦袋，能寫出話本？不過沒有被宋雁茸發現耕者就是自己，沈慶心中微微鬆了口氣。

沈慶心中驚訝萬分，可宋雁茸卻還樂顛顛地道：「真看不出來呀，周遠航平常呆愣愣的，居然能寫出那麼好看的話本，嘖嘖，他說家裡很多姊妹吧？你說，他是不是因為經常與他那些姊姊、妹妹鬧在一起，經常聽她們說一些兒女情長的小心思，所以才能寫出那麼好看的故事？」

見宋雁茸突然對周遠航來了興致，沈慶剛放下的心一時又酸又脹，其實他也知道宋雁茸對耕者是崇拜的態度，並無男女之情，可見到她對別的男人這麼有興趣，沈慶心裡難免酸澀，他也知道這是自己小心眼了。

沈慶幾度欲言又止，想告訴宋雁茸，他就是耕者，耕者如今就在她眼前呢。可是見宋雁茸如今這般高興的模樣，沈慶怕自己說出實情後，宋雁茸會覺得他有意欺瞞，如今兩人關係好不容易親近了許多，若是因為這樣又鬧了彆扭，那豈不是得不償失？

一番思慮後，沈慶最終沒有說出實情，聽著宋雁茸絮絮叨叨說著她對耕者的崇拜，說著她對耕者的話本裡記憶最深刻的男、女主，聽著她誇獎耕者構思的奇妙……直到半夜，宋雁茸是真的說不動了，才睡了過去。

看著近在眼前的睡顏，沈慶伸手將宋雁茸落在臉頰的髮絲輕輕挽至她耳後，心裡嘆息一聲，也不知道他瞞下耕者身分這事，到底做對了沒有？

夜裡，許是被子厚了些，宋雁茸有些熱，踢了被子。

沈慶怕她著涼，伸手將被子輕輕搭在宋雁茸的腰間，宋雁茸卻正好一個翻身，抱住了沈慶的胳膊。

沈慶的手依舊有些涼，睡夢中的宋雁茸貪戀這絲涼意，竟然將沈慶的手拿上來撫在自己的臉上，然後繼續舒服地睡去。

沈慶只覺得手心傳來暖意，看著宋雁茸的睡顏，他莫名安心，也漸漸睡了過去。

雖然沈慶睡得比宋雁茸晚，可多年養成的早起習慣讓他早早就醒來了。醒來發現，自己竟然摟著宋雁茸，一時間心口直跳，身體也起了反應，他面色一變，趕緊輕手輕腳的下床，漱洗完畢就去前院找周遠航了。

周遠航也剛睡醒，昨天考試完，兩人回來都是倒頭就睡，一直沒說上話，這會兒周遠航見了沈慶，忙問起考試的事情。

「沈兄，你考得如何？」

「還行。」

「那先恭喜沈兄了，你自己都覺得還行，這次定能高中。」說著，又將自己的文章說與沈慶聽。「沈兄，我這個文章沒有什麼大問題吧？」

沈慶與周遠航細細分析了一番，最後道：「我覺得你這文章中規中矩，沒什麼大問題。」

周遠航聽了很高興，差點原地跳起來。「真的？太好了，沈兄，我這次若是高中，你有大半功勞。」

沈慶笑道：「是你自己讀書刻苦，與我何干。」

「不不不，若沒有你的幫助，我很多文章的意思恐怕都還弄不大明白呢，這次在洛城，也多虧了沈兄與嫂嫂的照顧。」

兩人在書房聊著，話題又聊到了「耕者」上，周遠航笑道：「沈兄好些時候沒出話本了吧？這段時間是不是又要出一、兩本？到時候我幫沈兄謄寫。」

話落，外頭響起了敲門聲，沈慶以為是張嬤嬤送朝食來了，朝外頭喊了聲。「進來。」心中正想著，要把耕者這事與周遠航通通氣。

門口卻傳來宋雁茸的聲音。「夫君，周公子，我給你們送朝食來了。」

沈慶轉頭看去，只見宋雁茸俏生生地站在門口，身後碧竹和雅蘭各端著一個大托盤，托盤上擺了好幾個小碟子——包子、花捲、粥、涼拌木耳、炸蘑菇，還有一小碟醬牛肉，一旁還擺了個小杯子，沈慶定睛一看，那杯子裡竟然是他最近一直在吃的靈芝孢子粉。

給他吃靈芝孢子粉，他不意外，讓他意外的是，兩個托盤的東西都是一樣的，也就是說，宋雁茸還給周遠航也送了一小杯靈芝孢子粉。

那杯子不大，裝的孢子粉一口就能吞下，可這孢子粉有多貴，沈慶是知道的，那日太子可是給了宋雁茸一箱子的金子。

沈慶有些疑惑地看向宋雁茸，卻見她根本就沒看他，只忙著讓兩個丫鬟將東西放下，就對周遠航道：「周公子，你也嚐嚐這靈芝孢子粉。」

周遠航看著那個小白瓷杯裡的紅褐色粉末一臉震驚，這就是靈芝孢子粉，當今太子也在吃的靈芝孢子粉，他竟然也有幸嚐一嚐？
周遠航有些不敢相信，在宋雁茸的示意下端起那個小瓷杯，看看宋雁茸又看看沈慶，試探道：「我真的可以吃？」
宋雁茸肯定地朝他點點頭，他又看向沈慶。
沈慶拿起自己的小瓷杯，有些悶悶地道：「給你的，你吃就是了。」
沈浸在巨大驚喜中的周遠航並沒有聽出沈慶的語氣，而宋雁茸這會兒腦子只想著周遠航居然是耕者這事，也沒察覺出來。
周遠航將瓷杯中的靈芝孢子粉吃下後，宋雁茸指了指一旁的溫水道：「喝口水順順。」回身親自給沈慶倒了一杯溫水，這才讓沈慶心中好受了些。
周遠航吧唧了幾下嘴巴。「好像沒什麼特別的味道，倒是挺黏牙的。」
看著周遠航滿嘴的靈芝孢子粉漿，一張嘴說話，牙齒和嘴巴上全是紅褐色，像是吃了一嘴的泥巴，沈慶趕緊多喝幾口水，閉著嘴巴用舌頭將嘴裡的「泥漿」舔乾淨。
等兩人吃完，宋雁茸指著托盤裡的食物關切道：「周公子，這些東西可還合你胃口？若是有什麼想吃的，你儘管開口。」

第六十二章

周遠航一時受寵若驚，覺得今天宋雁茸是不是有點太關照他了？

倒不是說往常宋雁茸不關照他，而是今天似乎有點過了。

周遠航連連感謝。「多謝嫂嫂了，遠航如今在洛城有個落腳地就已經對沈兄與嫂嫂感激不盡了。」

「瞧你說的，你與夫君是好朋友，自然應該互相照應，之前我忙著栽培蘑菇，很多地方都疏忽了，你別放在心上，這幾天你好好在這兒做你想做的事情就行，缺什麼筆墨紙硯只管說。」

周遠航聽得一臉茫然，這幾天不是等著放榜嗎？最多也就看看書吧，要筆墨紙硯做什麼？

周遠航將目光投向沈慶，沈慶也沒想到，宋雁茸平常挺沈穩的，在面對「耕者」這事上，居然還挺狂熱的。

沈慶道：「茸茸，妳別嚇著遠航，妳吃過了沒？要不我陪妳吃去？」

宋雁茸這才想到，周遠航是耕者這事，他應該不想更多人知道，她可不能把這事洩漏了，不然影響了耕者的心境，萬一後面的故事不好看了呢。

念及此，宋雁茸趕緊道：「哦，不用了、不用了，母親和小妹她們還等著我呢，那你們慢慢吃，我先回去了。」說完還給沈慶使了個眼色。

沈慶見了，笑著站了起來，道：「我送送妳。」

宋雁茸嘴上說著。「不用，夫君你吃東西。」一邊在周遠航看不見的角度朝沈慶比了個大拇指。

等沈慶將她送到屋外，宋雁茸壓低聲音道：「你這兩天順便打探一下他下本書準備寫什麼故事唄。」

沈慶捏了捏眉心，無奈道：「嗯，我知道了。」

宋雁茸一邊往內院走去，一邊還不忘回頭叮囑道：「你別忘記了。」

沈慶看她這模樣，一時間竟有些哭笑不得。他有些後悔了，若是直接告訴宋雁茸他就是耕者，那麼她一定會一直纏著他說話了吧？

見沈慶一直沒進來，周遠航忍不住在屋裡喊了聲。「沈兄，快來吃東西吧。」

沈慶這才轉身進屋。

兩人吃完東西，周遠航忍不住問道：「沈兄，你覺不覺得嫂嫂今天有些怪？」

周遠航還準備了一堆說辭來讓沈慶相信宋雁茸今天有點奇怪，卻沒想到沈慶直接點頭道：「嗯，我知道。」

「就像……」周遠航的話一下子卡在了嗓子眼裡，轉頭驚訝地看向沈慶道：「你說什麼？你知道？」

周遠航還以為自己聽錯了，沒想到沈慶依舊點頭。「對。」

周遠航趕緊將凳子拖到沈慶身邊。「沈兄，嫂嫂是因為什麼突然這麼關心我了？難不成是因為嫂嫂也覺得我這次要高中了？將來會升官發財？大富大貴？」

沈慶吐了一口氣道：「她以為你是耕者。」

「啊？」周遠航驚得差點從凳子上摔下去。「沈兄，你、你沒和嫂嫂解釋？」

沈慶一個眼神，周遠航就知道了，沈慶居然真的不解釋，周遠航站了起來道：「沈兄，不是我說你，你這腦袋天天都在想什麼呢？嫂嫂這樣，明明就是十分喜歡耕者，話都說到這分上了，你居然不乘機承認耕者的身分。若是嫂嫂知道你就是耕者，她得多高興、多崇拜你，之後不得更喜歡你？你……」

「你說的是真的？」

沈慶突然出聲，讓周遠航一愣。「啊？」

沈慶看了周遠航一眼，周遠航立刻道：「我說的當然是真的呀，所以，沈兄，趁剛考完，你放鬆一下，趕緊寫個新故事給嫂嫂送去。」

沈慶點頭，從未覺得周遠航的話如此有道理過。

沈慶立刻開始鋪紙磨墨，周遠航也沒閒著，趕緊挑了摞紙去自己書桌上裁剪起來。

等沈慶在一張大紙上寫完故事大綱後，周遠航趕緊遞來裁剪好的紙張。

沈慶很快進入了寫作的世界，連外頭高神醫與高梓瑞來了都毫無所覺。

高神醫聽說了宋雁茸的事，原本高夫人昨天就要他親自來看看宋雁茸，高神醫聽了高梓瑞的描述，父子倆都覺得沒有大礙，昨天宋雁茸回來應該需要睡個回籠覺，然後又得去接沈慶，家中肯定很忙碌，他們父子過去豈不是給人添亂？高神醫和高梓瑞勸了好久，高夫人才作罷。

高神醫給宋雁茸看完診，確定宋雁茸沒事後，又給沈母把了脈。「沈老夫人如今身子也算是大好了，往後可以不必用藥了，但還是得好生養著，不宜操勞。」

沈母連連道謝，沈念和宋雁茸也是一臉高興，一家人紛紛跟高神醫道謝。

有了高神醫這話，宋雁茸終於放下了對沈母的擔心。

如今，沈母也挺過了原著中本該病逝的時候，身體也大好了，這一世，沈母應該不會再如原著中那般早逝了。

趁屋裡人說話的工夫，高梓瑞走到宋雁茸身邊，壓低聲音道：「宋姊姊，借一步說話。」

宋雁茸見他面色嚴肅，也收起笑容，與他走到外頭的院子中。

高梓瑞道：「宋姊姊，妳可知今天誰去白馬寺了？」

宋雁茸眉頭一挑，高梓瑞不可能無緣無故提到白馬寺。

「和余燕燕有關？」

高梓瑞點頭。

宋雁茸心中立刻有了答案。「梁燦？」

高梓瑞滿眼意外地看向宋雁茸。「宋姊姊如何猜到的？」

「瞧你這樣子與我說話，那個人必定是咱們都認識的，而且還與我們有過節，除了梁燦，還能有誰？」宋雁茸隨口說著。

看到高梓瑞滿眼敬佩地看向她，宋雁茸頓時有些心虛，她可不是真像她說的那樣全靠分析，而是因為看了原著。

宋雁茸強自鎮定道：「那日在寺廟，余小姐那意思，好像是看上了一個考生，聽她說的時候我就猜到那人應該是梁燦，只是不是很確定，你打聽到什麼消息？」

高梓瑞眼睛看向別處，冷聲道：「就那日所見，那余小姐怕是因久居山中，性子單純得有些傻，我覺得多半是梁燦早就知道了余小姐的真實身分，故意在相府認回余小姐前，攻下了余小姐的心。更有甚者，余夫人能認回余小姐，這背後恐怕都離不開梁燦背後之人的操作。」

這麼複雜？三皇子的人連這種事情都能安排？莫不是那余小姐幼時失蹤也與三皇子的人有關？

看出宋雁茸眼中的震驚，高梓瑞接著道：「我現在還懷疑，那日衝著余小姐去，最後撞傷了宋姊姊的人，極有可能也是梁燦背後之人出手的。」所以那日他的人才查不出背後之人，燕府的侍衛怎能比得過皇家的人？

「啊？」宋雁茸腦子快速轉了起來。「所以，讓余燕燕得怪病的目的是拖住余燕燕，不讓她們那麼快回京城？就為了等梁燦考試完再見一面？」宋雁茸覺得有些匪夷所思。「費這麼大的力氣，圖的是什麼？」

「圖什麼？不管他們圖什麼，我都要讓他們圖不成！」高梓瑞說得有些咬牙切齒，周身散發出的寒氣讓宋雁茸都忍不住打了個寒顫。

高梓瑞也發現了宋雁茸的動作，連忙收起周身的冷冽，道：「對不起宋姊姊，我嚇著妳了。」

宋雁茸擺擺手。「沒有，只是你準備怎麼做？高神醫知道嗎？你有幾分把握，可不要讓自己涉險。」

高梓瑞扯開一抹溫暖的笑，宋姊姊還是一如既往地關心他。「宋姊姊放心，我不會做傻事，我爹知道我的打算，這次還得靠我爹出面呢，畢竟我爹的名氣擺在那裡，這次定然會讓他們的打算全部落空。」

宋雁茸見高梓瑞心裡有數，就不再說什麼，也沒問他打算怎麼做。瞧高梓瑞這樣，應該已經動手了，很快就能知道結果了，也就沒必要在她這裡節外生枝了。

果然，不到下午，外頭就已經傳開了，說是余相府剛尋回來的千金被人下毒了。

等到了下午，洛城又傳出一件事情——高神醫來洛城了，會在洛城接診十例疑難雜症。

至於怎樣才算疑難雜症？必須至少五位大夫都表示治不了，神醫才會出手。這個條件看起來有些苛刻，哪有那麼多大夫願意承認自己技不如人？所以神醫又添了一條補充條件，覺得自己不會醫治的大夫，可以一同來看神醫診治。

就衝著這一條，多少大夫想去一睹神醫看診，說不準還能得神醫點撥兩句或學到點什麼新法子呢。

於是，洛城裡，打探神醫居所的人越來越多。余夫人也派了好幾個下人在洛城打探消息。

宋雁茸一直讓丫鬟、小廝輪番去外頭打探事情的進展，也不知道高神醫父子倆這會兒會在哪裡落腳。燕府是不可能的，燕府的別院應該也不可能，宋雁茸猜測，客棧的可能性最大。

而剛在白馬寺落腳的梁燦並不知道這事，自從陳鵬出事後，梁燦身邊幾個同窗都散了，大家不是傻子，陳鵬那事，大家稍微想想就能明白，多半是因梁燦而起的。平常怎麼樣都可以，但要葬送前程，甚至是葬送族人的前程，誰也不敢再和梁燦冒險了。

如今，梁燦身邊並無明面上可用之人。

第六十三章

梁燦對山下的事情一無所覺，甚至連余夫人已經派人下山尋找神醫的事情也不知道，還在寺廟中轉悠著，想著如何與余相府的下人搭上線，透露出他正好見過余燕燕的怪病這事。

三皇子不會要一個無用之人，若是給梁燦的路都已經鋪到這分上了，他還不能成事，往後三皇子多半會重新估量他這個人。這一點，梁燦比誰都清楚。

讓梁燦始料未及的是，他這邊還沒尋著機會去余夫人跟前露個臉、透個話，忽然就見寺廟後頭忽然人潮湧動，梁燦拉了一個看熱鬧的人問道：「敢問小哥是發生了何事？」

那人猛地被人喊住，愣了一下道：「這你都不知道？這會兒洛城都傳遍了，神醫來洛城了，據說願意免費接診疑難雜症，但每個病患都需要好幾個大夫一同表示那是他們治不了的。這不，余夫人剛湊齊了無法給余小姐診治的大夫，現在準備下山去找神醫了。」

梁燦心中暗道：這神醫什麼時候來不行，非要趕在這個時候？嘴上卻道：「怎麼瞧著這麼多人都打算跟著去？」

「這你就不知道了吧，神醫如今在洛城哪處落腳，還沒人知道，大夥兒想看看神醫到底是什麼模樣，可咱們這樣的小人物哪裡打探得出來，余夫人要替女兒尋神醫，定是能尋到的，大夥兒自然想跟著去見見神醫。」說完看了看周圍，壓低聲音補充道：「我聽說，如今城中許多家有疑難雜症的百姓都盯著余夫人呢，都盼著她能找出神醫，大夥兒也好跟著去找神醫問診。」

說完也不顧梁燦還有話要問，直接道：「好了，不跟你多說了，我也要去跟著了。」

見那人跑遠，梁燦心中暗叫「不妙」，若是讓余夫人尋著神醫，那三皇子這邊為他安排這麼多不就全都白費了？

不行，他得去阻止！

想到這裡，梁燦顧不得自己這上山求籤的考生身分，快步朝余夫人那邊走去。

眼見余夫人上了軟轎離開，大庭廣眾下，梁燦又不好衝出去喊停，只得隨著人群跟上去，試圖在余夫人落腳處找機會上前。這是他最後的機會了，可不能再搞砸了。

身後跟著三十來號老百姓，余夫人心中有些膈應，也不知道這些人跟著她幹麼，若不是女兒還病著，她都想趕人了。

余府的馬車停在山下，余夫人親自扶著余燕燕進了馬車，不用再看到黑壓壓的人群，她總算是吁了口氣。

余燕燕似乎也很不習慣被這麼多人圍觀，那些人還都在說她得了怪病，委委屈屈地叫了一聲。「娘。」

余夫人安撫地拍拍女兒。「燕燕，不怕，娘在呢。」

余夫人已經打探出神醫的所在，不過身後跟著這麼多人，她不可能這樣過去。得知余夫人下山的消息，也有不少洛城的官宦、世家提出邀請，讓余夫人去住他們家或別院。若是以往，余夫人不介意，但現在她還要給女兒看病，不想多生枝節，便一概婉拒，直接去了洛城的驛站，讓人將驛站從裡到外收拾了一遍。

進了驛站，百姓不方便靠近，倒是走了不少看熱鬧的。

余夫人又讓人引開了一些人，自己便帶著余燕燕出發了。

梁燦發現跟著的車不是余夫人的時候，及時追了回來，正好趕上余夫人與余燕燕出門，心中鬆了口氣。

跟著余夫人來到洛城最有名的客棧——東來客棧，余夫人遞了帖子讓掌櫃的親自跑了一趟。

很快就出來一個面無表情的熟人。

余夫人見了很是意外。「是你？」

高梓瑞瞧了余夫人和她身邊的幾位大夫一眼，那幾位大夫中正好有當日教訓他的那位，高梓瑞也回了一句。「是你？」

余夫人心中忐忑，朝掌櫃的道：「掌櫃的莫不是弄錯了，我要找的是高神醫。」

這話一出，有耳尖的人立刻得了消息，原來高神醫竟然就住在東來客棧？這婦人莫不就是余夫人？

如今城中討論得最熱門的話題就是高神醫來洛城以及余相府要求醫了，於是高神醫住在東來客棧、余夫人已經到東來客棧求醫的消息如長了翅膀般傳了出去。

宋雁茸和沈念得知後，也帶著丫鬟和白叔一同過來看熱鬧。

掌櫃的點頭哈腰道：「夫人，這位是神醫的兒子高公子。」

神醫的兒子？

余夫人倒抽了一口氣，垂眼快速回憶了一番，幸好自己那日沒有和這小子計較。她換上客氣端莊的微笑，說道：「原來是高公子，之前府裡人多有得罪，還望高公子不要介懷。」

高梓瑞一副公事公辦的模樣。「我不記得之前的事情了，既然余夫人是來求醫的，按照我父親的條件做就行了。」

人群中的梁燦一直盯著高梓瑞看，總覺得這小子有些面熟，一時卻忘記自己在哪裡見過，眼見余夫人這邊要去見神醫了，梁燦突然想起來，這人不就是當初胡同裡的那個小叫花子？和宋雁茸、沈慶他們是一夥的！

好啊！他就說這事怎麼就這麼湊巧，原來又是沈慶與宋雁茸在背後搞鬼，居然敢假冒神醫！

梁燦一時間氣血上湧，只覺得新仇舊恨全都直衝腦門，這對夫妻欺人太甚！

余夫人鬆了口氣，正要說話，人群中的梁燦突然開口道：「他根本不是什麼神醫的兒子，就是個叫花子，我之前見過，沒想到居然敢到洛城來假冒神醫兒子，夫人莫要上了他的當！」

所有人的目光都轉向梁燦，梁燦也不懼，直接上前一步，指著高梓瑞道：「這個人只不過是我們潼湖鎮上的一個小叫花子，梁某有幸在潼湖鎮見過他，後來他跟了我們鎮上一個學子，梁某不知，他此番假冒神醫之子到底是受何人指使。」

梁燦說得斬釘截鐵，異常肯定，余夫人都有些猶豫了，只是如今局勢不明，她不敢賭，萬一這人說假話，之後她可怎麼為女兒求醫？

看出了余夫人的猶豫，梁燦鬆了口氣。

周圍卻開始議論紛紛，宋雁茸也剛好在這時候趕到了現場。

梁燦看到人群外從馬車上下來的宋雁茸，眼中閃過一抹狠辣，可還不待他再說什麼，一旁的掌櫃卻出聲道：「這位公子瞧著也是讀書人，不知道為什麼要如此誣衊高公子，還要抹黑別的學子。高神醫在我們客棧已經住了半月有餘，小的看過他救了好幾次人，在余大人來前，高神醫剛救了一位被毒蛇咬傷的人，高神醫不可能是假冒的，既然高神醫是真的，他沒道理不認識自己的兒子吧？」

原本眾人還在懷疑高梓瑞神醫之子的身分，聽了掌櫃的的話，信了多半，再見高梓瑞沒有絲毫畏懼的冷眼瞧著梁燦，這氣勢怎麼可能是個小乞丐？心中僅有的疑惑也打消了。

客棧中，有人認出了梁燦。「呀，這不是潼湖鎮的梁燦學子嗎？」

「他好像與他們那邊一個叫沈慶的學子有過節。」

「沈慶可是得了孟夫子與太子殿下讚譽的學子，上次沈慶遭人陷害，那事情還查到梁燦頭上了。」

「是啊，這梁燦一上來就說人家神醫的兒子是潼湖鎮學子收留的小叫花子，還說人家是受人指使，他這是想陷害沈慶吧？」

「八成是，這人是不是瘋了，這也能胡說？」

梁燦沒想到，一個掌櫃的說了幾句話，竟然將輿論扭轉了方向，心中著急，道：「我沒有胡說，他就是叫花子。」

梁燦話一出口，又有人認出了高梓瑞。「這不是那日在街上解了人家蛇毒的年輕人嗎？原來是神醫的兒子，難怪這麼厲害，那人都快沒氣了，他幾針下去那人就活了，我道洛城怎麼出了這麼厲害的年輕大夫，原來是神醫的兒子。」

梁燦愣住。「……」

什麼情況？那次沈念能逃脫，竟也是這小子出手的？蛇毒都能解，莫不是真有他不知道的內情？

梁燦一時慌了神，也不敢再多說。

可他的神情，眾人都看在眼裡，周圍開始傳出對他的鄙夷聲。

宋雁茸沒想到自己一來就看到了好戲，與沈念相視一笑，姑嫂兩個瞧著梁燦的狼狽，都覺得十分解氣。

沈念直道：「我原先只覺得梁婷婷心術不正，沒想到她大哥比她還壞，往常竟然一點都沒瞧出來。」

宋雁茸點頭。可不是，往常壞事都由他那個妹妹做了，他自然不用幹什麼。

高梓瑞卻忽然出聲道：「我聽說佘小姐是中毒，這位公子如今突然跳出來阻止佘小姐求醫，不知道安的是什麼心？難不成，佘小姐的毒是這位公子下的？」

眾人譁然，梁燦和佘夫人都變了臉色。

梁燦是因為心虛，佘夫人是因為憤怒。

佘夫人顧不得許多，對家裡的侍衛道：「來人，先將這個姓梁的扣下！」

立刻有侍衛上前按住了梁燦，梁燦也是學了些功夫的人，可奈何在佘相府侍衛手裡，還是占不到便宜，很快便被扣住了。

佘夫人禮貌地朝高梓瑞道：「不知道高公子可否先帶我們去見見高神醫，看看小女到底是得病還是中毒？」

「老夫來了。」高神醫從客棧後院走了出來，只瞧了一眼戴著面紗的佘燕燕，就肯定道：「佘小姐這是中毒了。」

第六十四章

見高神醫出來，掌櫃的殷勤地迎了上去。「神醫，您請坐。」

掌櫃的話一出，眾人便確定了神醫的身分，一時間都好奇地看向神醫。

余夫人這會兒也顧不得這掌櫃對神醫比對她殷勤了，連忙上前幾步道：「神醫，小女當真是中毒？」

高神醫朝余夫人點頭，又道：「夫人請坐。」

余夫人看了周圍一眼，有些猶豫道：「神醫，難道咱們在這裡看診？」

周圍全是人，之前這高神醫肯定不是在這大堂裡替人看診的，不然「神醫在東來客棧落腳」這消息，怕是早傳遍洛城的大街小巷了。

余夫人試探道：「咱們能不能去後頭看診？」

高神醫卻不為所動。「原本是在後頭看診的，可這不是有人覺得我是假冒的嗎？還說我兒子是叫花子，是被人指使的，我自己被人誤解倒是無所謂，神醫這稱號本就是大家自己傳的，可我不能眼看著我兒子遭人誣陷。」

余夫人一噎，她可是聽說過這位高神醫的倔脾氣，據說當年太子找他看病都是三催四請的，神醫給太子看診都全憑自己心意，她自然更不敢造次，心裡卻是恨透了場中那個被抓起來的學子。

叫梁燦是吧？她記住了。

余夫人狠狠瞪了梁燦一眼，輕輕拉著女兒，對神醫道：「還請神醫為小女解毒。」說著就要朝神醫拜下，高神醫抬手虛扶了一把，道：「余夫人不必客氣，既然余小姐是中毒，那下毒之人必定有解藥，余夫人找下毒之人要解藥即可。」

余夫人面色變了變，她來找神醫，不就是因為沒法讓她女兒好起來嗎？起先還以為是怪病，那麼多大夫束手無策，如今高神醫只是打了個照面，甚至都沒有診脈，就一口斷定她女兒是中毒了，她還以為高神醫要當著這麼多人的面給女兒解毒，卻沒想到等來的是讓她找下毒之人。

她上哪裡去找下毒之人？

余夫人正想問，身後被人壓著的梁燦突然笑道：「哈哈哈哈！我就說了，他是個騙子……」

「若我沒有聞錯，解藥就在他身上。」高神醫沒等梁燦的話說完，就指著梁燦大聲道。

梁燦臉色立刻白了，吼道：「你個老匹夫，胡說什麼呢！」

余夫人本就對梁燦厭惡極了，如今聽說他身上有解藥，一個眼神，那幾個壓著梁燦的人立刻按住梁燦，在他身上一陣摸索，果然搜出好幾個小紙包。

余夫人看著侍衛手裡五、六個小紙包，求助地看向高神醫。「神醫，您看哪個是解藥？」

高神醫伸手接過那些小紙包，挨個兒確認了一番，拿出其中兩個道：「這兩個溫水服下，一刻鐘後余小姐的毒就能解了。」

話落，東來客棧立刻有小二很有眼色地送來了溫水，余夫人將藥粉倒入杯中，親自遞到余燕燕嘴邊，讓她服下。

做完這些，余夫人就有些緊張的盯著余燕燕看。

圍觀的群眾也很是好奇，原先只聽說余小姐得了怪病，可那怪病到底怎麼個情況並無人知曉，如今這余小姐戴著面紗，俏生生地站在大家面前，眾人也沒有發現哪裡有什麼不對。

梁燦這會兒卻是面上血色盡失，幾乎癱軟在地上。

完了，他這次徹底完了！

過了好一會兒，余燕燕突然出聲哭道：「娘，我好了。」

「當真？」余夫人一把扯開余燕燕手上戴著的細紗手套，見她的手上果然沒了可怖的紅點，又見余燕燕能很自然地抬手抹淚，余夫人這才放下心來。

這幾天，余燕燕的手臂上全是紅色斑點，瞧著像是得了什麼大病一般，沒多久，余燕燕的身體就開始發僵，動作緩慢，像木偶人一般，語速也比往常慢了許多，可把余夫人給嚇壞了。

余燕燕這幾天都不大願意說話，如今身體驟然輕鬆了下來，她才迫不及待地跟余夫人分享喜悅。

剛才梁燦一站出來她就認出了他，只是這幾天，她動作與說話都如同一個癡傻兒，她不想在人前丟臉，只想著等神醫為她醫治完，她再與梁燦好好說話。

余燕燕沒想到，事情居然是這樣，她中毒了，而解藥剛好在梁燦身上，如今瞧梁燦一臉灰敗，她又不是傻子，高神醫那話八成是真的。

所以這幾天她受的苦與梁燦有關，虧她還心心念念了他好幾天。

余燕燕又看了梁燦一眼，對余夫人道：「娘，讓人放了他吧。」

「什麼？」

余夫人以為自己聽錯了，余燕燕卻滿眼哀傷道：「娘，我能與娘相認，其實還多虧了這人，如今發生這事，咱們也算兩清了，日後他若是再犯事，娘讓人重重懲罰就是。」

眾人見余小姐在余夫人耳邊輕聲說了什麼，余夫人便一臉不情願地讓人放了梁燦。

余夫人這些年也不是白過的，聽女兒說母女能相認還多虧了這人，可這人如今卻來害她女兒，余夫人立刻覺得這其中定有陰謀，嘴裡說著放人，卻偷眼朝外面一個隨從使了眼色。

梁燦離開後，那個隨從也消失在人群中。

眾人雖然不明白余小姐到底是怎麼好了，但看這一家人的表現，也知道余小姐中的毒只怕是根本沒人察覺，不然在這之前也不會傳出來是怪病了。

旁人察覺不出來的毒，神醫卻僅一眼就識破，然後又憑氣味，就能得知解藥在那個學子身上，眾人只覺得神醫也太厲害了。
余夫人還在道謝，就有人迫不及待朝神醫跪下求治病。
東來客棧的大堂中，一時跪下好幾個求醫的人。
「太子殿下到——」
一聲傳喝，東來客棧外頭停了一輛華貴的馬車，眾人轉頭看去，就見一位頭戴金冠的紫衣男子緩步從馬車上下來。
「太子殿下千歲——」
有人帶頭跪下，眾人也跟著紛紛跪下，大呼「太子殿下千歲」。
太子倒是親和，連聲道：「大家快快請起。」
說完大步走至高神醫面前，親手扶起高神醫。「神醫讓孤好找，這些年，孤一直在找尋神醫的蹤跡，沒想到此次來洛城主持科考，倒叫孤遇上了。」
高神醫連聲道：「不敢。」
余夫人倒是沒想到，太子竟然對高神醫如此客氣，看來傳言恐怕是真的，太子體弱，命不久矣，所以到處找高神醫想續命。
太子又道：「孤聽聞神醫在此專給人看疑難雜症，孤也特意過來想讓神醫給孤瞧瞧身子。」
圍觀眾人都十分吃驚，太子這樣的身分，竟也打算當眾求醫？

太子又指了指身後跟來的幾個人道：「孤不敢破壞神醫的規矩，也帶來了幾個斷言治不了孤的大夫，還請神醫給孤看診。」

宋雁茸看到這裡，忽然心中一動。莫非太子是打算趁此機會將自己身體大好的消息透露出去？

也是，如今朝中大多數都是中立派，中立的原因不過是因為太子雖然是正統，可奈何身子不行，誰知道能不能熬到登基那日？

若是太子身體大好的消息傳出去，想必那些中立派中有大多數都會堅定地站在太子這一方了。

看來太子現在也開始行動了。

果然，就見高神醫與太子開始「表演」多年未見了。

高神醫給太子切脈，道：「殿下的身體比之八年前已經大好了，殿下放心調養，草民如今正好得一味藥可對症殿下的身子，若是草民所料無差錯，再調理三、五個月，殿下胎裡帶來的病根便能斷除，從此與常人無異。」

太子眼中露出恰到好處的驚喜，立刻對高神醫道：「還請神醫出手助孤！」

高神醫卻面露難色道：「殿下，草民還沒有完成定下的疑難雜症接診，等草民接診完畢，殿下再派人來接草民吧。」

太子連聲答應，直接留下了他帶來的那幾位大夫，讓他們幫神醫一同接診，也算是先接診些他們能治的病症，若這幾位大夫都無法診治，再將病患交給高神醫。
在場眾人聽聞太子的吩咐，都大呼「太子殿下仁德」、「太子殿下千歲」。
一時間，太子狠狠賺了一波民意。
太子留下侍衛保護高神醫的安危，又給了東來客棧一筆銀子，說是這幾日占用東來客棧算他的。
宋雁茸看著太子離去的背影，只覺得這一波操作真是一石很多鳥。
不僅公布了自己身子無礙，取得朝臣支持，還在洛城百姓這裡刷一波好感，最後還將高神醫直接轉到了明面上，今後若是有人再敢動高神醫，太子就能直接出手，而且還能治一個重罪。
另一頭，余燕燕心中全是對梁燦的失望與傷心，並未想太多，余夫人見太子離開，百姓們都要來看診，想到剛才高神醫與太子的那些話，余夫人趕緊拉著失魂落魄的女兒在下人的簇擁下離開東來客棧。
她得立刻回京，將今天的事情告訴余相。
不，她如今帶著這麼多人，走得太慢，她得寫信讓人快馬加鞭交給余相，要讓余相成為京中第一個知道太子身子無礙的人。

第六十五章

宋雁茸與沈念看完這齣大戲，沒有打擾高神醫和高梓瑞接診，默默退出了客棧回家了。

兩人到家正趕上晚飯，沈慶悶頭寫了一天的話本，只覺得腦子裡滿滿都是劇情，竟然連姑嫂兩人出去過都未曾發覺。

晚上，宋雁茸與沈慶說了白天的事情，也將她的猜測都說了出來。「高神醫既然敢那麼說，我覺得太子的身子八成是真的大好了。」

沈慶「嗯」了一聲，腦中還在想話本的劇情。

宋雁茸卻比往常興奮，如今的局勢，明顯和原著中已經不一樣了，她原本還擔心余燕燕與梁燦如同原著中那般，最終會走到一起，可今天看余燕燕那神情，顯然是被梁燦傷到心了，但凡她不是個傻子，這輩子也不會再嫁給梁燦了。

還有今天的余夫人，別人沒注意到，宋雁茸可是看見了，余夫人已經派人去查梁燦了。

三皇子費那麼大的勁做的這個局，最後就這麼草草收場，梁燦那邊不說會遭到懲罰，至少也會被三皇子厭棄。

「沈慶，你說，如今太子的身體大好了，余相會不會支持太子殿下？」

「嗯。」

「那你知道如今朝中的形勢嗎？」
「嗯，不過不多。」
問了幾個問題，宋雁茸終於發現今天的沈慶有些不一樣，她側身看去，只見他也不知道在想些什麼，兩眼看著帳頂。
沈慶這是怎麼了？
宋雁茸推了推他，道：「你在想什麼？有沒有聽我說話？」
宋雁茸自己都沒有發現，她語氣中滿是戀人間的嬌嗔。
沈慶側頭看去，見宋雁茸正一臉不滿地看著他，心中微動。「茸茸，假如我有件事瞞著妳，現在告訴妳，妳不會怪我吧？」
沈慶有事瞞著她？宋雁茸腦海中一下子就閃現出余燕燕的臉。
看過原著的宋雁茸，對沈慶的事情還不是瞭如指掌？如今沈慶還能有什麼事？
宋雁茸皺了皺眉頭，臉色有些難看，收拾好自己的心情，冷冷開口道：「說吧。」
沈慶沒想到宋雁茸對此反應這麼大，一時間有些慌了神。「茸茸，我真不是故意騙妳的……」說著伸手想去摟住宋雁茸。
卻被宋雁茸推開，道：「有事就說，別扯遠了。」
她已經做好了準備，只要沈慶說他與余燕燕有點什麼，她就立刻和離，絕不拖泥帶水，左右如今沈母身子也無大礙了，和離這點事不會傷及人命。

沈慶像個犯錯的小孩，一時間有些手足無措。都怪周遠航那小子，騙他說來和宋雁茸坦白，宋雁茸往後會更喜歡他，這倒好，他還沒說呢，他家茸茸就生氣了。可話已經出口了，現在若是不說，只怕往後宋雁茸會更加生氣，沈慶只得硬著頭皮閉眼道：「我說……其實我就是耕者，之前我並非有意隱瞞……」

「什麼?!」宋雁茸翻身坐了起來。

伴隨著宋雁茸的驚呼，沈慶只覺得床身一晃，嚇得他立刻睜眼，只見宋雁茸一副不可思議的模樣看著他，神情完全沒了剛才令人害怕的冷漠。

沈慶舒了口氣，也從床上坐起來，面對宋雁茸，他誠懇認錯。「對不起，茸茸，我不是有意騙妳的，之前妳沒問，我也不好說，到後來嘛，我就……」

宋雁茸拍拍胸口，一手朝沈慶舉起，道：「等等，你真的是耕者？那周遠航呢？」

沈慶輕笑一聲。「這和他有什麼關係？那小子倒是在錢不夠花的時候，會跟我一起抄書。」

聽沈慶這麼一說，宋雁茸再想起周遠航平時愣愣的模樣，確實不像會寫出那麼好看的故事的人。

不過沈慶嘛，這麼一個話都不多說的人，真的能寫出那麼多蕩氣迴腸的故事？

宋雁茸還是覺得有些不可思議，但依她對沈慶的了解，他不像是會拿這事來騙人的人。

這麼說來，這事是真的？

宋雁茸眼神已經有了明顯變化。「沈慶，你沒騙我？」

「自然沒有。」

「沈慶，你也太厲害了，之前怎麼從未聽你提過？嗯，我是指自我嫁過來，就沒聽你提過。」宋雁茸其實是想說，這麼大的事情，怎麼原著裡沒有提過？

只說沈慶平時靠抄書和與沈元上山採藥湊些紙筆銀子。

「以前？以前我也不知道妳愛看話本。」

宋雁茸竟然從沈慶的話語裡聽出了幾分委屈，一時覺得有些好笑，當初剛發現自己穿書的時候，沈慶可是不苟言笑的書呆子，而且想到原著中，沈慶最後還黑化了，宋雁茸那時候只想著快些養傷，攢足銀子就與沈慶和離。

如今，她好像早已攢足了銀子，而且也幫著沈念、沈元以及沈母躲開了原本的命運，但她似乎已經將和離這事給忘了。

宋雁茸心裡想著事情，面上神色也不斷變化，沈慶一時有些慌，小心翼翼地拉過宋雁茸的手，問道：「茸茸，不要離開我好不好？往後妳想看話本我就多寫一些，保證讓妳最先看到。」

宋雁茸被沈慶的話逗得笑出了聲。「你話本倒是寫得一套一套的，怎麼現實中連句哄媳婦的話都是以後給人看話本？」

沈慶見宋雁茸沒有反駁，心中一喜，大著膽子伸臂攬住她的肩頭，低聲道：「那妳希望我說什麼？」

「你那些話本的書生要是這麼和妖精說話，說不準就被人一口吃了，哪裡還會有後面的故事。」宋雁茸腦袋擱在沈慶的肩頭嘀咕著。

居然沒有推開他？沈慶心中已經樂開了花。「我常常想著，妳是不是也是哪個修煉成精的小仙，突然就到了我的身邊。」

「不，我不是仙，我是要靠人血續命的妖怪，但我呢，需要對方心甘情願地將血給我喝。」宋雁茸隨口胡謅道。

沈慶卻當真轉過脖子，將脖頸處靠向宋雁茸，一本正經道：「要不，妳先喝一點？」

宋雁茸笑鬧著張嘴咬了過去，還伸手一把抱住了沈慶。

沈慶只覺得一股酥麻之意傳遍全身，身子一僵，抱住宋雁茸的手臂緊了緊。

屋中氛圍瞬間變換，遲鈍如宋雁茸也意識到了。

她覺得自己剛才多半是被什麼附身了，不然怎麼會做出那樣的傻事？孤男寡女的，她竟然去咬人家脖子？對方可是個血氣方剛的大好青年，更何況如今兩人是合法夫妻，此刻還是在床上。

宋雁茸突然覺得嘴唇一麻，是沈慶親了過來？

兩人一下子倒在了床上，接下來，宋雁茸只覺得大腦一片空白……

第二日，沈慶依舊早早起來，去前院找周遠航。他要好好感謝周遠航，若不是周遠航鼓勵他跟宋雁茸承認自己耕者的身分，他與宋雁茸還不知道要彆扭到什麼時候呢。

宋雁茸比往常醒來得早一些，看著枕邊空空如也，想到昨晚發生的事，面色立刻爆紅。雖然並沒有做到最後一步，可是如今與沈慶該發生的都發生了，她有些不知道該怎麼面對沈慶了。

直到沈念來叫她吃飯，宋雁茸這才慢吞吞地爬了起來。

吃完朝食，沈念正與宋雁茸商量去街上買點什麼，沈元卻過來道：「嫂嫂，莊子那邊我離開太久有些不放心，不如妳們在這裡等放榜了再回莊子，我先回去幹活，等放榜前一天我再來洛城？」

沈念立刻「呀」了一聲，道：「瞧我，這些天光顧著玩了，我也得回去照看蘑菇了，總讓別人看管，往後我怕是又得將這活給弄丟了，那我也跟二哥回莊子。」

「瞧你們一個個的，好像就我一個只知道吃喝玩樂了。」宋雁茸笑道：「行，那咱們今天就一道回去吧，靈芝孢子粉怕是又可以採收，還有猴頭菇，我估算著也快到收菇的時候了，咱們回去養豬、採蘑菇去。」

「行，左右這段時間咱們在洛城也沒什麼事，還不如回莊子上幹活去。我如今可是跟著燕侍衛學功夫呢，這幾天沒他指點，我這心裡怪沒底的。」沈元樂呵呵地說道。

「哦，二哥，你如今都開始學功夫了？我還以為能讓你心裡沒底的事只會是和吃的相關呢，沒想到還會和學功夫有關係。」沈念毫不掩飾取笑道。

沈元倒是沒和她計較。

宋雁茸腦中一轉，想到原著中沈元就是為了找沈念，最終落草為寇，後面好像還有些本事，只是最後也下落不明，或許是在那場搶奪中喪命了也未可知。

既然原著中沈元會走那樣的劇情，說明他應該是個學武的料子吧？於是便道：「二弟，你想不想好好學功夫？說不準將來還能去考個武狀元，總比你一輩子養豬、養蚯蚓風光。」

「武狀元？」沈元和沈念異口同聲。

沈元道：「我都這麼大了，現在學功夫怕是遲了吧？我可不敢想武狀元這事，我覺得凡是與狀元有關的事情，都不適合我。」

「狀元與你無關？你這是因為你讀書不如你大哥，就覺得自己與考試無關了吧？不過這是你自己的事情，你自己做決定。你若是也想考個武狀元，嫂嫂就幫你請最好的師父；若是你無心於此，那就當我沒說，也不用有壓力，繼續好好幹活就行。你將養豬、養蚯蚓這事做好了，成為一個最厲害的養豬人，未嘗不是幹出一番事業。」

第六十六章

宋雁茸一邊和沈元聊著，沈念已經通知大家收拾東西回莊子。

如今沈母更願意待在莊子上，平日有兩位嬤嬤陪她說話，她閒著的時候還能在院牆下種些白菜、蘿蔔，看著院牆下的菜，她還能想起灣溪村籬笆下種菜的日子。

沈母只覺得自家娶了個好媳婦，不然她怕還是拖著病體，不知道什麼時候人就沒了，哪裡能過上如今這日子？

沈母知道如今家中不靠她費眼睛繡花了，她只管好好養著身體，聽兒媳婦的安排就成。

因此，得了宋雁茸要回莊子的消息，沈母問都不問，就張羅著收拾東西了。

等宋雁茸和沈慶那邊收拾完畢，沈母已經讓人租了兩輛相熟的馬車過來接大家了。

宋雁茸見了，挽著沈母的胳膊道：「還是母親考慮周全，我都忘記馬車的事情了。」

沈母笑道：「以後這些事情有母親，你們幾個年輕人想幹麼就好好幹，一個個的都出息了，母親心裡也高興。」

宋雁茸笑著應好。

於是宋雁茸、沈母以及沈念三人坐自家的馬車，張嬤嬤則帶著兩個小丫鬟坐一輛租來的馬車，沈慶幾人則坐另一輛租來的馬車。

看著一排馬車，宋雁茸心想如今家中人口眾多，一輛馬車似乎真不夠用，在回去的路上便與沈母提了這事。「母親，咱們是不是得再買一輛馬車？平日裡二弟採買也方便，這輛馬車就咱們自己坐，經常不夠用，再買馬車可以拉貨，什麼都往裡放。」

沈母點頭道：「嗯，茸茸考慮得周到，回頭我讓劉全、張福他們兩個陪著老二一起去挑，你們該忙什麼就忙什麼，這事就不用操心了。」

宋雁茸心裡對沈母很滿意，以前的宋雁茸那麼作妖，這個婆婆也從不多說什麼，只管盡自己最大的能力繡花養家，如今身子剛好，就開始試著打點內院的事情，給他們分憂。「母親真好。」

沈母自然也知道宋雁茸話裡的意思，笑著戳了戳她的腦門。「妳呀，母親知道妳的心思都花在蘑菇上面了，對家裡很多大小事務都不甚上心，妳這性子呀，如今母親還能替妳張羅著，往後看妳怎麼辦。」

沈念笑道：「嫂嫂如今靠母親打理，將來也可以靠兒媳婦打理呀。」

沈母一愣，連連點頭。「念念說得在理，我看妳真可以考慮早點生下孩子，將來孩子成家也能早些。」

若是以往遇到這話題，宋雁茸還得假裝羞澀一番，可昨晚她與沈慶已經那樣了，再面對這話題的時候，根本不需要假裝，她老臉一紅，轉身就朝沈念瞪眼道：「小妹，別光顧著說我了，我像妳這麼大的時候已經嫁給妳大哥了。」

轉頭又對沈母道：「母親，小妹的婚事是不是得開始打算了？不然她閒著總來打趣我。」

沈母知道宋雁茸這是有些惱羞成怒了，也跟著笑起來。

沈念見母親沒有將宋雁茸的話聽進去，很是得意地朝宋雁茸吐著舌頭扮鬼臉，摟著沈母道：「我就知道娘最疼我。」

這話不說還好，一說完，沈母就道：「笑鬧歸笑鬧，妳的婚事確實該提上來了。我原先是想，等老大這次中了就給念念相看一戶人家，可如今咱們來了洛城，我在這邊只認識張嬤嬤和劉嬤嬤，茸茸可有什麼合適的人選？就咱娘仨，妳怎麼想的隨便說就是了。」

宋雁茸知道沈母這話不是說笑，也收起玩笑態度，問道：「母親心中可有什麼人選？」

沈母看了沈念一眼，直接問道：「念念，妳覺得與妳哥哥一同讀書的那個周遠航周公子怎麼樣？」

沈念小臉一紅，低頭道：「母親——哪有您這麼說話的！」

沈母卻不樂意了。「妳這孩子，母親問妳還不是為了妳好？難不成妳真想全憑父母之命、媒妁之言不成？」

沈念雖然還是覺得有些不好意思，但到底不像剛開始那般牴觸了，低頭把玩著自己的袖襬，道：「我記得周公子家境不錯，這次他也很可能高中，哪裡能瞧得上我？」

沈母更不樂意了。「妳這孩子說的是什麼話，什麼叫他家境不錯，難道咱們家如今還比不上他們家？他們家要真那麼厲害，他怎會在洛城考試連個落腳地都沒有？他高中又怎麼了？難道妳大哥比他差？我倒不是瞧不上周家，只是聽妳這話，心裡替妳大哥和嫂嫂委屈，說起來如今妳嫂嫂掙出這麼大一份家業，在妳眼中，怎的還比不上人家。」

「娘……」沈念喊著沈母，眼神卻抱歉地看向宋雁茸，見宋雁茸也正好看過來，沈念道：「嫂嫂，我不是那個意思。」

宋雁茸伸手拍了拍沈念。「好了，母親是嚇妳的，妳別多心，妳只管想想自己的心意。」

宋雁茸不知道沈念心中怎麼想的，沈母既然提出周遠航，她也不好立刻就說高梓瑞，要是沈念對周遠航有意，她就不多嘴了。

沈念這會兒倒認真想了想，道：「妳們現在這麼一說，我發現我好像都記不清楚周大哥到底長什麼模樣。」

「妳不會是不想嫁，故意搪塞娘的吧？那麼個大活人，天天與妳大哥一道讀書，怎麼會不記得人家長什麼樣？」沈母有些不大相信。

「娘，是真的，您也說了，他天天與大哥一道讀書，我連大哥都沒能天天見到，哪裡見過他幾回？要是周大哥出現在我眼前，我定然是認識他的，可現在要我想想他是什麼樣的人，我話都沒與他多說過幾句，哪裡知道他是什麼樣的人？我是真的記不清楚他長什麼模樣了。」沈念說得情真意切。

宋雁茸在這時候出聲道：「那高梓瑞呢？他怎麼樣？」

「高梓瑞？」沈母一時想不起是誰，可見沈念的模樣，明顯對高梓瑞與周遠航不一樣，沈母忍不住問出聲來。

「就是青山，高神醫的兒子。」宋雁茸解釋道。

沈母恍然。「哦，那孩子也不錯，我也是看著他在咱們家那麼久的，他還是青山那會兒，我看他手腳勤快，是個肯吃苦的孩子，我還真想過讓他當我女婿來著，只是沒想到我這還沒提呢，人家就成神醫的兒子了，後來我就沒敢往這上頭想了。」

沈念一聽不樂意了。「娘，還有您不敢想的？高神醫怎麼了？高神醫見了嫂嫂還不是客客氣氣的。」剛才還說她呢。

沈念的本意是懟沈母剛才說她在周遠航那事上覺得配不上的，沒想到沈母和宋雁茸聽完，皆是一臉意外地看著她。

「念念，妳這是看上高梓瑞了？」沈母道。

宋雁茸也驚訝道：「喲，小妹，厲害呀，現在就敢為了嫁給高梓瑞懟母親了。」

沈念被兩人同時打趣，一時間惱羞成怒到了極點。「我、我不跟妳們說話了。」

沈母卻一點沒把沈念這話放在心上，拉著宋雁茸問起了高梓瑞最近的表現。

宋雁茸也將她知道的事情都說給沈母聽。

沈母聽了連連點頭。「不錯，既然他也有意，高夫人也有意，那我就不用操心了，直接等著人家上門提親就行了。」

沈念瞬間破功。「娘，您都不問問我那次有沒有受傷？或者，您問問我這次炸蘑菇掙了多少銀子也行啊。」

「妳這不是好好的嘛，人家神醫兒子親自出手，妳還能有什麼事？就算有事，那也等人家神醫兒子找神醫來給妳瞧瞧，我問了有什麼用？妳那銀子掙多掙少的都是妳自己的，妳嫂嫂孝敬我的，我都花不完呢，誰還管妳掙多少。」沈母說得理直氣壯。

「娘！」沈念快笑哭了。「娘知不知道，您現在都變了——」自從她娘身子大好後，就完全變了個人了。

「妳娘我原本就是這樣的人，只是這些年疾病纏身，想多活幾年，多拉扯你們兄妹幾年，所以才不想想太多，也不想管太多。」

宋雁茸聽了沈母這話，默默地朝沈母伸出大拇指。

宋雁茸是真沒想到，沈母竟是活得如此通透。

一路聊著，到了莊子上，沈慶與沈元立刻到馬車前來扶沈母，沈母將手遞給沈元，對沈慶道：「你去扶你媳婦去。」

沈慶被沈母突如其來這一齣弄得有點懵。「娘，您……」

沈念卻在馬車裡催道：「還不快聽娘的話，趕緊扶你媳婦下車，沒看見你妹妹被你們夫妻擋在車裡嗎？」

沈慶只覺得有些莫名其妙，伸手將宋雁茸扶了下來，就快步往院子裡走去，回頭見兩個小丫鬟去扶沈念，這才忍不住問道：「我娘和小妹今天怎麼回事？」他怎麼覺得他娘有點不一樣了，而小妹今天出發的時候還好好的，怎麼到了莊子上就跟吃了槍藥一樣？

「母親打算給小妹說一門親事。」宋雁茸道。

「哦？小妹不滿意？」

「滿意，對方可能快要來提親了。」

這下沈慶淡定不了了。「什麼？提親？誰家的？」

「高神醫家的，高梓瑞。」

「哦，那小子啊，還行，上次我看他對小妹挺上心的。」沈慶立刻恢復了一慣的淡定從容。

物品的歸置自有沈母帶著丫鬟和劉嬤嬤做，宋雁茸與沈念只須將自己的貼身物品擺放完，兩人就往山裡的蘑菇棚去了。

幾乎是兩人剛到大棚的工夫，高神醫一家就到了莊子上。

沈慶心中正想著沈念的親事，還琢磨著下次再見到高梓瑞要好好和那小子談談。

這會兒沈慶剛進書房，打算先翻兩本書收收心就繼續寫他的話本，沒想到他這頭剛翻出書本，就聽到院子裡劉全恭敬地道：「高神醫，您來啦，夫人和姑娘剛出門，這會兒怕是剛到大棚，您是先坐會兒，還是直接去大棚看看？」

高神醫笑著道：「不用了，這次我是陪夫人過來拜訪沈老夫人的。」

劉全這才看到高梓瑞扶著一位中年夫人在院外，正指著遠處的小山說著什麼。

劉全連連道：「原來高夫人與高公子也來了，三位快快請進，小的這就去跟老夫人說。」

沈慶耳聰，聽到這裡，立刻放下書，對周遠航道：「遠航，今天你自已先溫書吧，家中似乎來了客人。」

周遠航如今在沈家已經很自如，他只想好好讀書，這次要是能中，來年春天就又有考試；若是沒中，再過幾年也還是要再考，自然不能耽誤了讀書，便點頭道：「沈兄自去忙就是，我有事就喚劉全或張福他們。」

沈慶「嗯」了聲，起身往外走去。

「不知高神醫、高夫人臨門，有失遠迎，還望兩位莫要介懷。」沈慶上前朝高神醫抱拳道。

高神醫連忙道：「沈公子客氣了，我們不請自來，沈公子不見怪就好。」

兩人客氣一番，沈慶就將人往裡頭的廳堂裡引。

沈母那邊很快得了消息，也是一驚。她想過高家會來家裡，但沒想到這麼快，要是今天路上宋雁茸沒提這事，她今天豈不是被蒙在鼓裡了？心中又覺得這個兒媳婦真是沈家的福星。

高夫人與沈母見面後聊了會兒，很快就成了相見恨晚的老姊妹。兩位老姊妹甚至連兒女親事都給忘了，當然，真正忘記這事的是高夫人，沈母可不會主動將話題往那上頭引。

一旁的高神醫與沈慶聊了幾句此次科考的事情，聽著一旁的高夫人和沈母越聊越高興，高神醫很久沒見到夫人這麼開心了，一時沒有出聲打擾。

可眼見兩人話題都已經聊到花樣子上頭了，還沒提一句兒子的事情，一旁的高梓瑞是有苦難言，高神醫這才笑著打斷兩人。「夫人，別忘了今天過來是為了瑞瑞的事情。」

高夫人這才揮了揮手道：「哎喲，您瞧我，我這腦子確實還沒恢復好，這一高興，就忘了正事了。」

沈母心中也是一肅，面上倒是裝作什麼都不知道的樣子。「哦？高公子？若是兩位是為當初茸茸和念念帶高公子回來這事，就不必再說了，上次你們又是藥材、又是布料、又是禮品的，都送來幾大車了，高公子在我們家的那些時日，我們也沒花費那麼多。」

沈慶心中很是意外，沒想到他母親還滿會胡扯的，一本正經在一旁補充道：「我娘說得有理。」

「也不能算是，這會兒念念姑娘不在，我就直說了，我們這趟過來，一來是先感謝當初你們家救了瑞瑞，本來我早該上門的，只是我身子一直不好，這次才出來，今天我們去了洛城那處院子，得知你們來了莊子，我們就直接改道過來了。這二來嘛，是想問問，念念姑娘可許了人家沒有？」高夫人拉著沈母的手細細說道。

沈母認真的等著高夫人說完，似乎這時才知道高家此次過來的目的，笑著道：「高夫人和高神醫想必也知道我們家的情況，若不是兒媳婦爭氣，我們家這會兒怕還在灣溪村吃糠嚥菜。沈念是家中最小的，婚事倒是一直沒訂下。」

高夫人看了一旁暗自高興的兒子一眼，眉開眼笑道：「夫人，您覺得我家瑞瑞怎麼樣？」

沈母一時語塞，這如今上門問女方嫁娶都這麼直接？

看出沈母的不自在，高夫人連忙作勢打了自己嘴巴一下。「您瞧我這張嘴，我這是與夫人聊得太歡，一時高興，我的意思是，不如我們結為親家如何？我只得瑞瑞這麼一個孩子，將來一定待念念視如己出，若是念念不習慣和我們在山裡，我瞧著這莊子不錯，回頭我讓老高也在這旁邊建個院子，咱們還能做鄰居，日後咱們說話也方便。他們兩個年輕人成婚後，想住哪邊都成，我們都能日日瞧見，您看怎麼樣？」

沈母聽完高夫人的話，簡直不敢相信自己的耳朵，她本還想說，結親可以，不過她想多留沈念幾年。

可高夫人這話一出，讓女兒嫁在隔壁，每天能見，親家母還與自己如此投緣，親家公又是有名的神醫。

沈母有些不可置信地反問道：「此話當真？」

高夫人連連點頭，沈母又將詢問的眼神投向高神醫和高梓瑞。

高神醫連忙表態。「我都聽我夫人的。」高夫人與沈母很是投機，這些年她沒什麼朋友，就算是為了能讓高夫人多一個聊得來的朋友，高神醫也願意在沈家旁邊修建一個小院。

高梓瑞自是更不必說。「我娘說的，也是我想說的。」

沈母這才道：「若是這樣，我是沒有意見的，只要孩子願意就成。」

高神醫朝沈慶道：「那沈公子？」

沈慶連忙道：「我娘說了算。」

蘑菇棚那邊，宋雁茸與沈念已經得了消息，說是高神醫到了，兩人以為高神醫是來看雞腿菇或靈芝的，便沒回去，在大棚裡一邊忙活，一邊等高神醫。

等了好半晌也沒見人來，宋雁茸心中突然想到，高神醫這次來，莫不是為了高梓瑞的事情？不然不可能在院子裡那麼久都沒來看蘑菇。

想到這裡，宋雁茸便招呼道：「小妹，咱們回去吧，家中應該來了客人。」

沈念倒是一點都沒往親事上面想，哪裡會那麼巧，她們剛說了高家會來提親，高家就立刻來了的。

再說，高梓瑞和她也沒說過什麼。沈念覺得，應該是高夫人來了家中，畢竟上次高夫人說了幾次會登門感謝他們救了高梓瑞這事。

兩人回到院中一問，果然是高夫人來了。

姑嫂兩人換了身衣裳就去了廳堂。

高夫人見到沈念，就如見到失散多年的女兒一般，忙朝沈念招手道：「念念，快來我這邊。」

沈念笑著走過去，朝高夫人行了禮，道：「夫人太客氣了，怎麼還真的來家中了，上次就說了，梓瑞那事，我們也是湊巧，那會兒我們也多虧了他的幫忙，不然還不知道後果怎麼樣呢。」

高夫人沒接沈念的話，拉著她就一頓誇。「哎喲，這才幾天沒見，我怎麼覺得念念又變漂亮了許多呢。」

宋雁茸走至沈慶身邊，一個詢問的眼神，沈慶立刻會意，朝宋雁茸點了下頭。

得！果然是來說親事的。宋雁茸看著座上還毫無所覺的沈念，忍不住想笑。

她用眼神示意沈慶，那咱們是不是得迴避一下？

沒想到沈慶還真的點頭。

宋雁茸這次完全是用眼神與沈慶交流，沒想到沈慶還真的又領會了。

只見沈慶朝高神醫一本正經道：「高神醫，這次屋後園子裡的一部分猴頭菇也出菇了，您要不要過去看看？」

宋雁茸一臉疑惑，沒有她的允許，後面的園子只有她和沈念可以去，猴頭菇出菇這事，也只有沈念和她知道，沈慶怎麼會知道？

不過，現在也顧不上這許多了，就聽高神醫問：「當真？那我可得去看看。」

有了這個理由，宋雁茸、沈慶以及高神醫和高梓瑞就都離開了廳堂，往後面的小園子去了。

當宋雁茸打開培養室的門，看著裡頭那些大小不一的猴頭菇菇蕾，饒是沈慶也滿眼驚訝。

高神醫圍著那幾株大菇蕾嘖嘖稱奇，宋雁茸卻又一次語出驚人。

「高神醫，我打算將栽培蘑菇這門手藝傳出去，不知道您有什麼好的人選推薦？」

「什麼？妳……妳想清楚了？」高神醫這下子也顧不得看猴頭菇了。

宋雁茸點點頭，退出了培養室，幾個人在園子中一個小涼亭坐了下來，這裡視野開闊，旁邊並無其他人。

宋雁茸道：「神醫上次的提點，雁茸一直銘記在心，如今在雁茸心中，神醫也不是外人，雁茸便直說了。」

高神醫點點頭。「嗯，沈夫人放心，高某與兒子都不是多嘴之人。」

第六十七章

沈慶也是第一次聽宋雁茸說起這個，不過宋雁茸心中的擔心，他大概能猜到一二。他認真地看著宋雁茸，等著她開口，只要她願意，他都支持。

只見宋雁茸環顧四周一眼，低聲道：「懷璧其罪的道理，我想高神醫比我更有體會，以目前看來，太子殿下不像是狡兔死、走狗烹的人，可耐不住太子殿下的敵人太多，我怕萬一什麼時候殿下沒顧上，我們一家就會遭人毒手，所以我想著，這些事關太子殿下身體的養蘑菇法子，不能只掌握在我們手裡。」

「宋姊姊，妳不就是因為這個原因，所以才將法子教給牧老嗎？」高梓瑞忍不住問道。

宋雁茸點頭。「教給牧老，一來是因為那時候我不是窮嗎，急需銀子來買米麵和大魚大肉；二來是因為牧老是太子殿下的人，這樣也能安太子殿下的心。可殿下的敵人不知道呀，我現在想將這事弄到明面上，直接教會很多人，讓殿下的敵人也知道，養蘑菇這事情不是我一個人會。他們若是想殺了我們來切斷殿下的藥源，那是不可能的，這是為了保命。」

高神醫聽完，滿臉敬佩地看向宋雁茸。「夫人思慮周全。」心中卻是對宋雁茸萬分折服。

一門絕技對一個人有多重要，宋雁茸不可能不知道，可面對即將到來的潑天富貴，真正能如宋雁茸這樣做到居安思危，甚至願意將看家本領交出來的人，並不多。

高神醫一身醫術可以說是無人能及，可當年，他卻沒有想過大肆收徒來化解當初的危難。

當然，醫術這方面，也不是說收了徒就能帶出一樣本事的人。不過這不是重點，重點是，他沒想過將畢生所學輕易教出去。

如今，宋雁茸年紀輕輕就能做到這般，如何不叫高神醫心驚？

「夫人今日與高某說這些，可是需要高某做些什麼？」高神醫道。此刻他對宋雁茸已經不僅僅是面對兒子救命恩人般心懷感謝了。

宋雁茸鄭重朝高神醫行了一禮。「不瞞高神醫，我也是個俗人，既然決定將這法子教出去，自然也會想用這事為自己謀點好處。」

高神醫點頭表示贊同。

宋雁茸直言道：「還望高神醫替我跟太子殿下說一聲，讓太子殿下派出他的心腹之人先來學雞腿菇、猴頭菇和靈芝的栽培。至於靈芝孢子粉的收集，我想這次莊子上那些燕家的侍衛們都已經會了。等太子的人學會後，我應該能有點賞賜吧？」

「妳想要什麼賞賜，或許我可以在殿下那邊幫妳提一提。」高神醫道。

「我不求別的，只求金銀。夫君往後的路他自己能走，太子若是覺得夫君是個可用之才，自會提拔，若是覺得夫君不堪大用，我勉強讓夫君被委以重任，那只會害了他。」

後面那些話，宋雁茸幾人並沒有刻意壓低聲音，這院子周圍都有燕府的高手暗中護著。起先他們幾人來後面的園子，那些人也不會太注意，畢竟高神醫會來看蘑菇是再正常不過的事，何況屋子中，高夫人和沈母還在商討兒女親事，總不好一屋子人大剌剌的談婚論嫁。

可一行人在園子中待得久了，自會有人留意到，這些話也就傳回了燕府。

這幾日太子因為主持科考，試卷沒批改完，那些考官和負責本次閱卷的官員們都還在考院內，太子這個負責人當然也還沒出考院。但這消息，只要太子出了考院，自會立刻得知。

宋雁茸和高神醫都是有分寸的人，什麼話可以擺在明面上，什麼話只能私下探討，心中都跟明鏡似的。

又聊了下宋雁茸接下來的打算，得知宋雁茸準備聯繫鏢局，用圖冊的方式將蘑菇批量銷售到附近的城鎮，一時也覺得這法子挺新鮮，這樣倒是免去了零售的瑣碎事情。

有丫鬟來傳飯，幾人便一同往飯廳走去。

到了飯廳才知道，高夫人與沈母竟然已經將沈念與高梓瑞的婚事談得差不多了。

依著高夫人的意思，明天就打算讓媒婆上門正式提親，只是考慮到放榜就在這兩日，沈家眾人如今心思多在沈慶的成績上，所以就想著等放榜後再讓媒人上門，沈家也算是雙喜臨門，他們高家也來沾沾喜氣。

高夫人離去前，再三跟沈母保證。「姊姊放心，我回去就讓老高去找燕公子，這片地都是燕家的，我求也要求著燕公子賣一小塊給我蓋房子。地弄好後，我們立刻動工，趕在沈家大公子春闈前把院子建好，到時候我們梓瑞說不準正好趕上當狀元的妹夫。」

沈母一聽這話，也十分開心。「行，那就借妳吉言，到時候我非得讓我們家老大考個狀元回來。」

兩位老母親說得興起，而後又依依道別。

高梓瑞則是滿眼歡喜，沈念羞紅了臉，低垂著腦袋躲在宋雁茸背後。

兩個年輕人的婚事，就這麼定了下來。

當夜，沈慶拿著新寫的話本遞給宋雁茸。「茸茸，妳看看這期的故事，妳可喜歡？」

這可是新鮮出爐的稿子，宋雁茸如獲至寶，捧著書就窩在床頭看了起來。

沈慶見宋雁茸這樣，怕她傷了眼睛，將燭臺挪到床前的架子上，自己也拿了書靠在床頭認真看了起來。離春闈不過半年時光了。

沈慶正看得認真，沒過多久，居然聽見身邊有吸鼻子的聲音，轉頭看去，宋雁茸正捧著書抹眼淚。

沈慶趕緊放下手裡的書，扶著宋雁茸肩頭關心道：「這是怎麼了？」

宋雁茸將手裡的書往沈慶懷中一塞。「你說說，那個書生後來怎麼了？」

沈慶這才鬆了口氣，原來是看話本看哭的。「瞧妳，這些故事都是瞎編的，妳怎的還真的哭了？」

沈慶這次寫的是書生與人參精的故事，書生的媳婦原本有些癡傻，一次上山挖人參不慎摔倒，其實那時候書生媳婦就摔死了，一個正修煉的人參精剛好被書生的傻媳婦挖到，就附身在書生媳婦身上。從此書生那媳婦便很會尋人參，甚至種人參，靠著賣人參脫貧致富，並讓書生順利考試。

可人參精因為挖了太多人參，傷了本源，受到了本源的懲罰，身體日漸憔悴，之前為了安撫書生，她一直強撐著，直到得知書生可以參加殿試，人參精心中那口氣一洩，就再也撐不下去了。

得知事情真相後，書生到處尋找解救方法。最終求得方法，就是用自己的血去滋養外頭的人參。

書生毅然放棄了殿試，獨自去山裡尋找人參，每見到一株就割手指放血……

宋雁茸忍不住問道：「他會不會失血死在山裡？」

這個故事讓她覺得和她的經歷太像了，她雖然不是人參精，可不也是外來的一縷魂魄存在原主身上，繼續當沈慶這個書生的媳婦？

人參精是靠挖人參和種人參脫貧致富，而她是靠栽培各種蘑菇來掙錢。

宋雁茸仔細想想，都懷疑沈慶是不是知道了什麼。

她疑惑地看向沈慶，等著他回答。

沈慶摸了摸宋雁茸的頭頂，溫聲道：「我原本還沒想好書生最後怎麼樣，如今見妳哭成這樣，我覺得應該讓書生好好活下去，不然縱使救活了人參精，也沒意思了，對吧？」

宋雁茸心中其實是滿意的，不過卻還是咕噥道：「你該怎麼寫就怎麼寫，可別因為我影響故事的走向，到時候壞了耕者的名聲就不好了。」

沈慶卻笑道：「這有何妨，耕者原本就是為了掙紙筆銀子而存在的，如今我家夫人如此能幹，還缺這點銀子不成？壞了就壞了，往後餘生，夫人記得替我備好紙筆就行。」

宋雁茸伸手掐了一把沈慶的腰，沈慶的腰精瘦，沒有多餘的贅肉，宋雁茸只覺得一層薄肉下面都是堅實的肌肉。「你如今怎的也學會耍無賴了？」

「我這不是怕被夫人拋棄嘛。」沈慶說完正色道：「茸茸，我們不分開了好不好？」

宋雁茸卻沒有回答這個問題，反而問道：「沈慶，你說，如果有一天，我也像你書中那個人參精那樣，得了怪病要死了，你又剛好如書中那個書生，殿試在即，怎麼辦？」

沈慶想也不想，就道：「自然是先救妳。不參加殿試，我們也能照樣活下去，可若是不救妳，我即使狀元及第，這世上再沒有茸茸妳了。」

說不感動是假的，宋雁茸此刻心中酸酸脹脹，忍不住問道：「沈慶，你有沒有想過，我或許真的不是原來那個宋雁茸了，就如你話本裡寫的那樣。」

沈慶卻沒有多想，道：「每個人都有自己的過去，也都有自己的秘密，我喜歡的是現在的宋雁茸，不管妳經歷了什麼，如今妳是我的夫人，我只希望我們能走完這輩子。」

「好，我答應你。」

沈慶一時沒反應過來宋雁茸這話是什麼意思，突然意會到，她這是在回答自己前面的問題，一時間高興得聲音都提高了。「茸茸，妳答應了？」

宋雁茸點頭。

沈慶一把摟住宋雁茸，將她扣在懷裡，高興道：「太好了，謝謝妳，茸茸。」

第六十八章

放榜那日，宋雁茸與沈家三兄妹早早就到了洛城院子裡等結果。

大家很是焦急，坐立不安地在院子中來回走著，劉全和張福已經跑出去了，反倒是沈慶，因為手裡的話本還沒寫完，這會兒坐在書桌前奮筆疾書，絲毫沒被這種焦灼的氛圍所影響。

噹噹噹！

街頭傳來鑼鼓的敲打聲，這是放榜了？

沈慶也停住了筆，抬頭朝院子裡看去，只見宋雁茸等人一個個站在院子中，伸著脖子朝大門口望去。

沈慶覺得有些好笑，道：「你們急什麼，中了就是中了，沒中就是沒中，結果又不會改變。」

院子中的幾人只齊齊看了沈慶一眼，又伸著脖子朝外看著。

沈慶搖搖頭，又轉身回屋子繼續寫話本了。

不一會兒劉全就一臉喜色地跑回來了。「恭喜周公子，周公子上榜了，五十四名！」

周遠航高興極了。「多謝劉全小兄弟了。」說著給劉全賞了個小荷包。

劉全得了賞賜也很高興，眉開眼笑道：「這次上榜一共六十八名，周公子這個名次很厲害了。一會兒報喜的人怕是要過來了，周公子還得準備好喜錢。小的先去榜下繼續蹲著了，很快就要出前頭幾名了，小的與張福估算著，咱們家大公子怕是在前幾名呢。」

這動靜，沈慶也沒法繼續在屋中寫書生與人參精的故事了，幾步出了屋子，朝周遠航道：「恭喜遠航得償所願！」

周遠航樂得直咧嘴。「多謝沈兄，我先去將之前備好的銅錢找出來，待會兒咱們一起等沈兄的捷報。」

沈慶點頭應著，幾步走至滿眼焦急的宋雁茸身邊，輕輕攬了下她的肩頭。「莫慌。」其實，這一刻沈慶自己心中也有些沒底了。

宋雁茸更加擔心，原本沈慶就是這次榜上的第六十八名，若是沒有她的干預，沈慶如今依舊是六十八名，雖然是最後一名，可好歹是上榜了。

上次太子的那些話，讓宋雁茸心中有些沒底。

神仙打架，遭殃的永遠是他們這些凡夫俗子，沈慶不會成為太子與三皇子鬥爭下的犧牲品吧？

雖然這個可能性極小，可身在其中，宋雁茸還是忍不住擔心起來，就連沈慶在得知周遠航上榜後，心中也對自己的未來忐忑起來，若是這次沒中，又要再等三年了。

不一會兒，鑼鼓聲朝這邊過來了，周遠航搬出一小簍銅板，送喜報的人剛好趕到。

一夥人幫著招呼了送喜報的人，一時間，對沈慶的擔憂倒是分散了不少。

給周遠航送喜報的人還沒出巷子口，就聽見張福和劉全的呼聲從外頭傳來了。「公子！夫人！喜報！喜報——」

宋雁茸聽到呼聲，心中的擔憂總算放下，也不知道排名幾許，讓兩個小廝的嘶吼聲都快破了音。

宋雁茸與沈念、沈元幾步走到門口，差點與外頭跑進來的劉全、張福兩人撞在一起。

不過此刻誰也沒有介意這些，院中人都期盼地等著劉全、張福開口。

兩個小廝氣都沒喘勻，就齊聲喝道：「大、大公子中了解元，排、排第一名！」

第一名？解元？

宋雁茸愣在當場，沈慶也擺脫了對照組的命運了？

耳邊傳來沈念和沈元的歡呼聲，宋雁茸這才轉頭看向沈慶。

就連周遠航也大呼。「沈兄！」

沈慶立在院中，滿眼都是宋雁茸，他竟然真的中了解元，他沒有辜負宋雁茸的期盼。

兩人的視線穿過人群在空中相遇，那一刻，都從對方的眼裡看見了「真好」。

「嫂嫂，解元得撒多少喜錢？咱們的銅板是不是準備得有些少了？」沈念撲過來摟著宋雁茸，激動得聲音都顫抖了。她大哥考了頭名，太厲害了，這要是還在灣溪村，她不得好好去小姊妹堆裡尖叫幾個來回。

宋雁茸連忙道：「對對對，劉全、張福，你們趕緊去巷子口兌換些銅板，有多少、要多少，就說你家公子中了解元，要兌換些銅板！」

兩人立刻領了銀子跑出去了，沈元一算，剛才劉全回來報喜到傳報人報喜之間好像沒差多少時間，他怕來不及，說了句「我也去幫忙兌換」後也追了出去。

街口幾家店鋪聽說是解元家兌換銅板撒喜錢，紛紛將店內所有銅板都捧了出來，不消片刻，在街坊們的幫助下，就湊齊了一籮筐銅板。

這邊喜錢剛擺好，街口就傳來響亮的敲鑼打鼓聲。

「恭喜潼湖鎮學子沈慶，奪得本屆洛城解元！」

鞭炮聲，歡呼聲，一時間傳遍了小院。

這番熱鬧持續了近兩個時辰才漸漸散去。

等人都散去後，院子裡的眾人才發現嗓子都有些啞了，可不知道為什麼，大家竟一點也不覺得累。

「白叔，我們現在立刻回去將這個好消息告訴母親。」

宋雁茸話落，沈元和沈念連連點頭。

「對對對，得馬上告訴母親。」

說著，沈元就拉著沈慶準備上車。

宋雁茸朝劉全、張福道：「你們去街頭看看還有什麼牛、羊肉，嗯，見著什麼好東西都買回來，今晚咱們家要好好慶祝一番！」

聞言，沈元腳步一頓，退了回來朝宋雁茸道：「嫂嫂，採買吃的這事交給我，我帶他們去找，保證今晚咱們家飯桌上天上飛的、水裡游的、地上跑的，應有盡有。」

「行，那就二弟負責，咱們就先回去報喜了。」宋雁茸今天心情明顯十分暢快，直接將腰間的荷包遞給了沈元。

一眾人，立刻兵分兩路。

宋雁茸和沈念兩人一路討論晚上要怎麼慶祝，甚至連張嬤嬤有哪些拿手好菜都一一列舉。

一路上，周遠航心情也很好，他本是抱著試試看的心態過來考試的，家中也沒抱多大期望。

他知道，他這次能高中，多虧了沈慶夫妻，那幾次詩會讓他長進不少，平常與沈慶一道讀書，有什麼不明白的，沈慶也都會指點他。

到了莊子上，馬車剛停下，沈念就提著裙襬跳下馬車，朝聞訊趕來的沈母大聲道：「娘，大哥中了頭名，是今科解元！」

沈母張嘴想叫沈念注意儀態的話立刻嚥了回去，不可置信道：「當真？」

「自然是真的！」沈念道。

沈母卻將滿眼希冀的目光投向沈念身後的宋雁茸夫婦。

得到宋雁茸肯定的點頭，沈母立刻雙手合十，念叨道：「感謝菩薩顯靈，感謝祖宗保佑！」

一旁的張嬤嬤和劉嬤嬤也是一臉歡喜，她們的開心程度絕不比沈母少，兩人也是雙手合十，唸著「菩薩保佑」。

一聲聲「恭喜大公子」、「恭喜夫人」的話不絕於耳。

宋雁茸趕緊道：「周公子也中了，你們快跟新舉人老爺道賀。」

一時間沈慶與周遠航被團團圍住。

沈元的菜還沒買回來，莊子上已經迎來了好幾波客人。牧老、高神醫一家，連燕公子都親自登門道賀了，還帶來了太子的賀禮。

太子沒想到沈慶竟然如此爭氣，一舉拿下了解元。

因為之前的事情，太子不免對梁燦也多了些關注，倒是沒想到，此次梁燦竟然正好得了第六十八名，也算是中了。

不過這個排名讓太子心情很愉悅，如此比較，他那個三弟眼光著實比不上他。

得知宋雁茸要將養蘑菇的技術教授給他的人，甚至以後她還會教更多人種蘑菇，太子也猜到宋雁茸這麼做的原因，他與高神醫一樣，都對那女子的通透與魄力起了敬意。

如今沈慶又中了解元，即使他貴為太子，往後也得拿出些誠意來了。

太子依了宋雁茸的意思，賞了一箱金銀，讓燕家表哥帶過去。

鄉試已然結束，太子的這趟差事也算是完成了，他如今身子恢復得不錯，不能再懶散下去了，朝堂上，他也不想再放任三皇子等人。

沈家在莊子上熱鬧的慶賀著，太子也忙著收拾行李準備回京。當夜，太子與外祖父燕老爺子深談到半夜。

第二天，洛城大部分人還沒醒，太子就帶著隨從往京城趕了。

太子一回宮就去見了皇帝，將這次洛城前幾名的答卷直接呈給皇帝過目，又與皇帝說了這些天的見聞。

太子揮手讓人將宋雁茸送的靈芝盆景抬了上來，道：「父皇，兒臣這次還得了寶貝，父皇瞧瞧。」

皇帝見太子心情不錯，便道：「哦？這世上還能有我兒都覺得寶貝的東西，朕真得好好瞧瞧。」

等皇帝瞧見那兩個盆景，很是意外。「這是真靈芝？」他指著那個成串的靈芝盆景問道。

太子點頭。

皇帝又看向另一盆鹿茸靈芝，有些疑惑。「那這個是？」

太子笑道：「兒子起初看到時也疑惑這是什麼，一問才知道，這也是靈芝。」

「這也是靈芝？」皇帝有些不相信，起身湊近觀賞起來。「你從哪裡弄來這樣的靈芝？」

太子道：「不怕父皇笑話，這裡本只有一盆是兒臣的，另一盆是表哥燕回韜的，是兒子看著著實新鮮，不知道該選哪盆，表哥見兒臣都歡喜得緊，就都讓給兒臣了。」

皇帝聽完很是意外，他這兒子向來無慾無求，只顧著養生，怎的最近好像變了許多，先是主動接下今年洛城鄉試的差事，這次竟還從他表哥手裡「搶」東西了，難道最近傳聞是真的？

皇帝笑道：「你將寶貝都拿來了，那你表哥怎麼辦？」

「左右如今他尋了位厲害的人，靈芝什麼的都能栽培出來，這盆景雖然我們都是第一次見，不過往後表哥怕是想要多少都不過是一句話的事情。」太子口氣隨意道。

皇帝卻驚訝極了，瞪著眼問道：「哦？世上竟有人能養出仙草靈芝？」

太子點頭。「兒臣最初也很意外，這些年若不是表哥一直為兒臣尋醫問藥，兒臣怕是早隨母后走了。」

「吾兒休得胡言，你乃下一任君主，怎可說這種喪氣話？」皇帝不滿地打斷太子，他不喜歡聽到他最愛的兒子說這樣的話，聽得他心裡悶得慌。

太子卻不以為意地笑了笑。

「這次兒臣在洛城有幸見到高神醫，高神醫替兒臣把脈，說兒臣如今的身子只要好好調理，用不了多久就能大好。」

「此話當真？」皇帝滿臉驚喜，這個傳言他已經知道了，只是一直不敢肯定，又不敢問太子，怕只是太子故意弄出來的動靜，他若是去問，豈不是自己找不痛快？

太子輕輕「嗯」了一聲。「多虧表兄找到的這個人，她能栽培各種蘑菇，之前兒臣一直缺的雞腿菇，最近這人已經種出來了，還製成了乾菇，兒臣才能一直不斷藥。她還收了很多靈芝孢子粉，據說長期服用，就不容易染病，於兒臣身子也有益，這次兒臣見高神醫之前，就服用了一段時間的靈芝孢子粉，或許是這些原因，所以才得到高神醫對兒臣身體的肯定。」

「靈芝孢子粉？」皇帝有些疑惑。「這世上還有這樣的東西？」

太子朝底下人抬手示意，立刻有人端來小瓷瓶，太子擰開一個，倒出些許靈芝孢子粉在掌心，遞給皇帝看。

「這就是靈芝孢子粉。」說完還給皇帝解釋了一番何為孢子粉，還說了他看見孢子粉收集的過程。

皇帝如聽神話故事般嘖嘖稱奇。「回韜那孩子，是從哪裡尋來這樣厲害的人物？那人年紀多大了？有孩子或徒弟沒？這麼厲害的人，怎的之前竟然從未聽說？」

皇帝一連問了許多，太子笑著道：「父皇以為能栽培靈芝的人是個老頭？」

「難道不是？」

「我原先也這麼以為，說起來，這人還與洛城今科解元有關係，人家是解元沈慶的妻子，兒子瞧她年紀頂天了二十。」

「啊？」皇帝驚訝。「解元沈慶的妻子？沈慶要參加春闈吧，回頭你去給他弄個國子監的名額，讓他抓緊時間來京城讀書。哦，記得帶著家人一同來京，人家又是給你弄雞腿菇、又是靈芝孢子粉的，你回頭讓人挑個便利點的小院子。至於帳嘛，從父皇私庫裡拿，也算是朕賞賜給他們的。」

太子連忙謝恩。「兒臣正有此意，只是怕被彈劾結黨營私，還打算來父皇這裡求個恩典，沒想到父皇與兒臣想到一處去了。兒臣謝父皇厚愛。」

太子與皇帝又說了會兒話，無外乎這趟出門的見聞，臨走時，將那兩盆靈芝盆景留給了皇帝。

皇帝看著太子離去的背影，心中頗為欣慰。

既然太子身體大好，也有心好好當一個儲君，他也得好好為太子護航了。

皇帝有自己的耳目，洛城的事情哪裡瞞得了皇帝，他只須招人前來一問，所有事情就很清楚了。

倒是三皇子，如今竟然將手伸得這般長了。

京城中暗流湧動，很多中立派立刻表明支持太子，三皇子黨開始焦頭爛額，倒是一直蠢蠢欲動的八皇子見此情形，心思活絡了起來。

不過這些事情如今還影響不到宋雁茸他們一家。

如今，沈慶忙著準備春闈，新出的話本在洛城以及附近的城鎮幾乎是上架就秒殺。這次按照宋雁茸說的法子，沒有直接將書賣出，而是找了佟掌櫃，與逐鹿書齋簽了分成的合約，每賣出一本，逐鹿書齋都會給沈慶售價的三成作為紅利。之所以是三成，是考慮到逐鹿書齋需要找人抄書，以及紙筆的成本。

因為耕者積累了一定的老讀者，又很久沒出書，如今這話本的火爆程度，足夠沈慶掙到好大一筆銀子，而且現在這銀子的數額還在不斷增加中。

佟掌櫃也是這次才知道，大名鼎鼎的耕者居然是沈慶，只覺得這夫妻倆簡直是吉祥物般的存在。

宋雁茸這段時間則忙著教別人雞腿菇和靈芝的栽培。

太子離開後，留了兩個心腹在宋雁茸這邊學習，燕家那邊派了十來個人來學，其中有一半是婆子，這些婆子都是在燕府很得臉的。如今來了莊子，見到當年府裡的粗使婆子張嬤嬤與劉嬤嬤儼然當家婆子的架勢，心裡全是羨慕。

牧老這段時間直接住在了莊子上，他每日跟著宋雁茸學習和熟悉食用菌栽培各環節的技術，還幫宋雁茸教燕家和太子的人。

高神醫一家也來這裡建造院子了。

這些日子，莊子上的熱鬧程度都趕上洛城最繁華的街頭了。

這日，燕回韜帶著三個侍衛騎馬前來，早有伶俐的人跑去大棚喊宋雁茸。

宋雁茸接到消息，以為燕回韜是來視察教學進度的，急忙趕回來，誰知到了院子，燕回韜竟然沒在廳堂等她，反而在沈慶的書房。

此時，書房的門大開著，周遠航高中後就回家報喜去了，與沈慶約好等他回來一同進京趕春闈。因此，這會兒書房只有沈慶和燕回韜。

此刻，宋雁茸只聽到沈慶道了句「當真」，聲音裡有掩藏不住的驚喜。

燕回韜遞給沈慶一個請帖模樣的東西。「沈解元看看這個。」

宋雁茸剛好走到書房門口，燕回韜與沈慶聽見有人過來的聲音，同時看向宋雁茸。

宋雁茸疑惑道：「燕公子親自到訪，可是發生了什麼事？」

燕回韜笑道：「這是自然，不過沈夫人不必擔憂，是好事，天大的好事。」

「哦？」宋雁茸說著，看向沈慶。

沈慶打開手中的請帖，看完後，喜不自禁。「多謝太子殿下！多謝燕公子！」說完恭敬地朝燕回韜執抱拳禮。

燕回韜趕緊扶住沈慶，道：「沈解元不必如此，這都是解元才華橫溢得皇上賞識，太子殿下說了，他不過是順嘴舉薦罷了。」

難道太子殿下給沈慶謀了個什麼差？這剛考完就安排差事了，不會影響沈慶春闈吧？宋雁茸心中疑惑，可她也不方便再問。

沈慶抬頭就見宋雁茸眉頭微皺，滿眼疑惑地立在門邊，笑著將手裡的帖子朝她揚了揚，道：「妳過來看看，這是什麼。」

宋雁茸幾步走到沈慶身邊，接過帖子就翻看起來，看完後驚喜道：「沈慶，你可以去國子監讀書了？」一時高興，都忘記在人前喊沈慶「夫君」了。

第六十九章

燕回韜沒見過哪家夫人這般直呼自家夫君名字的，有些詫異地挑眉看去，卻見沈慶面色並沒有任何異常，可見他們夫妻私下裡就是這麼稱呼的。

難怪他的太子表弟見過這對夫妻後有諸多感慨。

只見沈慶滿眼寵溺地看向宋雁茸，微笑點頭。「嗯，我這也是借了茸茸栽培蘑菇的光。」

「不，是夫君自己厲害。」

「咳咳！」燕回韜清了清嗓子，他覺得自己在這裡似乎有些多餘了。「那個，要不我去大棚那邊看看？如今那些人學得怎麼樣了？」

宋雁茸與沈慶倒沒覺得什麼不妥，他們不過說了兩句話而已。

宋雁茸聽了燕回韜的話，坦然道：「行，我帶您去看看。燕公子送來的那些人學得都挺快的，回頭讓他們自己從頭到尾栽培一、兩次應該就沒什麼問題了。」

燕回韜已然起身。「這麼快？那我可得去看看。」

宋雁茸轉頭道：「大君，你先溫書，我帶燕公子去那邊看看。」

沈慶聽話地點頭答應。

院子外頭建房子的、搬運蘑菇的，很是熱鬧，這些人大都認識燕回韜，紛紛向他打招呼。

燕回韜一邊應著，一邊感慨道：「真是沒想到，這莊子冷清了這麼多年，轉手到妳手裡不過幾個月，如今竟是這般熱鬧的景象。」

宋雁茸笑著說：「燕公子說笑了，這也是趕巧了，高神醫要來建院子，我這邊又忙著教人蘑菇的栽培法，等忙完這段時間，莊子上還是會恢復從前的模樣。」

燕回韜點頭。「對了，你們準備什麼時候去京城？太子殿下那邊的意思是越快越好，沈解元早日進國子監讀書，對春闈幫助還是很大的。」

「什麼時候出發我不太清楚，夫君之前與他的同窗約好了一同進京，以我對夫君的了解，他應該會等他那位同窗一同去。不過如今我夫君得了國子監的名額，他應該會先給那位同窗送信，催他快些過來吧。」

燕回韜想了下。「那位同窗可是周遠航周舉人？先前聽白叔提過他也考上了。其實作為國子監的學生，沈解元可以帶一名伴讀，如果周舉人不介意，他可以與沈解元一同去聽課，不過他只能是伴讀，國子監不會有他的名錄。」

宋雁茸很是意外。「還能這樣？」

燕回韜回答。「嗯，伴讀只能陪著讀書聽課，先生不會給他批文章，也不會安排課業。不過他若是自己能與先生處好關係，私下也是可以去請教的。」

哦，那就差不多是旁聽生了，只能聽課，作業愛寫不寫，作業也不會有先生批改。不過周遠航應該不會介意，畢竟國子監的課也不是誰想聽就能聽。

宋雁茸想到這裡，立刻誠心感謝道：「多謝燕公子提點，回頭我自會轉告夫君，讓他趕緊給周公子去信一封，我想周公子會很願意一同去的。」

兩人到了大棚，牧老正帶著人在平菇的大棚裡教人怎麼採收，採收完，直接拿著平菇比劃著組織分離。

牧老說完，就讓大家拿幾個平菇練練手。

燕回韜在大棚外聽完，「啪啪啪」地拍起手來。

眾人這才發現燕公子過來了，紛紛起身準備見禮，燕回韜抬手。「大家不必多禮，先好好學，我就是順道過來看看。」

牧老幾步走了出來。「公子今天怎麼有空過來了？」

「給解元大人送國子監入學帖子來的。」燕回韜笑著道。

牧老顯然很意外、很驚喜，聽完朝宋雁茸道：「恭喜師父。」

「牧老！」宋雁茸嘆了聲。「藥神牧老，您能不能別這麼叫我，江湖中人要是知道藥神跑去給人當弟子，還不得翻了天了？」

牧老卻滿不在乎地一揮衣袖道：「我管他們幹什麼，這術業有專攻，還不興我拜個師父學養蘑菇了？對不對，燕公子。」

燕回韜倒是深以為然的點點頭。「我覺得牧老說得有理。」

宋雁茸只覺得說不過這兩人，正好張嬤嬤派了丫鬟過來喊吃飯，宋雁茸便對燕回韜道：「燕公子，難得過來一趟，吃過飯再回洛城吧？」

燕回韜如今本就是要與沈家交好的，自然欣然答應。

三人說話間就到了小院附近，四個大漢抬著木頭往高神醫建房的地方走去，經過宋雁茸三人身邊的時候，變故突生。

三人毫無提防。

四個大漢將木頭往三人方向砸去，燕回韜畢竟是有功夫的人，對危險本能的閃身退開，當時，他正好走在中間，順手將宋雁茸和牧老兩人往後一拉。

宋雁茸和牧老雖然躲過了木頭的擊打，可一時腳步混亂，直接摔倒在地。

四個大漢明顯有備而來，兩人衝過去直接抓起地上的宋雁茸就跑，另外兩人立刻揮舞著手裡的鋸子阻攔燕回韜以及聞訊而來的燕府護衛。

燕回韜大喊道：「不用管我，先救沈夫人！」

所有人立刻往宋雁茸的方向奔去，暗處侍衛也都出來了，一時間動靜很大。

劫持宋雁茸的那兩個大漢顯然沒有料到這莊子上還藏了這麼多厲害的人，他們奮力往小山坡逃去，眼看著跑不掉了，抬手就要朝宋雁茸砍去。

眼看著那鋸子就要落在脖子處，宋雁茸忽然聽見沈慶撕心裂肺的喊聲，可她覺得自己這會兒怕是幻聽了，沈慶應該還在屋中讀書的，怎麼會跑出來？她怕是要死了，死前竟然聽到沈慶的聲音……

宋雁茸只聽到「砰」一聲，隨後腦門上傳來劇痛，眼前一黑，她就什麼也不知道了。

宋雁茸以為自己的脖子被人用鋸子砍下來，這會兒已經死掉了，其實並沒有。

那兩個大漢也是倒楣，只知道那邊山頭都是大棚，大棚裡人多，就往這邊有豬舍的小山跑來，想藉著林子好躲過追擊。

卻不知道，沈元正在豬舍忙，如今豬舍裡的活也不是沈元一個人幹，他跟著燕府的侍衛學功夫，而那侍衛如今也被撥過來在沈家當差，沈元算是主子，哪有主子養豬，他一個侍衛看著？於是豬舍裡沈元和兩個侍衛正在翻發酵料。

聽到外頭的呼喊，沈元與兩個侍衛距離有些遠，正愁趕不過去，沒想到劫持宋雁茸的人竟然往他們這個方向跑來了。

三人便埋伏起來，以求一擊即中，不讓宋雁茸受傷害。

可誰也沒料到，他們這邊並沒有驚動那兩人，那兩人眼看著要被後面的人追上了，竟然對宋雁茸起了殺心，看那樣子是打算殺了宋雁茸，好方便他們逃走。

可看那幾人的做派，也不像是哪家死士或是豢養的殺手，通常這類劫匪辦事不成，要麼拿人質威脅對方放自己離開，要麼直接跑路，怎麼都沒談判就要動手殺人了？

三人顧不得許多，一同出手，沈元甩了棍子將那大漢手裡的鋸子打掉，兩個侍衛一左一右撲向那兩人。

鋸子是被打掉了，可那棒子砸在鋸子上後，好巧不巧彈到了宋雁茸的腦袋上，宋雁茸本就覺得自己要死了，這一下，直接昏死過去了。

宋雁茸暈過去後，那兩個大漢很快就被蜂擁而上的侍衛們給制伏了。

沈慶從山下跑上來的時候，就見沈元跪在宋雁茸身邊大哭著。「嫂嫂，我對不起妳……」

沈慶眼前一黑，差點沒站穩，他深吸一口氣，強忍著淚意走到宋雁茸身邊。

沈慶在山下就看見有人舉著發亮的兵器朝宋雁茸砍去，他看不清是什麼，只是夕陽的餘暉在那鋸子上反射出的亮光讓他心膽俱裂，讓他多年的淡然神色頃刻崩塌，明知道起不了任何作用，還是忍不住嘶吼。

沈慶一把摟起宋雁茸，大喊道：「快去叫大夫，快叫大夫！」

他顫抖著手摸了摸宋雁茸的鼻息，這才徹底放心。

沈慶抬頭掃過被壓著的兩名大漢，眼神是前所未有的狠辣。「剛才是誰動的手？」

侍衛指著其中一個穿著暗紅色馬褂的大漢道：「是他。」

「將他的手指給我一節一節剁下來！若是他昏過去了，就等他清醒了再剁！」沈慶幾乎是咬牙切齒地說完這句話。

一旁的侍衛和沈元聽完均是一愣。

沈家大公子向來清冷，也就面對夫人的時候會有幾分笑臉，可清冷歸清冷，他待人一向有禮，何曾見過他這般模樣。

沈元更是驚訝，這些年，他大哥生氣的時候無外乎是不理人，左右他大哥平常說話也少，冷著臉不理人的時候他避著點就是了。

不過大家想到宋雁茸剛才差點丟了性命，沈慶這般也就能理解了。

侍衛領命就要下去，沈慶卻道：「現在就先斷他幾節。」

「是！」

那大漢沒想到這書生一來就是這樣的狠招，一時沒反應過來，等他知道要發生什麼事，正要求饒，人家就已經動手了。

一聲響破天際的哀號，沈慶皺眉，立刻有侍衛上前堵住了那大漢的嘴巴。

這下子，滿臉痛苦的大漢一肚子求饒的話都被堵住了。

另一名大漢見此情景，臉色都變了，立刻痛哭求饒。「大人饒命啊，我們幾個是被錢糊了眼睛才受人指使的，請大人饒命，小的們往後再也不敢了……」

沈慶卻不理會，他小心的抱起宋雁茸往小院裡走去，牧老已經趕回來了，作為藥神，他對醫理還是懂得些許的，比起外頭許多大夫怕是還要強上幾分。高神醫不在，由牧老問清楚情況，就替宋雁茸把脈看診。

燕回韜那邊，為了謹慎起見，還是派人去接高神醫。

初生變故的時候，他還以為是哪個皇子派人來劫殺宋雁茸的，過了幾招才發現，這幾人不過是三腳貓的功夫，只怕是哪個山頭的賊匪。

不管是誰，在他燕回韜眼皮子下出了這事，他自然要查個水落石出。

牧老察看完宋雁茸的情況，說明暈倒是因為驚嚇所致，燕回韜便去審問那幾個不知死活的賊匪了。

因為起初不知對方來路，山下那兩人被燕回韜和幾個侍衛幾下子就打得只剩一口氣，山上那兩人，其中一人手指被一節節切斷，如今是疼得有進氣、沒出氣。剩下那一個，根本不用多問，就把知道的事情竹筒倒豆子般全招了。

他們幾個果然是山匪，最近收了一百兩銀子，讓他們來這莊子上，將莊子上的少夫人劫了，還告訴他們，這位少夫人很能掙銀子，若是他們劫走了，可以讓她當壓寨夫人，將來給他們寨子掙銀子，若是劫不走，就讓他們將這女人殺了。

至於為什麼這麼做，那人沒說，他們也沒問，他們只管有銀子掙就行了，哪裡管那麼多？

因此其餘的，他們什麼都不知道，甚至連那人是誰都不知。從頭到尾，那人臉上都是蒙著黑布。

也就是說，現在所有的線索，就是那一百兩銀子了。

「銀子呢？」燕回韜問道。

侍衛遞上幾張銀票道：「屬下看了，這裡只有八十幾兩，聽說還有十幾兩是現銀，他們沒帶在身上。」

「哦？」燕回韜挑眉，一百兩銀子是這麼湊出來的，看來那人手頭並不寬裕。

燕回韜翻了翻手裡幾張銀票，冷笑一聲。這得多大的仇，讓人湊著銀子都要雇人殺人。

以燕回韜對沈家的了解，若是沒猜錯，怕是只有沈慶的那個同窗了，這次堪堪上榜的梁燦。

攥著銀票，燕回韜冷冷開口。「去給我查查那個三番兩次鬧事的梁燦，還有他妹妹那邊。」之前太子是想將計就計，讓三皇子這個棋子在明處，他們行事更方便，如今這個梁燦若是有殺宋雁茸的心思，怕是留不得了。

燕回韜又交代了一番，聽聞高神醫過來了，就匆匆往小院去了，宋雁茸沒醒過來，他也不放心。

「高神醫怎麼來得這麼快？」燕回韜一邊走、一邊忍不住問道。按理說，從莊子到洛城，這點時間根本不夠。

「我們的人在路上剛好碰到高神醫一家往莊子上過來，聽說是高夫人想看看院子的修建進度。」侍衛答道。

原來如此。

燕回韜趕到小院的時候，宋雁茸屋子外已經有一大堆人在焦急等候了。

不一會兒，高神醫就從屋中退了出來。

高神醫一出來，一群人就圍了上去。「怎麼樣？」

燕回韜不用開口，有得是人問。

高神醫見燕回韜在，朝他拱拱手道：「誠如牧老所言，沈夫人是受了驚嚇，我已經為她施了針，一會兒就能醒過來了。大家都放心，夫人待會兒醒來不宜太多人吵鬧，大家都散了吧，等夫人恢復精神，大家再來探望，如今有沈大公子守著，大家不必擔心。」

得了高神醫這話，燕回韜再無憂心，朝院中眾人告辭道：「那燕某就先行回去了，後面還有些事情需要處理，等查出背後指使者我再過來。」

沈母本還打算留個飯，聽燕回韜這麼說，也不好再說什麼了，送了燕回韜出門，又領著高夫人等人去了飯廳。

屋中，沈慶握著宋雁茸的手，坐在床榻邊，等著她醒來。

這一刻，沈慶才覺得，宋雁茸早已成了他的全部。

他自己都不知道這一切是從什麼時候開始的，若是宋雁茸真的沒了，他甚至覺得春闈也不用去了，國子監什麼的，都不過是浮雲。或許他真的如他最新出的話本中的書生一樣，因為人參精的枯萎，放棄殿試，用自己的血去滋養山中的人參，只求人參精能活過來。

可書中的人還有法子讓人參精復活，宋雁茸若是真的死了，他如何讓她活過來？如果沒了宋雁茸，他去科考還有什麼意思？

沈慶全然忘記了，在沒有宋雁茸的時候，他是為什麼而努力讀書的了。

忽然感覺手裡握著的小手顫了顫，沈慶逼退了眼中的淚意，定睛看去，就見宋雁茸眉頭皺了皺，接著眼皮顫動，沈慶小心翼翼地喚道：「茸茸？」

宋雁茸微微睜眼，入眼就是沈慶滿眼關切的臉。

或許是話本看多了的緣故，宋雁茸第一反應就是，沈慶不會殉情追到地府來了吧？幸好她不是容易驚乍的人，轉頭看到屋中熟悉的場景，頭部又隱隱作痛，伸手想按頭，被沈慶一把拉住。「小心點，妳頭上腫了個包。」

嗯，她果然沒死。宋雁茸忍不住在心中感慨，不過嘴裡還是忍不住問出了心中的疑惑。「我不是被賊人砍了脖子嗎？怎麼脖子沒事，腦袋上腫了包？」

「是二弟，他朝賊人砸了棒子，打掉了鋸子，卻砸到了妳的腦袋。」

「啊？」難怪當時覺得腦袋一痛。「我上次就跟二弟說，讓他正經找師父，好好學習功夫的，說不準還能考個武狀元，結果他聽說考狀元就滅了心思。」

「嗯，回頭給他找個師父，讓他好好練功夫。」沈慶心想，他自己也得練練，不求能與別人打殺，至少再遇到這樣的事情，他也能衝上去爭取些時間，不至於只能眼睜睜的看著。

「你哭了？眼睛怎麼這麼紅？」宋雁茸突然道。

沈慶沒料到宋雁茸突然這麼說，尷尬了一瞬，立刻被失而復得的慶幸情緒替代。

「嗯！」說完俯身趴在宋雁茸的肩頭。

宋雁茸竟然從沈慶的這個「嗯」字裡聽出了些許鼻音，一時間也感同身受起來。「我以為我再也見不到你了，我暈倒前，竟然幻聽到你的喊聲。」說話間，宋雁茸伸手抱住了沈慶。

沈慶怕自己壓到宋雁茸，又不想破壞她對他流露的溫情，只得用胳膊抵在她的枕邊，用力撐著，嘴裡說道：「不是幻聽。」

「啊？你不是在屋中讀書嗎？怎麼跑出來了？」

「說起來妳可能不信，我當時就是突然覺得心慌，然後就聽到外面有些亂烘烘的聲音，心中不放心就出來了，沒想到剛好看到妳被別人劫走，那人還……茸茸，我覺得我也要和二弟一起學些功夫。」沈慶說得一本正經。

宋雁茸卻好笑道：「瞎說什麼呢，就快要春闈了，你如今還得去國子監讀書，哪裡有時間學功夫？」說起國子監，宋雁茸突然想到燕回韜說的陪讀一事，便將這事轉述了一遍。

「周遠航應該願意去吧？」

「國子監還有這規矩？我也頭一回聽說，那我回頭立刻寫信給遠航，讓他快趕過來與我們一同進京。」誰能想到有一天，他沈慶還能進國子監的？

「我們？」宋雁茸推了推沈慶，示意他坐起來。

沈慶聽話地起身。「對啊，妳沒聽燕公子轉述，我攜妳一同進京嗎？」

宋雁茸仔細回憶燕回韜的話。「有、有這話？那我這邊一攤子事情可怎麼辦？」

其實沈慶哪裡是因為燕回韜轉述太子的話才這麼說的，不過是因為發生了這樣的事，他不想將宋雁茸留在這邊，自己臨時瞎說的。

不過這倒剛好與太子的打算不謀而合。

第七十章

「可我這邊的事情一時半刻忙不完，國子監那邊，你早去一天就能多學一天，對你參加春闈意義非凡。」

見宋雁茸認真考慮起這事，沈慶便道：「沒事，等遠航來了，我就與他先過去，妳到時候趕來與我一同過年就行。」

年前趕過去？那還有四個月的準備時間，好像也不是不行，何況現在她也想和沈慶多相處，於是便點頭答應了下來。

屋外傳來敲門聲。「嫂嫂醒了嗎？高神醫讓嫂嫂醒了就先喝藥。」是沈念的聲音。

沈慶趕緊端正坐姿，道：「嗯，進來吧。」

沈念端著藥碗進來，見宋雁茸果然醒了，放心道：「高神醫不愧是神醫，連嫂嫂何時醒來都能掐得這麼準。」說著就準備過來給宋雁茸餵藥。

沈慶小心地將宋雁茸扶著在床頭坐起，卻沒有讓開位置，伸手接過沈念手裡的藥碗道：「我來吧。」

沈念突然覺得這個場面有些熟悉，卻又很不一樣。

直到見自家大哥小心的舀著藥在唇邊吹著，才想起大約一年前，宋雁茸摔了腿那次，大哥也是這般守在床前，不過每次一見到她過來，就立刻讓開了。

那時候沈念對宋雁茸態度也不好，冷著臉，藥碗往床邊一放，但凡宋雁茸能動，她都是直接走人。

誰能想到，不到一年的時間，宋雁茸已經如此牽動大家的心了。

沈念看了眼專注的沈慶，嘴角微翹著退了出去。

宋雁茸是看著沈念退出去的，不過沈念看向她與沈慶的眼神，讓她不好意思開口叫人，只當沒看見。

沈念這麼一打岔，宋雁茸突然感受到氣氛的微妙變化，抬頭看沈慶，他正用勺子攪動著碗裡的藥，輕輕吹著。

沈慶用嘴唇碰了下藥汁，確定溫度合適，便直接將藥遞到宋雁茸唇邊，溫聲道：「來，快趁熱將藥喝了。」

沈慶動作很自然，但宋雁茸覺得這種微妙的感覺是她從未曾有過的。

她喝下一口，立刻皺眉。「好苦……」這要是一口一口吃，不得苦死她了？想到此處，也顧不得許多，直接從沈慶手裡接過藥碗，捏著鼻子一飲而盡。

喝完後，皺著臉道：「牧老不是藥神嗎，能不能讓他給我做一個不苦的藥丸，我直接吞了就行？」好懷念前世的藥丸。

沈慶接過空碗，笑著道：「有這麼苦嗎？下回讓人給妳準備好糖果。」說著起身將藥碗放回桌上，倒了杯溫水遞給她。「給妳漱漱口，去去嘴裡的苦味。」

宋雁茸聽話的照做。

沈慶又道：「高神醫說妳主要是受了驚嚇，要多休息，妳先睡會兒。」

「可是我不睏。」

「乖，聽話，閉著眼睛躺會兒也行，我就在這裡陪妳。」沈慶說著就拿走宋雁茸背後的靠墊，又摟著她的肩頭讓她躺下。一面在她耳邊輕聲道：「等妳睡了，我就去給遠航寫信，等遠航過來的時候，妳也差不多恢復了，我就先與遠航去國子監讀書。妳快些將手頭的活都忙完，來京城的時候，記得找燕公子給妳多派幾個護衛，我在京中等妳……」

宋雁茸感覺記憶中，從未有人如此將她哄睡，若不是閉著眼睛，此刻怕是要被看出紅了眼眶。

或許是高神醫那碗藥有安神作用，宋雁茸在沈慶的絮絮叨叨中，心滿意足地睡了過去。

如今太子不在洛城，宋雁茸這邊出了事，高神醫一家索性在沈家的莊子上住了下來，以防宋雁茸有個意外。

第二日一早，燕回韜來了莊子，得知宋雁茸身體沒有問題，便道：「沈解元，背後之人有線索了，要不要讓沈夫人一起聽聽，往後也好有個防範？」

沈慶本想說「不用」，想到自己不久就要去京城，宋雁茸自己在這邊，還得自己趕路去京城，有些事情多知道些確實對她好些，便點頭道：「有勞燕公子了，燕公子請隨我去書房，我這就讓人叫夫人過來。」

沈家院子不大，不一會兒就有丫鬟通知宋雁茸。

燕回韜知道如今沈慶夫妻倆都各自有事情要忙，也不廢話，開門見山道：「兩位可還記得梁燦？」

燕回韜話一出口，宋雁茸就冷哼一聲。「這事又是梁燦弄出來的？還真是到哪兒都有他。」

燕回韜疑惑道：「你們之前有什麼不解的梁子？不然梁燦雖然是這次榜上的最後一名，可到底也算是中舉了，他如今都已經出發去京城了，為何還將好不容易湊來的一百兩銀子用於買凶殺人？」

若是梁燦還在洛城，燕回韜有得是法子讓人在洛城消失，但梁燦挺狡猾，早早就往京城去了，如今他又有功名在身，燕回韜自是不好去動他，如今剛過秋闈，他可不敢在這當口對一個新舉子動手。

不過燕回韜已經將罪證讓人往京城送去，有了這些罪證，太子要處置一個梁燦並不是難事。

「什麼？梁燦考上了？是最後一名？」宋雁茸滿眼的驚訝，沈慶中了解元之後，她只顧著高興，早就將梁燦這個原著的男主拋到腦後，滿心都是為沈慶高興。

哪裡想到，命運竟然這麼巧，原著中，這場秋闈的解元是梁燦，沈慶是榜上的最後一名，而如今，沈慶和梁燦的名次竟然巧合的對調了？原著中，她未曾見到沈慶的好友中舉，這一世，周遠航卻中了。宋雁茸原本以為，如今的劇情已經與原著完全沒相關了，因為到現在為止，變數已經多了許多。何曾想到，原著的男主梁燦以及對照組沈慶的命運卻剛好調換了。

燕回韜沒想到，宋雁茸得知背後指使之人是梁燦的時候不見驚訝，只有冷笑，可聽說梁燦考中最後一名的舉人時，竟如此驚訝。

燕回韜點頭。「這次潼湖鎮的鹿山書院出了三個舉人，其中還有一名解元，這下子，鹿山書院的名聲更響了。」

宋雁茸腦子快速運轉著，雖然還維持著禮貌的傾聽樣，其實燕回韜後面的話她並沒有聽進去多少。原著中沈慶與梁燦的命運，若是真的調換，那麼沈慶會不會如原著中的梁燦那般位極人臣？而梁燦最後會悲慘的死去？

可原著中，梁燦之所以會走到那一步，自身能力是一方面，另一方面也離不開女主一家的扶持，畢竟女主的老爹可是當朝宰相。宋雁茸不擔心沈慶的能力比梁燦差，可如今沈慶沒有書中梁燦那樣強大的岳父幫襯，他還能走到書中梁燦那樣的位置嗎？

宋雁茸倒不是一定要沈慶當多大的官，只是官場險惡，她擔心沈慶背後沒有強大的勢力扶持，會被人生吞活剝。

都說伴君如伴虎，如今太子待他們自然是千般好，可等太子登上皇位後會怎樣，誰也不知道。宋雁茸知道，如今太子是想將沈慶培養成自己的人，那麼近些年，他們還能將太子作為強大的靠山。

可這年頭，靠山山倒，最終還得靠自己變得強大。或許他們夫妻也該好好謀劃了。

「那些銀票是梁燦找他妹妹梁婷婷借的，我已經報了官，如今官府先將這事按在了梁婷婷那邊，梁婷婷的婆家聽說新娶的兒媳婦謀害解元，嚇得直接休妻以撇清自家關係。如今，三皇子想借梁婷婷將手伸進我燕家的念頭，怕是不可能了。不過為了防止萬一，我們燕家也找了由頭發落了府裡那個侍衛，就是梁婷婷婆家的那個小舅子。」

「那梁婷婷現在去了哪裡？」不是宋雁茸心軟，梁婷婷之前對沈念做的那些事，她可沒忘記，她就是想知道梁婷婷的命運與原著中有什麼不同？一個被趕出婆家的女子，又犯了事，洛城離潼湖鎮可不近，梁婷婷在這邊可說是舉目無親。

燕回韜顯然沒將這種小人物放在心上，隨意道：「被關起來了，不過她死活不承認，大約再過幾天就會放了。」

放出來後，怕是也沒什麼活路了。

宋雁茸心中一突，梁婷婷會不會如原著中的沈念一樣，最後失蹤了？

又聊了一會兒，得知梁燦已經往京城去了，燕回韜也將這邊的事情寫信讓人給太子送去，燕回韜知道宋雁茸剛受了驚嚇，如今手下還有一幫人等著她教種植蘑菇一事，沈慶也要準備春闈，事情說清楚後就告辭了。

沈慶去京中，燕家也得幫忙稍作安排，免得路上有個萬一。

送走了燕回韜，沈慶鄭重對宋雁茸道：「茸茸，妳放心，我不會讓妳白受這次驚嚇的，等到了京城，我一定會讓梁燦得到應有的懲罰。」

宋雁茸怕他春闈分心，忙道：「燕公子都說了，他已經將這事告訴太子殿下了，太子殿下那邊一定會有安排的，你就好好讀書，一切都等春闈過了再說。」

沈慶垂著頭，在宋雁茸看不到的角度，眼眸微瞇，迸射出寒意。

春闈？梁燦也配？

「沈慶！」宋雁茸看出沈慶不想輕易放過梁燦，她怕沈慶會變成原著中那個狠辣的人，拽著他的袖子央求道：「答應我，有什麼事都等春闈後再說好嗎？不然過些天你去京城，我在洛城實在放心不下。」

沈慶見宋雁茸軟軟撒嬌的樣子，抬起另一隻手摸了摸她的頭，笑著道：「好，我聽妳的。」梁燦若是能安分，他就暫且將這事往後挪；若是再敢作妖，哼，他一定會讓梁燦後悔來到這個世界。

「嗯，那我去大棚看看，你先好好讀書。」宋雁茸很滿意的在沈慶胳膊上蹭了蹭道。

沈慶卻沒有如往常那樣答應，而是道：「我陪妳一起去。」

宋雁茸頓了一下。「不用吧。」

沈慶卻不由分說道：「妳腦袋上的腫包還沒好呢，昨日又受了那麼大的驚嚇，我不放心。」

「什麼驚嚇不驚嚇的，我早就好了，哪裡那麼嬌弱了。你春闈在即，好好讀書才是正事。」

「我有分寸，我拿著書跟妳一起去，妳去大棚裡忙，我在外頭看書等妳，不然我自己坐在這裡也看不了。」

話都說到這個分上了，宋雁茸也只得由著沈慶去了。

宋雁茸叫了沈念一同前去。「小妹，培養基和接種室那邊都熏蒸得差不多了吧？」

沈念點頭。「一早就按照嫂嫂的吩咐熏上了，這會兒差不多能用了。」

姑嫂兩人一邊說著今天的安排，一邊往大棚那邊走去，沈慶不是很明白她們說的，不過聽著妻子與小妹一路認真地討論著，嘴角不自覺掛上了欣慰的微笑。

正如沈慶所言，到了大棚，沈慶沒有跟進去，而是在外面找了塊空地坐了下來，開始看書。

宋雁茸與沈念則進了大棚，開始教導一眾「學徒」。

宋雁茸耐心地跟大家講了一遍注意事項，便道：「今天甲組的人先跟我去接種室上接種箱操作一次，每個人做三個，給自己做的組織分離做好標記，到時候看看誰的成功率高，三個都沒有污染，且正常生長的獎勵十兩銀子。」

十兩銀子？眾人驚訝，來學本事還有銀子拿？於是個個摩拳擦掌，興致高昂。

宋雁茸突然提出獎勵，也是希望大家能早點學會，她早日完成這差事，也就能早日去京中陪沈慶。她還是不大放心沈慶，畢竟原著中，沈慶就是進京城後，開始慢慢黑化了。

果然加了這項獎勵後，大家今天學得格外仔細，乙組和丙組的都繼續留在大棚裡，一邊採收蘑菇，一邊用剛採收的蘑菇繼續練習。甲組的人在下山路上還在互相討論。

沈慶陪宋雁茸一同下山，自然從那些人的討論聲中知道了十兩銀子獎勵的事情，笑道：「我竟然從未聽說，教人學本事，還給人發銀子的。」

宋雁茸低聲道：「不是你讓我快些了結這邊的事情，早點去京中嗎？怎麼，現在想省些銀子，讓我慢點出發了？」

沈慶立刻道：「別別別，我就知道我家茸茸這麼做肯定是有原因的，是為夫愚鈍了，要不，給他們獎勵二十兩，讓他們學得更快？」

宋雁茸忍不住噗哧笑出來。「我看你是讀書讀傻了，照你這麼說，我要是獎勵一百兩，他們豈不是立刻就都會了？」

沈慶一副頓悟的樣子。「還是我家茸茸厲害。」

那樣子要多假有多假，明顯是裝出來的。

沈念在一旁看得連連咋舌，她大哥竟然還有這麼一面？為了逗嫂嫂開心，竟然還會裝瘋賣傻。

過了幾天，周遠航風塵僕僕地從潼湖鎮趕來了。

那模樣顯然是幾天沒睡好，眼睛下的黑眼圈很重，見了沈慶就激動得緊緊抓住他的手道：「沈兄，我、我當真可以去國子監陪讀？」

沈慶笑著點了下頭。

周遠航得到沈慶的回答後，笑道：「我家人知道這次我能考中，多虧沈兄一家的照拂，這是我們家給大家準備的謝禮。我知道沈兄一家不圖這些，但這是我家人的心意，都是些山貨，嫂嫂別嫌棄。」

說完讓人去馬車上搬來一口大箱子和一個大布袋交給宋雁茸。

周家如今出了一個舉人，又得了去國子監陪讀的機會，立刻買了馬車，又去牙行挑了個趕車的老把式送周遠航來洛城，還將家中幾乎全部積蓄都給了周遠航，讓他進京後也買個小廝跟著。

周家雖然不是什麼富貴人家，但比沈慶家要好上許多。家中有良田，在潼湖鎮還有兩間鋪子，只是位置不是很好。但一家人都勤勤懇懇，倒是攢了不少銀子。

既然周遠航到了，那沈慶這邊收拾一番也準備要出發了。

宋雁茸與沈念拿著採買清單，讓白叔套了馬車就往洛城去。

兩人如今對買東西這事很熟悉了，很快就將沈慶所需要的東西都採買齊全。

出洛城的時候，在城門口卻遇到了熟人。

因為夏日悶熱，馬車的車簾都是半開著的，宋雁茸她們的馬車剛行駛出來沒多久，馬車一個急停，外頭一個女聲尖利的叫著。「宋雁茸、沈念，果然是妳們！」

兩人聽到聲音，掀開車簾，只見前頭撲來一個衣衫襤褸、頭髮亂糟糟的女子。「妳是？」

女子將亂髮胡亂地往臉旁撥開，怒道：「我是梁婷婷，是不是你們報官抓我的？你們好狠的心啊，我們好歹相識一場，在洛城，我們也算是鄉里鄉親的，可你們卻……」

眼看著已經有人看過來了，宋雁茸大聲喝道：「梁婷婷，妳被抓是因為什麼，這麼久難道妳心裡還沒數嗎？事到如今妳以為還能來顛倒黑白？我夫君乃是這一屆的解元，可我卻差點被人買凶殺了，官府為什麼查到妳頭上，是因為買凶的銀票多半是妳的私房銀子！」

看熱鬧的人聽得大驚，梁婷婷面色也慌亂起來，她以為宋雁茸他們報官，她被抓了，僅此而已，沒想到宋雁茸竟然知道事情的全貌。

本就受了幾日牢獄之災，如今又被宋雁茸當眾訓斥，梁婷婷一時內心崩潰，坐在地上哇哇大哭起來。「真的不關我的事啊，我好好當我的少夫人，買凶殺妳幹什麼，那些銀票不是我給出去的！」

「那妳的銀票是給了誰？」

梁婷婷只哭著搖頭，就是不肯說。她大哥可是說了，給他銀票的事情不能告訴任何人，不然會惹來殺身之禍，只要她死咬著不說，定能留住一命。當時她還不甚明白，不就是接濟一下大哥嗎？而且她大哥如今也是舉人了，夫家哪裡會阻攔。只是大哥向來有主見，他既然這麼說了，她自然不會說出去。

直到她被官府的人上門提人，這才驚覺原來大哥這是要害死她。梁婷婷不想死，想告訴官府的人，買凶的人多半是她大哥。可想到大哥的交代，又嚥了回去。如今她已經被夫家休棄，娘家又遠在潼湖鎮，家中最厲害的就是大哥梁燦了，她若是供出大哥，怕真是沒了活路。

好在這次官府並沒有屈打成招，關了她幾日，還真放她出來了。

梁婷婷自以為沒有出賣大哥，還想著往後去投奔大哥。哪裡想到，官府抓她的目的根本不是為了查案，不過是為了斷了梁燦的關係，讓三皇子安插棋子的目的落空。

宋雁茸冷笑。「妳還想掩護梁燦？怎麼，還想著去投奔他？」

梁婷婷驚呆了，宋雁茸怎麼會知道？

「梁燦這麼做的時候可曾考慮過妳？就妳現在這樣，妳覺得能活著離開洛城？難道梁燦做這些的時候會想不到？可他卻自己去京城了。」

梁婷婷捂著耳朵大喊：「不要說了，不要說了……」

宋雁茸從腰間扯下一個錢袋子扔給梁婷婷，道：「這裡頭包括銀票，大約有二十幾兩，足夠妳雇馬車回潼湖鎮了。相識一場，雖然妳不是什麼好東西，可同為女子，既然碰上了，我也不想看到妳下場太淒慘。」

宋雁茸說完不再看梁婷婷，對白叔道：「白叔，我們回去吧！」

梁婷婷捧著錢袋子，愣愣地看著宋雁茸的馬車。想不到在她落難的時候，伸出援手的竟然會是宋雁茸……

第七十一章

馬車走遠後，沈念忍不住挽住宋雁茸的胳膊，靠在她肩頭道：「嫂嫂，妳好厲害！剛才猛地看到梁婷婷那樣，我都懵了。」

「梁婷婷當初那樣陷害妳，如今我卻給她銀子讓她回家，妳心裡會不會不舒服？」宋雁茸拉過沈念的手問道。

雖然她在看見沈念一臉同情的的時候，心中已經有了答案。

沈念連忙搖頭。「不會，其實我看她撲過來的時候，就猜到她就是想訛點銀子，今天嫂嫂要是不在的話，我也會給她銀子，只是我說不出嫂嫂那番話，只會顯得像是讓她得逞了。梁婷婷變成這樣，要是我們沒有碰上，她是死是活我才不會搭理呢，我可不是什麼以德報怨的人。」

宋雁茸笑了。「我知道我們家念念是個愛憎分明的善良女子。我也不是什麼以德報怨的爛好人，只是都是女子，她如今這樣流落在外，遲早被人……唉！二十兩銀子對我們來說，如今真不算什麼，我給她也不過是圖個安心，至於她能不能拿著銀子安全回家，就是她自己的造化了。」

「我明白的，嫂嫂。」

姑嫂兩人又感嘆了一番這世道於女子的艱難，很快就到了家裡。

回家後，兩人不再提起梁婷婷這事，彷彿不曾發生過。

現在宋雁茸腦袋上的腫包已經消散，大家一致決定，明天一早就讓沈慶和周遠航出發。如今宋雁茸這邊有兩輛馬車，她不顧沈慶的反對，讓白叔駕車送沈慶去京城，並讓小廝劉全跟著一起過去照料日常起居，又派了最先來莊子上的兩個護衛隨行，護沈慶安全。

安排完這一切，已經入了夜。

宋雁茸還擔心哪裡不夠周全，在屋子裡有些坐立不安。

沈慶倒了杯水遞給她。「好了，茸茸，妳都累了一天了，快坐下歇歇吧。妳給我那麼多銀子，還怕缺了什麼京城買不到？」

「這倒也是。」宋雁茸接過水杯一口灌下，還真有些渴了。

「茸茸，此去京城，我最放心不下的就是妳，等我安頓下來，就讓白叔和護衛回來接妳，可好？」沈慶聲音有些悶悶的。

「那怎麼行，白叔回來了，你在京城要用馬車怎麼辦？」宋雁茸一口拒絕。

「遠航不是還有一輛馬車？」

宋雁茸想想也是。「不過他的馬車是新買的，那車伕可不可靠都未可知呢。」

「哪裡有那麼多不可靠，再說了，我大多時候都在國子監，能用幾次馬車？」

聽沈慶這麼一說，宋雁茸才安心不少。「行，我忙完這邊的事情就過去，你在京中好好讀書，我等你金榜題名。」

沈慶將宋雁茸攬進懷中，溫聲道：「嗯，到時候咱們大小登科一起。」

沈慶說話的熱氣噴在宋雁茸耳邊，讓她覺得耳根有些酥酥麻麻的，一時間沒領會沈慶話中的意思。「嗯。」

說完方才反應過來自己答應了什麼，正要反悔，耳邊已經傳來沈慶低沈的笑聲。「茸茸，妳答應了，不許反悔。」

再轉頭，沈慶一臉溫柔地輕輕吻住宋雁茸的唇。

宋雁茸一時愣住，沈慶克制地淺嘗輒止。「茸茸，我等妳。」

兩人相擁躺下，過了許久，宋雁茸道：「沈慶，等你位極人臣了，會不會也如那些官老爺們收幾房小妾？」也不知道從何時開始，自己變得如此患得患失了。

沈慶輕笑出聲，寵溺地捏了捏宋雁茸的鼻頭道：「放心，我不會，我有妳就夠了。」

宋雁茸聽了很受用，嘴裡還是忍不住咕噥。「你怎麼知道以後會不會有別的心思？我可告訴你，想和我過一輩子，那你這輩子就只能有我一個人，若是你想納妾，或是直接在外頭養了人，我立刻走人，還會把你名聲全部搞臭。」宋雁茸半撒嬌、半威脅道。

沈慶聽了卻一點也不惱。「我夫人這麼能幹、這麼厲害，我哪裡還會看上別人，我又沒眼瘸。」

「眼瘸？」宋雁茸忍不住笑出聲。「虧你還是解元，下次是不是還得腿瞎了？」

這一夜，夫妻兩人都深刻體會了什麼叫「傷別離」，天南地北，有一搭、沒一搭地聊到後半夜，最後，宋雁茸實在沒抵抗住睏意，在沈慶懷中沈沈睡去。

第二天一大早，沈慶按時醒來，看著宋雁茸的睡顏，在她額頭輕輕一吻，輕手輕腳地起床漱洗。

等一切整理好，準備出發，這才到屋裡輕聲道：「茸茸？茸茸，我要出發了，妳若是還睏就再睡……」

「啊？」宋雁茸揉揉惺忪睡眼，看了眼外面，立刻爬了起來，一邊道：「你怎麼不早點叫醒我？」

沈慶一把抓住準備穿外衫的宋雁茸，道：「妳繼續睡吧，昨晚那麼晚才睡，今天若是太累了，就別去大棚裡教他們了，讓他們自己多練習也一樣。妳也別去外頭送我了，就當我是去洛城了。不然我一想到妳站在外頭朝我揮手告別，我心裡也怪難受的。」

宋雁茸白了沈慶一眼。「可是我若是不親眼看著你離開，我會難受。那你說，現在怎麼辦？這難受該誰受著？」

沈慶寵溺一笑，一把撈起宋雁茸的衣衫，一邊幫她套上，一邊道：「好好好，妳去送送我，不讓妳難受。」

雅蘭很快送來漱洗用品。

這一次，沈慶親自伺候宋雁茸漱洗，弄得宋雁茸有些彆扭，不過想到他就要去京城了，也就依著他了。
宋雁茸送沈慶上了馬車，直到馬車消失在視線中，宋雁茸才悶悶地轉身回屋。
接下來的日子，宋雁茸開始給大家進行技能考核。
整個流程操作一遍沒出現錯誤，且無菌操作也沒問題的，就予以通過，可以回燕府或太子那邊。
一通考核下來，等大家都通過了，已經半個月後了。
猴頭菇到了採收的時候，靈芝也已經不再產孢子粉，也可以採收了。
莊子上又開始忙碌起來。
這個時代的人們習慣將靈芝直接曬乾保存，保存靈芝原本的模樣，能賣更高的價錢。
宋雁茸便將自己和太子要用的靈芝都切片風乾保存。
很快的，太子的案頭就收到了洛城送來的靈芝片。
太子拿起其中一片端詳了一番，問道：「洛城沈解元那邊都安頓好了吧？派人去問問，他在國子監可還習慣。」
立刻有小太監奉命去辦事了。
國子監中大多是京中權貴子弟，能進這裡讀書，要麼背景過硬，要麼學識過人還得有人舉薦。
可眾人根本查不出沈慶是誰舉薦的，一打聽，也不是京中哪家的親戚。

只要是學堂，哪怕是國子監，也不缺被迫進來混日子的學渣，越是這樣的地方，學渣們越是無聊。突然來了個新人，起初還沒人敢隨便招惹，這都好幾天了，也沒見沈慶與什麼人往來。

而且別人都帶小廝，沈慶帶的卻是同屆的舉人，身邊連個伺候的都沒有，生活瑣事都是兩人親力親為。國子監中的學生見此，心中不免有些看輕。

有些心思活絡的，便想收攏沈慶成為自己的人，好歹是個解元呢。

卻沒想到，沈慶竟然給臉不要臉，裝傻充愣，只顧著讀書。

這幾天已經有幾波人準備教訓沈慶了，太子卻突然派人來問候。

那些準備動手卻還沒來得及下手的學渣們，不由得撫著胸口慶幸，真是沒想到沈慶悶不吭聲的，竟然是太子的人。

如今誰不知道，太子身體大好，與皇帝的關係也日漸緊密，明眼人誰看不出皇帝已經著手在為太子鋪路了？再渾的人也不至於跟下一任皇帝過不去。

因此，太子派人前去的這趟安撫，雖然不過是賞了些筆墨紙硯給沈慶，卻讓沈慶在國子監的處境好了許多。

洛城郊外的莊子上，沈元正在和宋雁茸匯報。

「嫂嫂，這次買的這些豬原本就不小，如今已經可以宰殺了，我們是直接殺了賣肉，還是像上次那樣找屠夫，直接賣豬？」

「你有什麼打算？」宋雁茸希望沈元能有自己的想法，畢竟養豬這一塊，她也不是很懂，往後很多事情都得靠沈元自己去處理。

沈元撓撓後腦，試探地問道：「嫂嫂，要不，我也去學殺豬吧？將來我自己殺豬，省得那麼多銀子還讓別人掙走了。」

「可以啊，不過你忙得過來嗎？最近你不是還在學功夫嗎？平日你要養豬，如今還去學殺豬，回頭自己還得殺豬，會不會太累了？」宋雁茸有些擔心。

沈元卻滿不在乎。「這有什麼，養豬也就每天餵，定期去翻翻豬舍裡的墊料，如今我還有燕九他們幾個幫忙，哪裡會忙不過來？我想著每天殺豬賣肉也不是個事，我們能不能也把豬肉做成遠航家送來的野味那樣，都弄成乾貨，回頭也在洛城弄個鋪子賣。不然像咱們家這樣，豬這麼多，一下子殺了又賣不完，每天殺一、兩頭，天天得去賣肉不說，能殺的豬不即時殺了，多養幾天不長肉還得白搭豬食，這也費銀子……」

沈元越說越起勁，宋雁茸倒是沒想到他會考慮得如此全面，竟然從周遠航送來的山貨上想到豬肉的加工。

宋雁茸道：「可專門開一間鋪子只買乾肉，是不是有點太單調了？若是生意不好，那鋪子的租金和掌櫃的月錢開銷也不小。」

「那嫂嫂有什麼主意？」沈元試探性問道。

宋雁茸回想後世的經營，道：「如今家裡雖然不缺銀子，但既然開鋪子，那咱們還是得掙銀子。」

沈元聽了連連點頭。

宋雁茸繼續道：「不如開間鋪子，專賣各種豬肉的加工產品。」

「加工產品？除了風乾肉，還能做成什麼？」沈元一邊問，自己也陷入思考。

宋雁茸提醒道：「風乾肉是生肉，我們是不是可以製成熟的肉乾？趕路的人帶著，在路上吃也方便，平時還能當零嘴。」

沈元聽了立刻來了精神。「對啊，像我這樣的人應該不少，糕點不方便放口袋裡，平時口袋裡只能裝些花生、瓜子，若是能有肉條，閒著嚼兩根，我一定天天吃。啊，對了，既然是天天吃，那咱們得製作不同口味的……」

宋雁茸聽著沈元的盤算，見他越說思路越清晰，忍不住朝他豎起大拇指。「可以啊，二弟，在吃這一塊，你果然是一點就透，觸類旁通啊。」

沈元嘿嘿一笑，又撓撓頭道：「我就這點愛好，嫂嫂就別取笑我了。」

宋雁茸又提點道：「不過在做吃食這方面，你可以去和張嬤嬤探討一番，張福要是中用，回頭讓他去鋪子裡照看，張嬤嬤一定會全力幫忙。」

沈元一拍大腿道：「對，張嬤嬤手藝這麼好，完全可以負責製作不同口味的肉條。」說著就站起身來。「嫂嫂，那我先去尋張嬤嬤談談。」

宋雁茸一點頭，沈元立刻躥出去了。

如今沈元也差不多能獨當一面了。

沈元的辦事效率不錯，張嬤嬤聽說要去洛城開鋪子，或許將來她兒子還能成為那鋪子的管事，熱情高漲，再次慶幸自己當初選擇來沈家的決定。

若是還在燕家，燕家不缺她這樣手藝的婆子，她可能一輩子都只是個粗使婆子。而燕家小廝眾多，她兒子恐怕一輩子都熬不到鋪子管事的差事。

府中的劉嬤嬤也一樣，若是沒來沈家，她兒子劉全哪裡有機會成為解元的小廝跟去京城？

張嬤嬤將自己能想到並能做出的吃食都與沈元說了一遍，聽得沈元口水都快流了一地。

「二公子，要不明天買些肉回來，老奴先做幾種口味給公子嚐嚐？」張嬤嬤試探性問道，畢竟沈家有規定，不能在外面買豬肉。

沈元拒絕道：「不用，明天殺頭豬，直接找個屠夫過來，我正好學學怎麼殺豬。」

張嬤嬤驚訝。「公子還要學這個？將來雇人殺豬不就行了，殺豬可不是個輕鬆活。」

沈元卻道：「這世道哪有什麼活是輕鬆的，張嬤嬤放心，我若是累了自然會雇人，只是我既然打算做這一行，自然每個環節我都得會。」

張嬤嬤品了品沈元的話，覺得甚有道理，不愧是解元的弟弟。

沈元當天就和張福去洛城約了屠夫，第二天一早就從豬舍趕了一頭豬下來，在院子外頭的空地上開始宰殺。

雖說不是年節，但既然家中殺豬，在這個時候也算是件大事，沈母便讓人給高神醫一家和牧老傳了口信，讓他們今天一起來吃殺豬菜。

等豬殺好了，豬肉都分割完畢，劉嬤嬤也帶著兩個小丫鬟一同協助張嬤嬤處理豬肉與內臟。

因為其中一部分要做成各種味道的熟肉，張嬤嬤一番清理下來，很多肥肉就閒置下來。

沈元到廚房就看到一小堆肥肉，疑惑道：「張嬤嬤，這些用不了嗎？」

張嬤嬤笑著道：「肥肉太多了，到時候一入鍋就成油了，油太多了就浪費了。」

沈元看著肥肉有些犯愁，正好被宋雁茸瞧見。「二弟，在廚房門口發什麼呆呢？」

沈元指著那堆肥肉道：「嫂嫂，張嬤嬤說肥肉有些多，做熟肉肥肉多了會浪費，就清理出這麼一大堆肥肉，我想著，咱們鋪子左右也是賣豬肉相關的食物，是不是可以賣豬油？這也算是個產品吧？」

「賣豬油？也可以，肥肉都是清理出來的，都是碎肉了，就算當鮮肉賣，也賣不出好價錢，熬成豬油也不過是費些柴火。」宋雁茸中肯地評價。

「真的？嫂嫂也覺得我這主意好？」得到宋雁茸的肯定，沈元顯然很開心。

「嗯。」宋雁茸再次肯定，突然想到了什麼，眼睛迸射出亮光。「我突然還想到別的法子，就是不知道能不能成，我得先去問問牧老能不能找到我想要的東西。」

沈元一聽來了興致，他嫂嫂都覺得驚喜的東西，一定是個大寶貝。「嫂嫂，快先同我說說，是什麼東西？」

宋雁茸覺得自己這段時間怕是忙傻了，之前在灣溪村的時候，她就想著等那批豬出欄，想辦法用豬油做點手工皂。因為現在他們平常用的都只是皂莢，她用得不是很習慣，而且去污能力她也不滿意。

只是後來急著來洛城，灣溪村養的那批豬就直接賣掉了。到洛城後又重新養豬，宋雁茸大多時間都撲在蘑菇上，之後又是沈慶的鄉試。

或許是因為宋雁茸來到這個時代的時間夠長，不知不覺中已經習慣了皂莢，竟忘記當初想製作手工皂的心思。

這會兒突然想起，宋雁茸的心思也就活絡起來。

「我想做些手工皂。」宋雁茸答道。

「手工皂？」沈元覺得每個字他都懂，就是連在一起不太明白是什麼東西。

「嗯，就是比皂莢好用的東西，以後洗手、洗臉、洗澡什麼都能用。」宋雁茸解釋道。

沈元聽了這話，雖然還不知道手工皂具體是什麼模樣，但大致明白是什麼玩意兒，若是真能做出那樣的東西，怕是宮裡的娘娘都要來買他家的手工皂了。

想到這裡，沈元彷彿又看到成堆的銀子朝自己洶湧而來。「嫂嫂，真能做出那樣的東西？」

「我先去找牧老問問，看能不能找到我想要的東西。」

「啊，嫂嫂，我陪妳一塊兒去，牧老這會兒就在後頭的園子裡看菌種。」沈元比宋雁茸還積極，忙報出牧老的所在。

宋雁茸與沈元趕到後面的園子時，牧老和沈念以及高神醫剛在園子裡的涼亭落坐。見宋雁茸與沈元過來，沈念連忙招手。「嫂嫂、二哥，我們在這裡。」

兩人快步走至涼亭，牧老一眼就看出沈元與宋雁茸眼中的灼芒。「怎麼了？又發現了什麼新蘑菇？」

宋雁茸笑道：「我們今天又沒去山裡，哪裡來的新蘑菇？不過我們想製作一種新鮮玩意兒，但缺一樣東西，特來請教藥神。」

牧老聽說要製作新鮮玩意兒，也來了興致，撫著鬍子挑眉道：「哦？製作什麼東西？缺什麼？」

「做手工皂。」宋雁茸將手工皂跟大家解釋了一番。

聽完，高神醫興趣不大，牧老卻來了精神。「那可是好東西啊，如今用的都是皂莢，最好的也不過是將皂莢裡有用的部分刮下來稍作處理，裝在瓷瓶裡。若是真能做出那樣的東西，宋丫頭，妳怕是要發了。快說說妳缺什麼，只要我能弄到或是能做出來，我一定給妳弄來。」

「我需要鹼，類似做豆腐時需要用的那種東西。」

牧老以為要什麼，原來是鹼，忍不住疑惑道：「啊？就這樣？」

「這東西很多？」聽牧老的口氣，輪到宋雁茸疑惑了。

「燕府還有處莊子，那邊有幾座山，那玩意兒多了去了。」

所以是又得找燕公子了？

宋雁茸與沈元對視一眼，沈元立即道：「要不明天咱們去燕府一趟？」

不等宋雁茸回答，牧老就道：「還等什麼明天，待會兒吃完殺豬菜，我與高神醫要去燕府，你們三人就與我們同去唄！」

「嫂嫂，可以嗎？」沈元顯然很是心動。

宋雁茸點頭同意了。

幾人心中存了這事，吃完飯便準備去燕府了。

路上，高夫人聽說了手工皂一事，直怨高神醫。「你這老頭子，這麼好的東西怎麼不早說，早點說，我就不與親家母閒話那麼久了，快讓馬車走快些，別耽誤了大事。」

高神醫有些莫名，不就是皂膏嗎？怎麼一個個地都眼冒綠光了。

燕回韜聽完宋雁茸等人的來意，也來了興致。

「燕家有不少生意，沈少夫人若是需要鹼，我們燕家願意將那片山頭都給夫人，不過不是賣。」

宋雁茸一聽就明白燕回韜的意思，笑著道：「不知燕公子想分幾成利？」

「少夫人果然是個爽快人，我們燕家也不要多，給一成就成。」

燕回韜如今想與宋雁茸一同做買賣，也不全是為了掙銀子，更多是希望能與沈慶一家綁得緊些。

宋雁茸笑道：「燕公子如此仗義，那也不能讓燕公子吃虧，不如咱們直接五五分吧，往後這手工皂若是大賣，難免還有很多地方需要燕公子出面打點。」

燕回韜倒是沒想到，宋雁茸一個鄉村小婦人竟能看得如此透澈，並一如既往的有魄力。兩人一番推諉，最後定下的分成為宋雁茸分六成，燕回韜四成。

燕回韜辦事很迅速，既然定了下來，那就得先做一批樣品出來。第二天晚上，燕回韜就派人送了一大箱鹼到宋雁茸的莊子上。

這一天，宋雁茸和沈念、沈元也沒閒著。

沈元一大早就去洛城找木匠，按照宋雁茸給的圖紙，製作一批手工皂所需要的模具。而宋雁茸和沈念則早早就去了山裡，打算採幾種草藥，按照草藥的作用，做幾種不同功效的手工皂。

一天下來，姑嫂兩人找到不少野生首烏、艾草和薄荷，另外還有幾種草藥，不過因為量不太夠，宋雁茸就沒打算將那些用在這一批手工皂製作當中。

沈元為了能快速拿到模具，直接加錢央求木匠當場打造出來。

那老木匠見沈元給的銀兩不少，而那模具的圖樣也不複雜，還真在城門關閉前將模具趕製出來。

沈元回家的時候，天已經黑透了，他興奮得一下馬車就大喊道：「嫂嫂、小妹，我回來了，我將模具都帶回來了！」

第七十二章

宋雁茸和沈念本就在等沈元，這會兒聽見沈元的呼聲，一同快步迎了出去。

兩人都很意外，宋雁茸道：「模具這麼快就做好了？」

沈念也笑著說：「快給我看看。」一邊接過沈元拿出來的模具，一邊道：「二哥，你也真是的，這麼晚回來也不提前說一聲，害我和嫂嫂擔心死了。」

沈元憨厚一笑。「我這不是自己也沒料到嗎？我找了好幾個木匠，就這個木匠家中剛好有合適的木料，我就加了些銀子，請他今天就做出來。那老木匠就叫了他兩個兒子一起打拋了一天，總算是做出來了。我這不想著早點做出手工皂，咱們也能早些掙銀子。」

沈念也動了心思。「嫂嫂，燕公子不是將鹼送來了嗎？咱們今天將要用的藥材都採好了，這會兒時候還早，左右咱們都睡不著，不如試著做些出來？」

宋雁茸今天挖了一天的草藥，回家也沒閒著，若不是沈元還沒回來，她恐怕早就倒在床上休息了。

但見這兄妹倆興致如此高昂，也不忍掃了兩人的興致，便道：「行，不過我先說，碾藥汁挺費勁，我可沒力氣了……」

不待宋雁茸說完，沈元立刻道：「嫂嫂放心，嫂嫂若是累了坐在一邊指揮我倆就成，可以不用動手，渴了我立刻給妳倒水。」那模樣生怕宋雁茸拒絕。

於是，在宋雁茸的指導下，沈元和沈念一同將今天採回來的草藥分別在小木盆裡搗碎，又用棉布過濾藥渣，使勁擠出藥渣裡的汁水。

宋雁茸自己並沒有閒著，她拿了自製口罩，又戴上之前給沈元翻料時準備的手套，不過沈元嫌麻煩一直沒用。接著找來一個大瓷盆，將燕回韜送來的鹼塊稍作處理，便開始往裝了些水的瓷盆裡溶解鹼塊。

宋雁茸一邊做，一邊教兄妹倆注意事項。

不久，沈念那邊的豬油熬出來了。

等豬油稍微降溫，宋雁茸便開始讓沈元和沈念自己動手，將油慢慢倒入化了鹼的水中……

「二弟，你再去廚房取三個這樣大的湯瓷碗。」

「好的，嫂嫂。」得了宋雁茸的吩咐，沈元立刻去辦。

「小妹，妳將藥汁分別裝入那幾個大湯碗裡。」

「好。」沈念將藥汁小心倒入湯碗裡。

宋雁茸又道：「二弟，將這盆混好的油鹼水分裝到那幾個湯碗裡，咱們再攪拌混勻一番。」

在宋雁茸的帶領下，大家幹勁十足，分裝完後，發現大瓷盆中還剩下一些。宋雁茸想到廚房裡有很多薑，便讓沈元又去取了些，搗出薑汁，直接放入瓷盆中。

三人將模具擺好，便將湯碗和大瓷盆中的汁液倒入模具內。

忙完已經快到後半夜了，三人卻毫無所覺，沈元還興致勃勃地問道：「嫂嫂，接下來怎麼做？」

宋雁茸伸展了下胳膊，反手捶了捶自己的肩膀，道：「接下來各回各房睡覺，明天再收拾吧，我要累癱了。」

「啊？這就做好了？」沈元問道。

幾乎是同時，沈念也疑惑開口。「這個手工皂該怎麼用？每次沾多少？」

宋雁茸聽了這話才反應過來，這兩人從未見過手工皂，自然不知道手工皂是固體，如今這樣，他們恐怕以為手工皂是連著模具一起買的汁液了。

宋雁茸打著哈欠回覆道：「在這裡放幾天，大概明天就會開始慢慢凝固，等完全變硬了，那幾個單獨模具的就直接弄出來，這幾個大的還得再切塊。」

「會變硬？是因為豬油凝固了？」可豬油只是凝固，不會是硬的呀？沈念更加疑惑了。

沈元也是一樣，不過見宋雁茸睏了，便道：「小妹，咱們先回屋睡覺吧，有什麼問題明天睡醒了再問嫂嫂。」

「嗯！」沈念走過來挽住宋雁茸的胳膊。

幾個主子沒睡，小丫鬟自然也沒睡，見主子們出來，趕緊往房裡送了漱洗用品，這一次宋雁茸倒沒有拒絕小丫鬟的伺候。

等雅蘭收拾完，宋雁茸幾乎是倒頭就睡。

宋雁茸本就不是早起的人，第二天是真的睡到了日上三竿，若不是肚子餓了，她還能再睡會兒。

收拾完出門，才知道牧老和高神醫一家都已經到了。

宋雁茸拉著沈念道：「怎麼家裡來了這麼多人，妳也不來叫我，這也太失禮了。」

沈念笑道：「他們以為咱們今天做手工皂，想來看看，結果發現我們連夜就做了出來。知道妳熬夜了，還在睡覺，娘和他們幾個都不讓我叫醒妳，說是讓妳睡飽了再說。」

於是宋雁茸喝了點粥，就和沈念一起去昨天放手工皂的那間屋子。

大夥兒聽說宋雁茸起來了，這會兒都在那間屋子等著。

因高神醫一家與牧老著實好奇，又都是自己人，沈元已經將昨夜製作過程大致說了一遍。不過他也沒傻到將細節與各種材料的用量都告訴大家。

這會兒那些模具裡面的汁液已經開始凝固了，不過還有些軟，大家也都和昨晚的沈元、沈念有同樣的疑惑，都在這裡等著宋雁茸過來解惑。

宋雁茸原本還因為自己起得太晚，這麼多人等她而有些不好意思，這會兒見眾人的心思都在手工皂上，根本沒人提她睡覺的事情，也就不再彆扭，簡單地跟這些人解釋了「皂化反應」。

大夥兒聽得似懂非懂，不過也不知道如何提問，這事就算解釋完了。

高夫人最先道：「茸茸，妳這些手工皂加了不同的草藥，是不是代表不同的功效？」

「對。」宋雁茸沒想到這次竟是高夫人最先提出這問題，她還以為又會是牧老。

高夫人又立刻道：「妳這幾樣草藥太普通了，我聽念念說，妳這手工皂還能洗臉，若是再做幾樣潤膚的、增白的手工皂，專門用來洗臉，肯定能掙好大一筆。我跟妳說，我家老高那裡有好幾種這樣的草藥，回頭我讓人給妳送過來，妳若是不夠，再來找我。」

「哦？那太好了，等那些手工皂做出來了，我分夫人一成紅利。」若還能得高神醫提供藥材，那這手工皂想不火都難。

高神醫倒是沒想到，這次過來一趟，竟然讓夫人興致如此高，還加入了做手工皂的行列。看著高夫人眉開眼笑的模樣，高神醫決定好好琢磨幾樣養膚的草藥出來。

高夫人這麼高興，自然不是為了那一成紅利，更多的是希望自己也有些事情做，想想就覺得開心。

接下來幾天，高夫人每天都來看手工皂，竟成了最關注的人。

另一邊，張嬤嬤已經做出了好幾種口味的肉條和下飯的肉丁。

宋雁茸、沈念和沈元也沒閒著，每天討論給那些不同口味的肉條、肉丁取名，還給不同的手工皂按照功效取了名字。

三人還一起商量了包裝，由宋雁茸畫圖，三人跑了洛城好幾家店鋪，訂了不同的包裝。

第一批手工皂終於正式完成。

這一天，高夫人照常早早來了莊子，當大模具裡面的大塊手工皂倒出來的時候，高夫人躍躍欲試道：「我可不可以來切一塊？」

這些日子，高夫人每天興致勃勃地跟高神醫學辨藥，不過她學的不是治病救人的藥，而是各種養膚的藥。

高神醫見夫人對手工皂產生出前所未有的興致，也十分高興。

自從知道手工皂最後要切割那幾塊大的，高夫人就一直蠢蠢欲動，別的她不行，刀工還真不錯。

得了宋雁茸的肯定，高夫人先用刀在外側輕輕切了一小片，試出手工皂的刀感，轉頭問道：「這個是不是什麼形狀都行？」

宋雁茸聽到這話，突然意識到高夫人怕不只是想試切這麼簡單，也許還是個高手，滿眼期待道：「這批做出來後也是先給大家試用，夫人隨意就好。」她也想看看高夫人到什麼水準。

高夫人點頭道：「行。」

話剛落下，就見高夫人先切出整齊的兩個長條狀，她並未做出丈量的動作，手裡也沒有丈量的輔助物品，可那兩個長條卻切得十分整齊，落刀也非常快。

這兩刀下去，大家就已經很驚訝高夫人的刀工了，沒想到，這僅僅只是一個開頭。

高夫人加快速度，尖刀在她手中彷彿活物一般，在手工皂上遊走。

一陣翻飛間，高夫人停下了手。「茸茸，妳看看，切成這樣可好？」雖是疑問句，卻不難聽出高夫人語氣中隱隱透出的得意。

宋雁茸幾步上前，當看見那切好的手工皂時，驚呼出聲。「高夫人，您也太厲害了，想不到您還有這一手絕活。」

在高夫人的刀法下，那一大塊手工皂變成不同形狀的小塊，這還不算什麼，仔細看能發現每塊手工皂雖然形狀不同，但大小卻區別不大，而且這種切法，邊角料也不多。

沈元和沈念也連呼。「高夫人好厲害！」

有珠玉在前，後面那三大塊手工皂也都交給了高夫人。

高夫人欣然接受。

切完了手工皂，幾人開始將手工皂按照不同的添加料進行包裝。

添加薄荷的手工皂分類為「潔面皂」，取名為「清涼止癢潔面皂」；添加首烏和生薑的手工皂分類為「洗髮皂」，分別取名為「烏髮防脫洗髮皂」和「防脫固髮洗髮皂」；添加了艾草的手工皂分類為「沐浴皂」，取名「祛濕止癢沐浴皂」。

眾人將切好的手工皂裝在訂製的紙盒裡，而用模具成型的手工皂則裝在瓷盒裡。另外還訂製了一批大小、形狀不一的瓷盒，準備等店鋪開張的時候當做皂盒賣。

這批手工皂，在場的大家每樣都挑了一盒試用，餘下的一些都送去了燕府，由燕公子安排送給洛城的達官貴人們試用，也算是為產品宣傳。

得了好東西，燕回韜自然不會少了太子，因此宋雁茸這邊的手工皂，很快就出現在太子的案頭。

太子本對這手工皂不甚在意，可用過一次發現，這可比宮中的皂類還細膩好用。

太子立刻覺出了這其中的巨大商機，一次不經意間，將這手工皂推到了皇帝手中。

很快，手工皂在後宮蔚為流行，在京城貴婦中一皂難求。

甚至有那消息靈通的已經派人求到了燕回韜那裡，那會兒，宋雁茸他們在洛城的鋪子都還沒準備妥當。

燕回韜手裡自是沒有多餘的手工皂，只回覆了很快就會開鋪子。

因此，等鋪子在洛城開張那天，手工皂一擺上去就被搶購一空。

因為手工皂的定位本就是針對有錢人，定價並不低，一塊手工皂的定價就要二兩銀子，這下子，手工皂掙的銀子遠比豬肉掙得多。

原本製作手工皂只是為了處理那些多餘的肥肉，最後，手工皂倒成了養豬的主要收入了。

因為很多人都是從外地來搶購手工皂的，見店裡有各種美味的豬肉製品，又方便攜帶，也對豬肉產品產生了促銷作用。

開張第一天，手工皂就銷售一空，還接到很多訂單，這可把大家樂壞了，其中要數沈元和高夫人最高興。

高神醫在旁邊建的院子已經快要完工，不過小院裡的擺設裝飾都還沒有弄好，可高夫人卻讓人收拾好臥室，就直接搬過來住了。

原因無他，高夫人如今也是有自己事業的人了，她忙著跟宋雁茸、沈念一起製作各種手工皂。

而高梓瑞自然也巴不得早點搬過來，可以每天都看見沈念，於是高神醫被迫帶著藥僮一同住進了新院子。

這日，大家正忙著搗藥汁，燕回韜騎馬來到莊子上。

不用開口，見他的面色就知道又有好事。

「燕公子今天怎麼有空過來了？」宋雁茸道。

燕回韜笑道：「托沈夫人的福，手底下一個掌櫃的接了個大單。」

宋雁茸也驚訝，最近能有什麼大單？

「是手工皂還是靈芝盆景？」

她聽說她送給燕公子和太子的靈芝盆景被太子帶去宮裡，得了皇帝的誇讚，於是靈芝盆景的名聲就傳了出去。如今想訂購的人可不少，而且價格都已經飆到以黃金為單位了。

只是今年靈芝已經過了栽培的季節，宋雁茸就是再心動，也得等到明年了。

只聽燕回韜笑道：「我知道如今做不了靈芝盆景，不會拿這事來打擾你們，這回是有人訂製手工皂，不過圖案要按照他們的要求，模具他們自己提供，但是我們這邊做完後，不能在外面賣同樣圖案的。」

一個圖案而已，宋雁茸覺得完全沒問題，何況對方還提供模具，這簡直是給他們送銀子來的。

宋雁茸立刻點頭。「若只是這個要求，完全沒問題。」

見宋雁茸答應，燕回韜立刻遞來一個錢袋。「這是對方給的訂金，哦，對了，我聽下頭的人說，那個訂製手工皂的是個金髮碧眼的白皮膚人，挺多人覺得他是妖怪，不願意與他做買賣，但那人說自己不是妖怪，是跨海來到咱們這邊的，沈夫人不介意賣手工皂給那樣的人吧？」

宋雁茸聽了略微驚訝，她沒想到這個時代已經有人能漂洋過海了。她一邊想，一邊打開手裡的錢袋，裡頭竟然是一張銀票，面額是「黃金五十兩」，這是不是應該叫「金票」？

「這、這是訂金？」宋雁茸忍不住開口，那全額得多壯觀！

燕回韜見她絲毫未提那人的長相，就知道她定是不在乎的，便笑著伸出兩根指頭。

「二百兩黃金。」

這話一出，高夫人等人都驚得停下了手裡的活。

二百兩黃金？

那金髮碧眼的妖怪是不是能自己變出黃金？

這話，燕回韜在場的時候沈元沒有問出來，燕回韜離開後，他真這麼問了，逗得宋雁茸哭笑不得。

宋雁茸這邊接了單，燕回韜也趕緊吩咐手下的掌櫃聯繫那金髮碧眼的人，讓那人將模具準備好就可以開始做了。

當第二批手工皂銷售一空的時候，那邊的模具也送了過來。

如今手工皂的製作也走上了正軌，配方只有宋雁茸、沈元與沈念知道，製作的整個流程，高夫人則都知道。

院外的空地上已經搭建了一排小屋子，成了手工皂的製作坊。

小作坊裡如今也有十來號人，這些人大多是燕家簽了死契的僕從，宋雁茸也在牙行買了幾個伶俐的，將他們分成幾組，流水生產製作。

沈元只要負責將每日各組需要的材料送去，這些人自會認真製作。

只要小作坊裡的手工皂完成了皂化反應，能夠往鋪子上送，往後鋪子就能源源不斷地有貨了，而且還會不定期推出新產品。

這段時間，手工皂讓宋雁茸切身體驗到什麼叫做「日進斗金」。

高夫人收到第一筆分紅的時候，幾乎不敢相信。「茸茸，這也太多了吧？」

宋雁茸笑道：「這才剛開始呢，等做完那個訂製的大手工皂，咱們還能分到更多。」

「這個我不能要。」高夫人推拒道，她只是想找點事情做，可不是要來分銀子的。要是一開始就知道一成的紅利這麼多，她說什麼也不會答應要的。

宋雁茸將銀票塞給高夫人，在她耳邊低聲道：「都是一家人，您多掙點，往後小妹過來，您也能帶她揮霍不是？」

高夫人一聽，確實有理，便笑著收下了。

又過了一段時間，訂製的那塊巨大手工皂也完工了。

看著擺放在屋子中央的巨大手工皂，沈元忍不住嘀咕。「做這樣的玩意兒要幹麼？那人準備怎麼使用這手工皂？」

宋雁茸看了那塊手工皂，搖搖頭。「誰知道呢。」他們有金子掙就行了。

那塊手工皂的形狀是一匹仰天長嘯的狼，紋理刻得很細緻。宋雁茸也不明白，花那麼大的錢做一匹狼幹什麼？表面刻畫那麼細緻有什麼用？難道那人不打算使用？

可若是不打算使用，為什麼又要做手工皂呢？

不過這是買家的事情，宋雁茸如今很忙，沒工夫去細想這些。

如今，洛城這邊養豬及手工皂的事業有沈元和高夫人照看，大棚的蘑菇有沈念與牧老照看，宋雁茸已經可以當甩手掌櫃了。

距離新年，也就一月有餘了。

宋雁茸開始收拾東西，準備去京城與沈慶一同過年。

也不知道這幾個月沈慶過得如何。宋雁茸一邊收拾行囊，一邊想著。

沈母不放心宋雁茸，硬是讓沈元一同送她過去。

其實哪裡需要沈元送，太子得知宋雁茸要進京，也派了暗衛在路上接應。

不過為了讓沈母安心，宋雁茸沒拒絕沈母的安排，想著正好讓沈元去京城見見世面，左右洛城這邊有沈念和高夫人盯著，銷售那邊又有燕家幫襯著，沈元離開幾個月，也不會有什麼問題。

沈元裝了鋪子裡的各種肉乾。「嫂嫂，多帶些去京城，咱們路上要是找不到店也不會餓著，沒吃完的等到了京城，正好讓大哥嚐嚐。」

沈母直接笑罵道：「我還當你如今長進了，竟還是天天惦記這吃的，什麼叫沒吃完的給你大哥嚐嚐？趕緊將給你大哥準備的那份單獨給我裝出來。」

第七十三章

京城本就比洛城寒冷，加上已經入冬，宋雁茸一路進京，路上沒遇到什麼危險，倒是染了風寒。

怕影響沈慶讀書，宋雁茸這次趕來京城並沒有提前通知他，有燕回韜和太子的人護送，她並不擔心會找不到沈慶。

不過她倒是沒想到，太子會派人來接她。

太子的人將宋雁茸安全送到為沈慶準備的小院，就回宮覆命了。

小院中只有劉全，見宋雁茸過來了，很是高興，忙上前幫忙搬東西。

這處小院不大，但勝在離國子監近，整個院子一眼就盡收眼底。

這小院和沈家在灣溪村的院子差不多，只是格局略有不同，不是一排屋子，而是兩間正房，左右各兩間罩房，廚房也不大，就在正房邊上。

「沈慶平時會回家吃飯嗎？」宋雁茸忍著身體的不適，嗓子沙啞地問道。

劉全道：「大人每個月回來兩次，平常直接住在國子監，因為國子監那邊只能帶一個人，沈大人帶了周大人去，小的就不能過去伺候。小的也提過讓大人每天回來，可大人說來回路上耽誤讀書的時間，小的也不敢多勸。」

沈元將宋雁茸的行李都送進了沈慶住的正房，便道：「嫂嫂，妳先休息，我去熬藥，等藥熬好了再給妳送過來。」

劉全忙道：「小的去熬藥，二公子也去歇著吧。」

沈元卻道：「不用，你想辦法給大哥傳個話，告訴他嫂嫂來了，讓他今天回來吧。」不然嫂嫂如今病了，他們這趟出來又沒有帶丫鬟，他一個小叔子也不方便伺候宋雁茸。

宋雁茸到了京城後，為了不引人注意，燕家幫忙護送的人在城門口就已經與宋雁茸分開行動了，如今在這院子裡也就劉全、沈元，還有接他們的白叔。

宋雁茸聽了沈元的話，卻喊住了劉全。「劉全，你先別去，等晚上再去國子監叫他回來吧。」

如今正是衝刺階段，以她對沈慶的了解，沈慶若是知道她來了，還生了病，定會告假回來照顧她的。沈慶如今這麼認真讀書，她更不能耽誤他。

劉全有些為難地看向沈元，沈元皺眉看了眼宋雁茸，見她態度堅決，便點頭道：「行，都聽嫂嫂的。」

兩人退了出去，宋雁茸便轉身去了內間休息。

沈慶雖然不常來住，不過這裡倒是收拾得挺整潔，或許是趕路太累了，宋雁茸很快就睡了過去。

太子那邊得知宋雁茸染了風寒，又沒帶丫鬟、婆子過來，便讓人去太醫院找太醫，又派了兩名宮女給宋雁茸。

太醫趕到小院的時候，宋雁茸還在睡覺。不過因為有宮女在，兩人先進去將帳幔放下來，再輕輕移出宋雁茸的手腕，太醫便可以把脈了。

這原本不是什麼大事，可如今京中大家最關注的是誰？

太子。

太子身體大好，還開始參與朝政，皇帝也有意給太子分權。

太子派人去找太醫的事也沒有特意隱瞞，幾乎是太醫剛到宋雁茸那處院子，很多有心人就已經知道了。

沈慶是太子看中的人這事，如今在京城的官宦人家已經不是秘密，沈慶的院子大家自然也都知道。

這次，太子不僅派了太醫，還派了宮女出來，可大家都知道沈慶明明還在國子監讀書。宋雁茸進京這事，大家並不知道。

這會兒不禁疑惑，沈慶院子裡什麼時候來了女眷？或者說，太子在這裡藏了人？

太子妃的位置可還空著呢。

午間有從國子監出來的學生到了家裡便得到了這消息。

有嘴快的或是出於想跟沈慶套近乎的心理，下晌到了國子監，便去沈慶身邊坐下，問了起來。「沈解元可是有家眷來京了？這麼大的事，解元也不回去瞧瞧？」

沈慶起先並沒在意，可今天已經有第三個人說類似的話了。

「太子殿下對解元真是重視，家眷剛進京就派太醫前去探望了。」

沈慶這會兒也有些坐不住了，他已經很久沒見過宋雁茸了，按照估算，這會兒她也快要來京城了，只是怎麼也不提前告訴他一聲？還有，既然來了，劉全怎麼不過來遞個話？可如今聽這些人說的，太子派了太醫前去？是誰生病了能讓太子派太醫去看望的？除了宋雁茸，他們家應該還沒有人能讓太子這般費心。

思及此，沈慶對身邊的周遠航道：「遠航，我先回去看看，你下晌自己聽課。」

周遠航哪裡有什麼不明白的，點頭道：「嗯，沈兄去吧，估計是嫂嫂過來了。」人家夫妻一別這麼久，他還是別去湊熱鬧，先聽課，等散學了再去探望吧。

沈慶告了假，就匆匆趕了回去。

沈慶到家的時候，宋雁茸剛喝完太醫開的藥，又睡了過去。此時，太醫已經回宮覆命了，留下兩個宮女在屋中伺候。

見沈慶回來，兩個宮女很有眼色地退了出去。

沈慶在院子外頭聽到沈元和劉全說話的聲音就知道宋雁茸來了，這會兒真正看到她的睡顏，心中反而生出不真實的感覺。

他輕手輕腳地走到床邊，伸手探了下宋雁茸的額頭。

還好，不燙。

他在腳踏處坐下，輕輕握著宋雁茸的手，又替她蓋好被角。

沈慶就那麼靜靜地看著宋雁茸，回想起以前的點點滴滴。

不知看了多久，宋雁茸眉頭微皺，手也動了一下，緩緩睜開眼睛。

入眼是陌生環境，宋雁茸一時迷糊，沒弄明白自己身處何方，直到耳邊傳來沈慶的聲音。

「茸茸，妳醒了？餓不餓？」

宋雁茸轉頭，看到坐在一旁的沈慶，這才想起已經來了京城。「你散學了？是劉全把你叫回來了？會不會耽誤你讀書？」

沈慶愛憐地伸手揉揉宋雁茸的腦袋，道：「妳先養好身子，若是這樣就耽誤我讀書，我這書也不用讀了。」

宋雁茸想起身，被沈慶伸手按住。「妳先躺著，我去看看有什麼吃食給妳拿一點，聽說妳到了京城後，還未曾好好吃東西。」

說完將宋雁茸的手塞進被子下面，就往外面去了。

不一會兒，沈慶端了個托盤進來，端起小碗，舀了一勺送到宋雁茸嘴邊。「嚐嚐這粥。」

宋雁茸喝了一口，讚道：「不錯呀，這是劉全熬的？」

沈慶一邊餵粥，一邊道：「不是，是太子送來的宮女熬的。太子殿下聽說妳來了京城，又沒有丫鬟、婆子，怕妳不方便，送來兩個宮女先在這邊伺候著，回頭妳要不要去牙行看看，買個丫鬟或婆子？」不然他真怕宋雁茸吃不好。

「嗯。」宋雁茸應道。

等一碗粥喝完了，沈慶拿帕子幫宋雁茸擦嘴，宋雁茸才驚覺，自己什麼時候也這般矯情了，不過是個傷寒感冒，竟要別人餵飯。

還是因為這個給她餵飯的人是沈慶？

想到此處，宋雁茸有些羞赧，一把抓過沈慶拿著的帕子，低頭胡亂擦了把嘴。

沈慶卻沒有察覺，回身將空碗擱在托盤裡，又遞來一杯水。「先漱漱口吧，太醫吩咐了，說妳醒來後不宜多食，有什麼想吃的，我明天陪妳去街上看看。」

宋雁茸聽了有些好笑。「我又不是沈元，一天到晚就惦記吃的，你明天若是不讀書，不如陪他去轉轉，看看京城有什麼好吃的。」

沒想到沈慶卻說：「在我眼裡，妳和二弟差不多。」

「啊？」宋雁茸很是意外，她什麼時候和沈元一樣了？立刻反駁道：「我什麼時候和他一樣了？我每天都會抽時間看書寫字，我白天還和小妹一起……」

沈慶見宋雁茸一副不屑與沈元是一路人的樣子，寵溺地一把摟住她，道：「是是是，我家茸茸與二弟不一樣。」

外頭的沈元突然連打了幾個噴嚏，嚇得劉全道：「二公子，您不會也感染了風寒吧？要不要也喝點藥？」

沈元連連擺手。「我身體好著呢，如今我也是有點功夫的人了，哪裡那麼容易感染風寒，估計是我娘她們想我了，想我快些回去。」

劉全一聽，二公子說得好像挺有道理。「那二公子什麼時候回去？明天小的帶二公子去京城轉轉？小的聽說這京中的小吃特別多……」

不待劉全說完，沈元就一口應承下來。「行，明天咱們出去轉轉。」

因為宋雁茸病著，周遠航回來的時候沒有見著宋雁茸，第二天一早，沈慶就托周遠航替他再告假一天。

於是第二天，洛城沈解元的夫人來京城的消息，便在國子監傳開了。

過了中午，有國子監學生回家，下午，沈慶這處小院竟就迎來了探病的京中女眷。

由於沈元和劉全出去逛街了，便由宮女開門，得知是余相府的人，宮女立刻進屋稟報。

沈慶接過帖子，皺眉道：「余燕燕是誰？」

「你忘記了？」宋雁茸見沈慶一副完全不記得的樣子，心中竟隱隱有種鬆了口氣的感覺。要知道，這可是原著中沈慶求而不得的白月光。「就是余相夫人在洛城尋到的女兒，這事當時在洛城還傳得挺大的。」

沈慶點點頭，他想起來了。「就是那個害妳被人撞暈的人？不是讓妳離這種人遠一點嗎，她怎麼還找上門來了？」

宋雁茸見沈慶一副視余燕燕為瘟神的口氣，忍著笑意道：「行啦，人家都來家裡了，我不見也說不過去，往後我會多注意的，你放心。」

沈慶這才不情不願的拿過宋雁茸的外裳幫她穿上，一邊吩咐小宮女。「讓余小姐在書房等著吧。」

原本宋雁茸準備自己過去，可沈慶堅持要扶她，宋雁茸無奈，怕余燕燕等太久失了禮數，就隨沈慶了。

宋雁茸卻沒想到，沈慶將她送到書房後，竟然沒打算離開。

余燕燕見宋雁茸過來了，立刻站起身親熱道：「今日才知道宋姊姊來京城了，我就立刻過來了。」

說話間親熱地上前，準備挽住宋雁茸另一邊胳膊，沈慶卻護著宋雁茸往主位上走去，一邊拉著宋雁茸閃避了一下，道：「我夫人病著呢，余小姐還是自己坐好。」語氣中透著不近人情的冷淡。

余燕燕尷尬地收回了手。

宋雁茸偷偷瞪了沈慶一眼，他卻當作沒看見，扶著宋雁茸落坐後，自己在宋雁茸旁邊坐了下來。

宋雁茸皺眉看向沈慶，他這是打算跟她一起坐在這裡？

余燕燕顯然也沒想到這位解元大人竟會親自接待她，感受到沈慶明顯「生人勿近」的氣場，忽然覺得有些不自在。

宋雁茸知道沈慶是故意的，偷偷朝他使了幾個眼色，沈慶卻裝作看不懂。

宋雁茸只得無奈放棄，朝余燕燕抱歉道：「我身子不太舒服，夫君也是擔心我，余小姐莫見怪。」

余燕燕笑著點頭，眼裡隱隱透著羨慕。「姊姊與姊夫的感情真好。」

這一聲「姊夫」明顯取悅了沈慶，他嘴角微揚，對宋雁茸道：「我去後面看書，妳們先聊，有事立刻叫我。」

宋雁茸點頭，沈慶便轉身去了內間。

沈慶離開後，余燕燕明顯鬆了口氣。「姊姊，我不知道妳病得這麼重，不然也不會今天過來打擾了。」

「無妨。」

余燕燕又道：「不瞞姊姊，我自來了京城，還沒有一個聊得來的姊妹，聽聞姊姊來了京城，便趕緊過來看看姊姊。」

宋雁茸其實不明白，她哪一點入了余燕燕的眼，得余燕燕如此看重。此刻聽余燕燕訴說，也只是微笑點頭。

余燕燕低頭道：「上次在洛城的事情，是我連累了姊姊，我是真的沒想到，他……那人竟如此卑鄙，幸好那人的計策被識破，不然我不僅被蒙在鼓裡，還會因此葬送一生。事後我想了好久，我這是沾了姊姊的福氣，那日定是神醫家的公子看出我被下藥，不然哪裡會那麼巧，神醫就來洛城給人看病了……」

聽著余燕燕絮絮叨叨地分析和感謝，宋雁茸不禁萬分佩服，她這聯想力還真是不一般。

「余小姐怕是誤會了，我事後聽高公子提起過，他當時並未看出小姐中了毒。」

如今高梓瑞即將與沈念訂親，可別將他捲進三皇子弄出的破事裡。

聽著余燕燕說這些有的沒的，沈慶在內間漸漸沒了耐心，他告假一天是為了多陪陪宋雁茸，可不是為了在這裡聽余燕燕絮絮叨叨，於是出聲道：「夫人，妳該喝藥了。」

余燕燕自然也聽出來了，尷尬的笑了下。「姊姊身子不好，我今天就先不打擾了，改日我再來尋姊姊說話。」說完就告辭離開了。

宋雁茸看著從內間出來的沈慶，有些擔憂道：「你將來是要入朝為官的，她再怎麼說也是相府的千金，你這樣也太不周全了。」

沈慶卻無所謂道：「她不過是來與妳閒話，而相府讓她這時候過來，也不過是向太子示好。如今她閒話說了，相府跟太子示好的目的也達到了，余相還有什麼不滿的？」

跟太子示好？宋雁茸一時沒明白這是什麼情況，不過她也沒有多問，倒是又與沈慶說起了他在京中的見聞。

沈慶在家陪了宋雁茸一天，見她身子沒什麼大礙，第二日就去國子監讀書了。

沈元和劉全逛了京城的大街小巷，對京城的繁華嘆為觀止。一圈下來，還有很多好吃的沒有吃到，宋雁茸這邊也還沒有安頓好，沈慶便讓沈元晚幾天再回洛城，先陪宋雁茸一同去買好煮飯、洗衣的丫鬟、婆子。

沈元哪裡會不答應。

接下來幾天，沈慶都是夜裡才回來，天還未亮就又出門，連續幾天都沒和宋雁茸說上什麼話。

宋雁茸與沈元一同逛了幾天，每日中午都會去不同的茶樓聽人說書，漸漸地也聽到不少京中傳言，對如今的局勢心中也有了個大概。不過宋雁茸沒想到，梁燦那麼能折騰的一個人，來了京城，竟然就如同消失了一般。

最後，宋雁茸挑了一個婆子和一個丫鬟，那婆子主要負責廚房，大家叫她王嬤嬤，手藝雖然不能與張嬤嬤比，但也不會委屈了宋雁茸與沈元。小丫鬟名喚翠雲，原先是官宦人家的奴婢，因主家犯了事，被一併發賣了。翠雲機靈又知分寸，手腳也快，屋裡屋外收拾得很乾淨。

在王嬤嬤與翠雲的打理下，京中小院已經井然有序。

這幾天，京城突然熱鬧起來，一打聽才知道，原來是周邊幾個小國來朝賀，說白了就是來送些貢品的。

因為來了好幾個小國的使臣，沈元便沒出去湊熱鬧，可他又不愛看書，不能像宋雁茸那般在屋裡看書、寫字，在小院中待了幾天，實在無聊得緊，又擔心洛城那些新買的豬和手工皂的事情，便在一天晚上沈慶回家時，提出要回洛城的事。

年關將近，沈慶也沒多留沈元，只交代他回去好好照顧沈母與沈念。

為了不耽誤沈慶讀書，沈元回洛城那天，是宋雁茸帶著翠雲與白叔送他出城的。

沈元在城外與燕公子的人會合，坐上燕家的馬車往洛城去了。

天色還早，街上的行人並不多，翠雲見宋雁茸一直在看街道兩旁的各式鋪子，便道：「夫人要不要下去走走？若有什麼想買的，也可以去鋪子裡轉轉。」

宋雁茸本是想多看看京城有什麼鋪子，畢竟將來沈慶若是在京城做官，她得在京城開間鋪子，總不能全都指望洛城那邊掙銀子。

翠雲這麼一說，宋雁茸也動了逛街的心思，好幾天沒逛街了，前些天與沈元一道，逛的都是和食物有關，現在街上人不多，她可以逛逛脂粉鋪子，看看手工皂能不能也在京城開通銷路，便點頭答應。

白叔尋了個地方將馬車停好，宋雁茸便帶著翠雲下車，朝最近的脂粉鋪子走去。

這會兒鋪子裡沒什麼客人，立刻有小二迎了上來。「夫人想買點什麼？」

宋雁茸道：「將你們這裡最好的潤膚膏和潔面膏拿幾樣出來我瞧瞧。」

最好的？店小二眼睛一亮，敢說這話的都是不缺錢的主，不過店小二有些為難。「小店倒是有好幾種潤膚膏都挺不錯的，不過潔面膏如今還沒有，夫人要不要看看小店的胭脂？」

宋雁茸點頭道：「行。」

店小二很快端著一個托盤過來，上面放了十來個形狀、顏色、花紋均不同的小瓷瓶，道：「夫人，這幾樣是潤膚膏，都是我們店裡最好的。這邊的是胭脂，這幾樣都是給客人試用的，您可以先在手背上試試，覺得哪個好就買哪個。」

京城乾燥，如今又入冬，宋雁茸的確缺潤膚膏。

她自己挑了一盒，就對翠雲道：「妳也挑一盒，幫王嬤嬤也挑一盒。」

翠雲有些受寵若驚，她當奴婢這麼多年，主子也換過好幾個，還是第一次遇到陪主子買東西，主子會送給自己一份的。

「夫人，奴、奴婢不用買這麼好的。」

宋雁茸卻很隨意，一邊逐個兒打開胭脂的瓷盒，一邊道：「什麼用不用的，快挑一盒，對了，幫我挑幾盒胭脂，這個我平常不怎麼用，不大會挑。」

翠雲趕緊上前，認真幫宋雁茸挑了幾盒。

宋雁茸見翠雲沒有挑潤膚膏，便直接跟店小二說：「她挑的胭脂我都要了，我挑的這種潤膚膏，給我包三瓶吧。」

店小二大聲應道：「好！」隨即又誇讚道：「夫人好眼光，這款潤膚膏可是咱們店裡賣最好的，在京中也算是小有名氣的。」他以為是個普通客戶，沒想到竟然一口氣買了三瓶他們店裡最好的潤膚膏，還拿了五盒胭脂。

店小二轉身進去包裝，不一會兒，有些為難的走了出來。「夫人，抱歉，您剛才挑的那種潤膚膏，小店只剩下兩瓶了，要不，您再挑一瓶別的？」

「這麼不湊巧？」

宋雁茸話落，翠雲就拉了拉她的袖子道：「夫人，兩瓶就夠了，奴婢可以與王嬤嬤共用一瓶。」那可是京中小有名氣的潤膚膏，她一個做奴婢的能用上就已經很不錯了。

宋雁茸想著，左右王嬤嬤與翠雲住在一間屋子，正要點頭答應，身後卻傳來一個女聲——

「那兩瓶潤膚膏我都要了，快給我包起來。」

宋雁茸皺眉，哪來這麼沒禮貌的人？她轉身想看看是什麼人，眼前突然有什麼東西飛過，只聽到啪啪幾聲，櫃檯上穩穩落下三個排列整齊的銀元寶。

第七十四章

這還是個有點功夫的？

那女子腳踏鹿皮靴，一身火紅的騎射服，手握長鞭，揚著下巴，一副懶得正眼看宋雁茸的模樣。

店小二有些為難道：「這、這位小姐，這款潤膚膏小店只剩這兩瓶了，這位夫人已經買下了，您看……您要不挑點別的？」

女子這才紆尊降貴地掃了宋雁茸一眼。「哦？她付銀子了嗎？」

店小二搖頭。

女子嗤笑一聲。「沒給銀子，那就是還沒有買了，頂多只能算是挑好了，本公主今天心情好，就送這位夫人幾瓶別的潤膚膏吧。」

說完一揮手，又是兩個銀元寶落在櫃檯上。

翠雲見了那女子的身手，心中有些害怕，卻依舊不動聲色地移步擋在宋雁茸身前。

宋雁茸不欲生事，何況來人還自稱是公主，不過那女子的穿著打扮和京中的貴女明顯不同，宋雁茸猜測，這怕是哪個來朝賀的小國公主，便拉了拉翠雲，對店小二道：「給那位公主吧，我買胭脂就行了。」還挑什麼潤膚膏，她只想快些離開，不想惹麻煩。

店小二很感激宋雁茸，將包好的胭脂遞給她，道：「夫人拿好，這胭脂銀子那位公主已經付過了，您不用再給了。」說著示意了一下櫃檯上的銀子。

宋雁茸點頭，翠雲接過胭脂就直接往外走去了。

那紅衣女子見宋雁茸竟真白拿了東西，在宋雁茸經過她身邊的時候，垂著眼，一副瞧不上的語氣道：「嗤，慫包。」

翠雲步子一頓，卻見宋雁茸似乎絲毫不受影響，繼續往前走，她立刻跟上。

宋雁茸一出門，白叔立刻上前。

宋雁茸狀似隨意道：「翠雲，快些走，省得那些小地方來裝富人的窮鬼傻子要咱們退銀子。」

紅衣女子被宋雁茸這話繞得一愣，等反應過來宋雁茸是在罵她的時候，宋雁茸已經走遠了。

她頓時怒氣橫生，憑什麼一個賤民也敢對她出言不遜？

紅衣女子不顧丫鬟阻攔，扭身朝外快走幾步，甩出了手裡的長鞭，嘴裡怒道：「妳放肆！」

可那鞭子還沒打到宋雁茸，就在半路被白叔的鞭子纏住了。

紅衣女子拉了幾下，反而被白叔一個巧勁給甩得摔倒在地，她惱羞成怒，爬起來就準備追上去，卻被丫鬟拉住了。「公主息怒，隨從能這麼厲害的，這女人身分定不簡單。」

紅衣女子面色變了變，她就這麼倒楣，隨便在街上遇到的都是她不能惹的？若是這樣，她往後就算成為皇子妃，也會被這裡的人嘲笑吧？

「身分不簡單？有身分的人會要別人付銀子買胭脂？」

丫鬟沒說話，不過這一打斷，宋雁茸等人已經上了馬車離開了。

「那人是誰啊？哪裡來的公主？」宋雁茸上了馬車忍不住問道。

翠雲搖搖頭，心中卻對新主子更加滿意了。

她剛才還擔心宋雁茸不肯讓步，跟公主起了衝突，最後宋雁茸會不會出事，翠雲不知道，但憑藉她以往的經驗，她肯定非死即傷。

白叔卻道：「看打扮應該是迪戎那邊的，聽說他們這次送了個公主過來準備和親。」

「那種脾氣的公主，認真要和親？我怎麼覺得這是來引戰的。」和白叔熟了，宋雁茸說話也直接許多。

白叔聽了，也忍不住笑道：「夫人說得有理。」

宋雁茸與白叔只當這是個小插曲，說笑著回了院子。

或許是主子的態度以及這氛圍，翠雲漸漸不再擔心，甚至還問道：「夫人，今天沒買到潤膚膏，要不要奴婢明天再跑一趟？」

宋雁茸笑道：「也行，記得訂三瓶，慶祝一下咱們今天白掙了這麼多胭脂。」

翠雲笑著答應了。

這一日天還未黑，沈慶就回來了，周遠航卻沒有同他一起回來。

「今天怎麼回來得這麼早？吃了沒？我讓王嬤嬤給你熱些吃食。」宋雁茸關心道。

沈慶點頭，一邊淨手，接過翠雲遞來的帕子擦手，一邊說道：「今天太子讓人給我送了帖子，說是半個月後的宮宴讓我們一同參加。」

「宮宴？」宋雁茸既驚訝又擔心。

「嗯。」

宋雁茸覺得太子還真是看得起他們。雖然她也好奇這個時代的皇宮到底長什麼樣，可她骨子裡還是不太願意去見那些皇親國戚，動不動就要下跪不說，萬一行差踏錯，搞不好就會挨板子，甚至小命不保。

見宋雁茸皺著眉頭，一副不高興的樣子，沈慶笑道：「妳若是不想去，過幾天就尋著由頭在家中病幾天吧。」

宋雁茸擺擺手道：「那倒不用，既然太子親自下了帖子，我還是同你一起赴宴吧。」

畢竟要進宮，這十幾天宋雁茸和翠雲可沒閒著，訂製衣裳、首飾，討論妝容，甚至還特意請了個嬤嬤學了幾日禮儀。

宋雁茸從未覺得時間過得如此快，彷彿是轉眼間，就到了赴宴這天。

太子早早就派了宮人來接夫妻兩人，怕宋雁茸不明白宮中的一應規矩事物，還讓一個嬤嬤貼身照顧。

那個嬤嬤也姓劉，大家都喚她劉嬤嬤，在太子跟前很是得臉，是東宮的管事嬤嬤。進宮後，男客和女客就不在一處，但宋雁茸有太子宮中的劉嬤嬤照顧著，明眼人都能看出宋雁茸是太子派系，而且是很得太子看重的人。若不是宋雁茸梳著婦人頭，這會兒在大家眼中只怕是未來的太子妃人選了。

如今太子在朝中可謂是如日中天，來赴宴的夫人、小姐們雖然不知道宋雁茸是什麼身分，但都對她十分客氣，誰也沒傻到在這場合去給宋雁茸找麻煩，反而多得是上前示好的。

有夫人、小姐上來打招呼，劉嬤嬤都會在一旁提點一下對方的身分。

在園子裡逛了一圈，宋雁茸倒也不覺得尷尬，不過不斷與陌生人應酬讓她覺得有些累，比在大棚裡忙活累多了。

宋雁茸尋了個空道：「劉嬤嬤，咱們找個人少的地方先歇會兒吧，等宴席開始了再回來可好？」

劉嬤嬤雖然是第一次與宋雁茸相處，但一路走來，她也摸出了宋雁茸的性子，就剛才待人接物那不卑不亢的態度，若劉嬤嬤不是之前就聽說過宋雁茸，這會兒打死她都不會想到，宋雁茸來自一個小山村。

劉嬤嬤笑著領宋雁茸去了一處廂房，那裡有一排屋子，此刻裡頭炭火燒得正旺，正是給赴宴的夫人、小姐準備的。

「沈夫人放心歇著就行，不會有人來打擾夫人的，等宴席開始了，老奴會喚夫人的。」

宋雁茸點頭道謝，就去了屋裡的小榻歇息。

畢竟是在宮中，她哪裡敢真的歇息，不過是閉目養神罷了。

直到宴席開始，劉嬤嬤幫忙整理宋雁茸的髮飾和衣衫，就領著她往席宴去了。

各家的座位都是安排好的，因皇帝沒有再立后，太后又已不在人世，老太妃們並沒有出席這場宮宴。皇帝和太子的座位在上首，皇帝身邊的幾個位置是得臉的嬪妃們。太子的身邊是幾位皇子的位置，再往下就是皇室其他成員與朝中大臣的位置。

中間留了空地，用於欣賞歌舞。宋雁茸他們的位置雖然處於中間，但卻是離空地的第二排，倒不是特別惹眼。

不一會兒，皇帝就領著太子和嬪妃入座，宴席正式開始。

一曲歌舞過後，幾個來朝賀的小國就開始向皇帝敬獻各式貢品。

宋雁茸對這個時代的歌舞興致不大，到了獻禮這個環節，倒是來了興致，趕緊坐直身子，一臉好奇地看向場中。

第一個小國送了一箱顏色各異的寶石，夕陽的餘暉映照下，那口箱子閃閃發光，宋雁茸忍不住在沈慶耳邊低語。「這也太下血本了吧！」

沈慶笑道：「這東西在他們那邊不值多少銀子，他們缺的是糧食、布疋。」

還有這樣的地方？那若是去那邊倒賣糧食、布疋，豈不是能大賺？

宋雁茸這話雖然沒說出來，沈慶卻從她的眼中讀懂了，在桌子下偷偷捏了捏她的手，悄聲道：「別想那些有的沒的，路途艱險，商隊若是能輕鬆過去，早有人去了。」

宋雁茸正想問路途怎樣艱險，就見下一個獻禮的小國使者又抬了一個蒙著紅綢的大物件上來了。

宋雁茸的注意力立刻被吸引。

使臣對皇帝說了恭維話後，拉開紅綢，竟是一尊紅紫相間的巨大珊瑚。

在場眾人什麼沒見過，但是一尊珊瑚同時具備兩個顏色，眾人都是第一次見到，而且兩色都是紅到極致、紫到極致。

宋雁茸甚至聽到了場上傳來抽氣聲，就連她本人也驚訝得瞪大了眼睛，盯著那尊珊瑚。若不是場合不合適，她還真想上去摸一摸那是不是真的。

那幾個使臣顯然也十分得意。

宋雁茸還沒看夠，那尊珊瑚就被抬了下去。

身邊的沈慶道：「那個國家靠海……」

沈慶的話還沒說完，下一個獻禮的人又抬了東西上來，宋雁茸看到一個熟悉的身影，忍不住道：「怎麼是她？」

「啊？」沈慶轉頭向場中看去。「妳說誰？」

宋雁茸低聲道：「那個穿紅色衣服的迪戎公主。」

沈慶挑眉。「妳什麼時候認識迪戎的公主了？」

宋雁茸悄聲將那日買潤膚膏的事情告訴了沈慶，末了笑道：「我覺得這個公主多半腦子不太好使。」

沈慶聽完，皺了皺眉。「確實腦子不好使。」

宋雁茸倒是沒想到沈慶會接這話。

這時，場中的迪戎公主已經掀開禮物上的紅綢。

迪戎的貢品立刻呈現在眼前。

宋雁茸看著那尊貢品，驚得差點被自己的口水嗆到。

只見迪戎公主將撤下的紅綢交給隨行的婢女，指著那尊紋路細膩的貢品道：「狼是我們迪戎的信念，這次這個狼可不是一般的雕像，這是我們花了大錢，從一位來自番邦的商人手裡買下的。那人自稱在海上行駛了小半年才到我們迪戎，而且這可不單單是一尊雕像，它還有別的作用……」

迪戎公主說得一臉驕傲，底下的宋雁茸卻更覺得好笑。

這迪戎是不是從上到下都特別愛砸銀子？那狼就是她前不久做出來的手工皂，當時燕回韜說是個金髮碧眼的人訂製的，如今卻變成迪戎的貢品出現在這裡。

這是否才是太子真正邀請她來宮宴的原因？

宋雁茸想到這裡，忍不住朝上首太子的位置看去。

太子正狀似無意地看向宋雁茸這邊，見她看過來，還微不可察地笑著點了點頭。

宋雁茸又轉頭看向身邊的沈慶，沈慶也笑著看向她。

他們這是早就知道了？

或是太子其實已經和沈慶說過讓他們進宮的原因了？

宋雁茸忍不住往沈慶身邊挨近了些，藉著挾菜的動作，低聲問道：「你早就知道了對不對？」

果然，沈慶笑著輕輕點了點頭。

「那你怎麼不提前跟我說一聲？」

沈慶往宋雁茸面前的碗裡挾了些菜，低聲道：「那時聽說迪戎的貢品是妳做出來的，我也很吃驚，可我也是第一次瞧見這狼皂，我就想看看茸茸吃驚的樣子。」

狼皂？這名字好貼切。

但就為了這狼皂叫她來？

「沒這麼簡單吧？」

沈慶在宋雁茸耳邊低語。「具體的我也不太清楚，咱們就當來看看熱鬧，嚐嚐宮中御廚的手藝，回頭好好饞饞二弟去。」

宋雁茸皺著臉，不可置信地看著沈慶。

讓她回頭去饞沈元？這是沈慶會說出來的話？

若不是在宮宴上，宋雁茸真要伸手摸摸沈慶的額頭，這傢伙怕不是病了吧？

迪戎公主在場中將那狼皂誇得快上天了，宋雁茸都懶得聽。

迪戎公主得了皇帝的賞賜後，一旁一個少年卻站出來道：「謝皇上賞賜，不過小王此次帶妹妹珠雅前來，還奉了父皇的命給珠雅在天駱朝挑一位如意郎君，以示我迪戎與天駱的友好。」

這是來和親的？

宋雁茸看向沈慶，眼裡全是疑惑。

沈慶點點頭。

全程兩人都沒有出聲，可都能從彼此眼中讀出對方想要表達的意思，並準確回應。

皇帝點了點頭。「在你們來之前，你父王已經來信跟朕說過了。朕想著你們兄妹新來乍到，讓你們在京中多轉轉，若是看上哪家兒郎，兩情相悅，朕定會成全。」

宋雁茸聽了皇帝的話，心裡暗道還好，這皇帝還知道要兩情相悅，而不是看上哪家，就給人指婚。

迪戎王子帶著人又朝皇帝道了謝。「此次我們前來還帶了一樣東西，請皇上先過目。」說著身後的隨從遞上一個鑲嵌寶石的小盒子，迪戎王子將盒子打開，呈給皇帝。

皇帝微微點頭，立刻有小太監上前接過盒子，再由皇帝身邊的總管太監接過，察看了一番，才轉交到皇帝手裡。

皇帝看了盒子裡的東西，面色不見任何波動，抬頭等著迪戎王子解釋。

「此物名喚冬蟲夏草，就如它的名字一般，冬天是蟲子，夏天就長成了草，是可遇不可求的寶物。此物最是滋補，尤其對病後初癒的人。聽聞貴國太子殿下如今康健，父王特意讓我帶來相贈。」迪戎王子說得很是得意，那模樣與不可一世的迪戎公主如出一轍。

上首的太子眉頭微皺，顯然這個情況不在他預料之中。

皇帝的笑容也淡了下來。太子體弱眾所周知，如今才剛剛康健，哪個當爹的喜歡在這種場合被提及自己兒子體弱的事？何況還是將來要繼承大業的兒子。

眼看就要冷場，三皇子卻在這時候出聲道：「世上竟有如此神奇的東西？若此物當真對皇兄的身子有益，那迪戎此次可就是立了大功了。」

「多謝三皇子讚譽。」迪戎皇子朝三皇子致謝。

宋雁茸只覺得這兩人莫不是傻子吧？真看不出皇帝不爽了？

宋雁茸疑惑地看向沈慶，沈慶抿嘴淡笑，眼裡分明在告訴宋雁茸，三皇子這是狗急跳牆了。

宋雁茸皺眉。三皇子這是打算撕破臉了？那迪戎投靠的是三皇子？

沈慶點頭。

「不是小王吹噓，這冬蟲夏草別的地方幾乎沒有，只有我們迪戎才有，而且每年能找到的並不多。我們迪戎這次進獻的這孤狼雕像，也是世間難得的極品……」

迪戎王子還準備再吹噓一番，皇帝卻轉頭對太子道：「太子，朕怎麼瞧著這狼和你上次給朕洗腳的那個什麼皂挺像的？不過他們迪戎為何說，這狼可以用來沐浴？」

皇帝的聲音不大不小，卻剛好足夠附近的人聽到，那迪戎王子也剛好聽到了。

三皇子面色一變，太子卻笑得溫和。「父皇，兒臣上次就同您說過，那個皂分成很多種類，有沐浴、潔面和洗髮的，而且每一種還有不同的功效。」

迪戎王子愣住，迪戎公主開口道：「皇帝陛下，您說的那種皂跟我們這狼雕不是一個東西吧？我們這狼雕可是從海的另一邊的商人手裡高價買下的。」

皇帝看向太子。「太子，你怎麼看？」

太子笑道：「迪戎王子和公主的話自然不會假，不過這皂是燕家表兄與人合作製作出來的，兒臣前段時間湊巧聽說過這件事。」

皇帝聽到太子的話，哪裡會不配合？

「哦，說來讓朕也聽聽。」

太子點頭。「表兄說前段時間做了手工皂，賣得挺好，下面的掌櫃接到一個金髮碧眼人的單子，說按照他們的模具製作一塊大手工皂，兒臣聽說好像就是做成狼樣。因為那人金髮碧眼，表哥也未曾見過那樣的人，便在信裡多提了幾句。如今兒子看這狼雕，似乎與表兄描述的狼樣手工皂甚是相似。」

迪戎那邊幾人臉色頓時不太好看。

而天駱這邊已經有人忍不住笑出了聲，尤其是先前進獻寶石和珊瑚那兩個小國的使臣，毫不掩飾的大笑出聲。

獻禮前，迪戎再三要求，他們要最後一個獻禮，打的就是要壓軸的意思，誰承想是這麼個壓軸法。

眼見迪戎就要下不了臺，三皇子趕緊道：「皇兄，迪戎手裡還有於你身子有益的冬蟲夏草呢。」

皇帝皺眉，似乎有些猶豫。

太子卻在這時鎮定開口。「三皇弟難道不知孤如今已經身子大好？」

三皇子卻一副「你別逞強」的表情，委屈道：「皇兄……」

太子冷哼。「也是，三皇弟在洛城安插的那些人都被孤給拔除了，自然不知道孤的人如今已經可以栽培出雞腿菇了，甚至連靈芝和猴頭菇也都種出來了。啊，京城最近流傳的那千金難求的靈芝盆景，其實是為兄的人做出來的。」

三皇子臉色驟變。怎麼可能？不是燕回韜故意迷惑眾人，特意傳出的假風聲嗎？

皇帝聽了，心裡雖然也惱三皇子，可顧忌還有別國使臣在，便出聲打斷道：「好了，這事稍後再說。」

「兒臣遵命。」太子見好就收，只餘下一臉倉皇、錯愕的三皇子。

怎麼可能？他的人每個月都還在給他傳消息，怎麼就被太子拔除了？

不對，一定是太子故意這麼說的，若是太子的人真能做出靈芝盆景，就京中如今對那玩意兒的渴求，太子和燕回韜定能賺個缽滿盆滿，怎麼可能遲遲未見燕回韜那邊賣出什麼盆景？

三皇子定了定神，恢復了一貫的氣度。

可底下的迪戎眾人卻很是不滿。「我等千里迢迢來獻禮，天駱就是這麼對待我們的？」

眾人這才略微收斂。

皇帝安撫道：「好了，將迪戎的賀禮好生收下，賜座。」

原本以為這事就這麼揭過了，大家再一同聽聽曲、看看舞，吃吃喝喝，這宮宴也就結束了。

誰知迪戎心有不甘，在獻舞的環節，珠雅公主大膽出列，表示她迪戎能歌善舞，想要獻舞，接著又說了一句——

「小女自己一個人跳也沒什麼意思，聽聞天駱女子各個能歌善舞，小女懇請皇上讓一個天駱貴女與小女一同獻舞。」

宋雁茸撇撇嘴，真是俗套，跑到人家地盤來，還想要來技壓別人。

皇帝還沒答應，珠雅公主又道：「騎射也行。」

皇帝輕笑一聲。「這場地恐怕不適合騎射，施展不開，就比比箭術還行。」

皇帝這話一出，在場眾人就知道，皇帝這是答應珠雅公主提出的比試了，而且是將她說的「一道表演」點破，直接說成比試。

迪戎的人彷彿未曾發覺這一點，珠雅公主還點頭應道：「皇上說得有理，那就按照皇上說的辦吧，比試跳舞或射箭都行。」

「既然是比試，那就得有些彩頭。」皇帝說完，招手對總管太監道：「去將太子送給朕的靈芝盆景拿來當彩頭。」

在場眾人幾乎每個人都聽說過皇上得了罕見的靈芝盆景，但真正見到的卻沒有幾個，因為那兩盆盆景就放在皇帝的寢宮中。

原本大家對珠雅公主提出的比試不感興趣，現在聽到皇帝提出將靈芝盆景拿來當彩頭，各個都期待地等著見識那傳說中的靈芝盆景。

那兩盆靈芝盆景蒙著紅綢被抬了上來。

「打開給在座諸位瞧瞧。」上首的皇帝隨意道。

隨著紅綢掀開，場上靜了一瞬，接著就是一陣討論。

「那真的是靈芝？」

「靈芝還能長成這樣？」

場下都在竊竊私語，討論靈芝盆景，除了上頭的皇帝、嬪妃與皇子們，恐怕也就宋雁茸夫婦在互相挾菜，認真品嚐宮宴的菜色了。

「聽聞天駱相府千金能文能武，珠雅不才，想見識相府千金的風姿。」

珠雅公主突然出聲，場中又是一陣寂靜。

誰不知道余相府的千金剛尋回來半年而已，以往都在外頭長大，能什麼文、會什麼武？這珠雅公主明顯是瞧大家對這盆景興致很高，怕天駱貴女們踴躍應戰，她應付不了，所以先開口點了一個她打聽到的，對她構不成威脅的對手。

就連坐在上首的皇帝眉頭都皺了起來。

宋雁茸抬頭看去，跟余夫人一同坐在前排的余燕燕，此刻也一臉驚訝與錯愕。

第七十五章

余夫人滿臉不悅地看向珠雅公主，他們余家跟這公主無冤無仇，可這公主今天這般，明顯是想讓余燕燕當眾出醜。

余夫人想要說話，被余相不著痕跡地按住了。

余相轉頭對余燕燕低聲說了什麼，就見余燕燕點頭，然後落落大方地站了出來。

余燕燕朝皇帝行了一禮，便道：「多謝公主誇讚，只不過燕燕未曾學過舞蹈，無法與公主比舞，而在騎射方面，燕燕也未曾得名師教導，這一點在京中也不是秘密，燕燕也不知道公主從哪裡聽說燕燕能文能武。不過，既然公主挑了燕燕，燕燕自不能退縮，那就比射箭吧，還望公主回頭莫要覺得與燕燕比試墜了名頭。」

珠雅公主沒想到余燕燕會當眾承認自己什麼都不會，這倒是將珠雅公主想贏的心思暴露無疑。

為了挽回一點顏面，珠雅公主道：「既是如此，那如何比試，余小姐說了算。」

余燕燕是在獵戶家中長大的，別的不敢說，但射箭、做陷阱這些，她也算是耳濡目染，不敢說多厲害，至少是能拿得出手。

但如今是代表天駱，她自然不能墜了天駱的名聲。既然讓她選，她就選自己最擅長的。

余燕燕不客氣道：「那就比試獵殺活物。」

「獵殺活物？我都可以。」珠雅公主笑得很隨意。

可余燕燕接下來的話，讓公主的笑容就沒這麼輕鬆了。

「我聽說宮中關著幾隻猛獸，老虎和黑熊都有，我與公主各自挑一頭猛獸，我們每人帶二十支箭和一把匕首，也進入猛獸的鐵籠子，看誰能先殺死猛獸。」

余燕燕話落，場中響起陣陣抽氣聲。

宋雁茸也驚訝地看向余燕燕。這分明就是在賭命，那公主還能答應？

果然，珠雅公主的笑容凝結在嘴角，可剛才話都已經放出去了，這會兒要是不答應，豈不是自己打臉？她只得咬牙答應。

珠雅公主想著，不是讓她先挑猛獸嗎？那她就挑一種相對好招架的。

可等宮人將鐵籠子推來的時候，珠雅公主有些傻眼，怎麼老虎是兩頭，黑熊也是兩頭，還有灰狼也是兩匹，這樣一來，豈不是她挑什麼，余燕燕也會選一樣的？

珠雅忍著猛獸身上的腥味，圍著幾個籠子認真轉了一圈，考慮到自己的安全，她最終挑了一匹狼，若她真有個萬一，兄長也能來得及救她一命。不過她卻忘了，除了皇帝的侍衛，其他人根本不能佩戴武器來參加宮宴。

余燕燕並不上前，珠雅公主挑了狼，她看都沒看那些鐵籠子，就直接選擇了另一匹狼。

宋雁茸瞧著，單憑這份氣度，余燕燕就已經勝出了。

宮人們將關著老虎和黑熊的鐵籠子推了下去，再將關著灰狼的兩個大鐵籠推向場中央。

余燕燕很快換了一身合適的衣服出來。

這會兒已經沒有人在吃東西了，都緊張地看著鐵籠裡的灰狼與兩個要與狼搏鬥的女子。

余燕燕做了個「請」的動作，也不管珠雅公主什麼反應，就朝自己的鐵籠子走去，在外面盯著那灰狼看了會兒，檢查自己的弓箭和匕首，就示意宮人打開籠子，率先鑽了進去。

珠雅公主不甘落後，也立刻示意宮人打開鐵籠，走了進去。

宋雁茸與在場眾人一樣，大氣都不敢出，生怕自己驚了那灰狼，兩個花一樣年紀的女子就此喪命。

兩人進了鐵籠子後，灰狼並沒有馬上朝兩人撲去，均是警惕地看著兩人。

珠雅公主似是想快點結束這場比試，率先朝灰狼射出一箭，灰狼輕鬆避開，卻在落地的瞬間朝珠雅公主撲了過去。

珠雅公主側身避過，卻在側身的那一刻將手裡握著的箭羽甩向余燕燕那邊的灰狼。

那灰狼原本還弓著身子與余燕燕對峙著，被這箭一驚，也發起了進攻。

宋雁茸看到這裡，幾乎能斷定這場比試珠雅公主輸定了。

生死關頭的比試不好好對付自己眼前的敵人，反而還想著如何算計別人，這種人不輸，簡直天理難容。

場中的鐵籠子裡，兩名妙齡少女還在與狼搏鬥，不過明眼人都能看出，余燕燕游刃有餘地搭弓、射箭、閃避，而珠雅公主那邊卻顯得有些狼狽，多半都是驚險地避開，甚至還被狼抓破了胳膊上的衣衫。

余燕燕在灰狼朝自己猛撲過來的瞬間，朝後低下身子，手裡握著匕首，從狼身下滑過，匕首劃破灰狼的肚子，血濺了余燕燕一身，灰狼卻直接斃命，撞擊在鐵籠上，跌落在一角。

場中眾人舒了口氣，但見迪戎那邊還沒有完成，均是壓抑著興奮，忍住想要歡呼的衝動，紛紛朝余相那邊拱手致敬。

宋雁茸看見余夫人在看到余燕燕殺死那匹狼的時候，擔憂、喜悅混雜著，眼淚都落了下來。

珠雅公主沒有看見余燕燕那邊的戰況，但場中氣氛的變化還是感受到了，分神朝余燕燕那邊看去，見已經有宮人笑著為余燕燕打開了鐵籠子……

也就這一分神，那灰狼迎頭朝她撲來，眼見就要咬住她的脖子，眾人都替珠雅公主捏了把汗，有膽小的婦人、小姐甚至已經捂住了眼睛。

那灰狼卻在快要咬住珠雅公主的時候被一箭射穿了眼睛，直直倒在珠雅公主面前。

珠雅公主驚魂未定，轉頭就看見燈火照映下，余燕燕正放下手中的弓箭。

眾人也順著珠雅公主的目光，看見一身是血的余燕燕。

不知道是誰先叫了一聲「好」，緊接著，爆發出更多喝彩和掌聲。

連宋雁茸都在不知不覺中緊緊抓住了沈慶的手，為這個滿身是血的女子喝了聲彩。

經過這場比試，眾人的心思都被余相府的千金余燕燕吸引住了，哪裡還有人去看那迪戎的公主怎麼了。

這一次，迪戎算是丟人丟到家了，要不是相府千金不計前嫌，射出那一箭，那迪戎的公主怕是要死在這裡了。

那些閒言碎語很快在京中傳開，甚至連坊間都有了傳聞。

珠雅公主根本不敢上街，因為只要去街頭，就能聽到各種笑話她的言論。

這會兒，珠雅正在驛館發脾氣。她的兄長也很為難，如今這樣，還怎麼將珠雅嫁進天駱？

但見珠雅這樣，他也鬧心，只得道：「很快就是年節，天駱會有宮宴，到時候在宮宴上妳好好表現，切莫再去挑釁別人，為兄再乘機給妳求一門親事。」

見識過余燕燕身手的宋雁茸，這會兒卻正盯著沈慶看。

因為離年節沒剩幾天，國子監的夫子們也需要準備年節，國子監這會兒算是放年假了。

周遠航在國子監有了住處，年假期間便沒有來沈慶這裡，自己留在國子監的宿舍學習，只答應除夕那日過來與沈慶夫妻一同守歲。

這幾天，宋雁茸依舊睡到自然醒，只是白天多半時間都是同沈慶一同看書或寫寫字。

她總忍不住想，就余燕燕那日的表現，她一個女子都難免為此心馳神往，那沈慶呢？這余燕燕可是他上輩子的白月光呢。

沈慶無奈地放下書。「茸茸，妳這幾天是不是有什麼心事？怎麼總是盯著我瞧？」

宋雁茸當然不會傻到直接問他是不是喜歡余燕燕，搖頭道：「沒什麼，就是覺得余相府的那位小姐實在太厲害了。」

「余相府的小姐？」

看著沈慶眼中的不解，宋雁茸不禁笑道：「你不會不知道我在說誰吧？」

沈慶認真想了會兒。「哦，妳是說那日宮宴上的那位余小姐啊。我其實挺意外的，之前她連累妳被人撞暈，後來又來咱們家絮絮叨叨好半天也說不出個所以然，倒是沒想到她身手不錯。」

說完，沈慶突然意識到什麼，疑惑道：「妳盯著我好幾日，就是為了同我討論余小姐？」

宋雁茸忙打哈哈。「沒有沒有，我就是突然想到這個，同你說一下。對了，你春闈準備得怎麼樣了？要不明天開始，你還是去書房看書吧，你在屋裡看書，總會被我影響。」

沈慶曲著手指在宋雁茸鼻子上刮了刮。「妳夫君還不至於差到被妳看了幾眼就影響了考試。」說話間已經握住宋雁茸的手。「妳的手怎麼這麼涼？快過來烤烤。」

夫妻兩人挨在一起烤火，沈慶還不時地幫宋雁茸搓搓手，屋中溫度很快就升了上來……

第二天早上醒來，宋雁茸看著屋裡認真讀書的沈慶，想著昨晚的種種，哪裡還敢繼續待在屋中，招呼了翠雲，就藉口「採買年貨」去街上了。

沈慶只笑著應著，也不點破宋雁茸。

等宋雁茸將過年的物品都準備妥當，連院中的大紅燈籠都備好了的時候，沈慶又收到一張宮宴的請帖。

宋雁茸接過看了眼，忍不住嘀咕道：「這皇宮是不是沒事幹，整天辦宮宴。」她才來京城多久，就已經接到第二張宮宴的請帖了。

她繼續玩笑道：「這下好了，咱們連年夜飯都省下來了。」

沈慶的面色卻有些凝重。

宋雁茸不解道：「怎麼了？」

宮人來送帖子的時候，宋雁茸剛好與翠雲出門了。

這會兒見沈慶這樣，心中也泛起了嘀咕，難道這帖子有古怪？

沈慶皺眉道：「送帖子的宮人跟我透露，這次宮宴是要給迪戎的公主選夫婿，這次受邀的人除了朝臣，都是迪戎選的。」

「什麼意思？」不會是她想的那樣吧？宋雁茸心中暗道不妙。

沈慶看著宋雁茸點點頭，憤怒中帶著無奈道：「如妳所想，妳夫君在迪戎公主的選夫名單中。」

宋雁茸忍不住站了起來。「迪戎那個公主是不是有病啊？你都成親了，她還將你列入名單？」

沈慶深以為然地點頭附和。「我上次就覺得那個公主腦子不太好使，沒想到她腦子竟壞成如此。夫人莫生氣，若是她真敢挑了為夫，為夫寧死不從。」

沈慶似乎還怕宋雁茸不滿意，又道：「要不，咱們這次就不去了，反正那麼多人，誰還真能替那迪戎公主去核對名單不成？」

沈慶說這話的模樣可不像是在開玩笑，宋雁茸立刻道：「哎呀，算了吧，好歹是宮宴，這帖子是內務府發出來的，要真不去，豈不是白白得罪人？反正也沒說不能帶家眷，我跟你一塊兒去，那迪戎公主若敢非你不嫁，你就收了她來給我當丫鬟。」

到了除夕赴宴那日，宋雁茸和沈慶才知道，原來迪戎直接選了國子監這屆要下場考春闈的學子，不管對方是否娶妻，也不管對方年紀幾許。

這下也直接碰到了「有事不能來一同過除夕」的周遠航。

周遠航看見沈慶夫妻時也很是意外。「沈兄，不是說這次宮宴是……你怎麼也來了？」

「我也想不明白，所以帶著夫人一起過來，也好弄個明白。」沈慶認真道。

幾人相約一起朝宴會所在地走去。

太子隨皇帝一同趕到的時候，帶著些好笑地朝沈慶與宋雁茸的方向舉了舉杯。

這次宮宴並沒有京中貴女參加，就連夫人們也不多。今日除夕，誰願意來陪迪戎這個公主挑夫婿？

就連皇帝也不過說了幾句場面話，就以疲憊為藉口先行離去，只交代太子好好招待大家。

皇帝一離開，帶來的那幾位嬪妃自然也跟著退下了。

如此一來，場中的宋雁茸倒極為惹眼。

果然，珠雅公主一來，就看向了宋雁茸，立刻記起這女子就是上次白拿了東西還反倒諷刺她的那位。

上一次人多，珠雅公主並未留意到宋雁茸，而上次珠雅公主可謂栽了大跟頭，這次再見宋雁茸，便將這段時間的不順都在宋雁茸這裡發洩。

見宋雁茸坐在沈慶身邊，而沈慶這次的位置是在國子監學子處。珠雅公主上來就發難道：「不知道天駱的國子監什麼時候還有女學生了？」

宋雁茸看了上首的太子一眼，見他一副笑咪咪看熱鬧的樣子，便沒有搭理公主，心中卻已經有了計較。

珠雅公主見宋雁茸沒理她，還以為她這是怕了，直接指著宋雁茸道：「喂，妳沒聽到本公主跟妳說話嗎？」

宋雁茸再次看向太子，朝太子微不可查地聳了下肩，那眼神分明在告訴太子——這是她招惹我的，你不幫我，我就只好自己上了。

太子正覺得宋雁茸的小動作有些好笑，就見宋雁茸指了指自己，對珠雅公主道：「公主剛才是在跟我說話？」

珠雅公主翻了個白眼。「你們那一堆人中，除了妳是女子，還有別人嗎？」

宋雁茸這才站起來，朝珠雅公主行了個點頭禮。「回迪戎公主的話，民婦並不是國子監的學生。」

「那妳來幹麼？」

宋雁茸一副自己也不明白的懵懂樣，道：「我也想不明白啊，內務府給了我夫君帖子，民婦就一同來了。」

「妳不知道這個宴會是幫誰舉辦的，怎麼好意思跟來？」

宋雁茸好笑地指指自己，道：「我為什麼要不好意思？我倒是納悶公主怎麼好意思來我們天駱搶人家的夫君。」

在場眾人都支著耳朵聽著，聽到這裡，大家只覺得這迪戎人怕是瘋了，派這麼一個公主來和親，也感嘆沈解元家的夫人看著嬌嬌弱弱的，開口竟然敢罵人家公主來天駱搶人夫君。

雖然那公主做派確實有點像，不過人家不是還沒選沈慶嗎？

珠雅公主眼見就要動手，卻被迪戎王子一個眼神制止了。珠雅公主立刻換成一副委屈的樣子，朝太子道：「太子殿下，您都不管管這人？」

太子施施然端起面前的酒杯，抬頭對珠雅公主道：「管管？不知道公主想讓孤怎麼管？

這次我天駱已經按照迪戎的意思設宴，也按照你們的名單請來了青年才俊，但結親不是結仇，我父皇再三交代，要兩情相悅，難不成公主要孤下令讓人家休妻再娶妳？」

「我、我哪裡是這個意思。」珠雅傻眼，她只是希望太子出面替她教訓一下這女人，哪裡就是看上人家夫君了？這太子怎麼一開口就這麼說話？「我並沒有想嫁給她的夫君。」

迪戎王子立刻上前道：「珠雅不懂事，還望太子殿下莫要介懷。」

這時，三皇子卻冷不丁出聲道：「皇兄這是怎麼了？人家珠雅公主自從上回見了皇兄，就一直驚為天人，甚是想念，一直想著再見皇兄一面，如今挑夫婿，有皇兄這樣的珠玉在前，誰還能入得了珠雅公主的眼？皇兄莫要錯怪了珠雅公主。」

迪戎王子眼睛一亮，立刻附和道：「三皇子說得是。」

若是能將珠雅嫁給太子，那是再好不過的，只是先前他們可不敢打這主意，如今有三皇子給他們遞梯子，他沒道理不往上爬。

太子玩味地盯著手中的酒杯。「哦？竟是這樣？」

迪戎王子連連附和。

太子冷笑一聲。「既是這樣，那今日這選夫宴就到這裡吧。」說完起身朝國子監學子那邊抱拳道：「有勞各位白跑一趟了，春闈在即，各位回家過完除夕就好好看書備考吧，孤期待下次殿試時再見到各位。」

太子話落，國子監那十來名學生紛紛起身還禮，告辭離去。

太子卻在大家都退出的時候，叫住了沈慶。「沈解元留步，沈解元既然與夫人都來了，就在此一道吃個團圓飯再走吧。」

宋雁茸抬頭看了太子一眼。

什麼意思？怎麼單單叫住他們？

沈慶恭敬地答應了下來，並帶著宋雁茸回到座位，趁沒人注意的時候，悄聲在宋雁茸耳邊道：「殿下那意思明顯是留下咱們看戲，妳不是說可以省下一頓年夜飯了，若是咱們現在回去，可就沒省下來呢。」

宋雁茸瞪了沈慶一眼。「這是省年夜飯的問題？」

沈慶朝前頭示意道：「咱們只要吃飯看戲就行。」

果然，等國子監那幫學生都離開後，太子明顯變了臉色。「孤竟不知道三皇弟從什麼時候開始，竟也學人作起媒了？孤倒是有一件事沒想明白，珠雅公主住在驛館，三皇弟是如何得知珠雅公主對孤甚是想念？莫非珠雅公主日日跟三皇弟訴說想念？」

三皇子也變了臉色。「皇兄休要胡言。」

「孤胡言？」太子抬頭看向迪戎王子道：「孤就問問王子，孤的三弟是否每日都會去驛館見珠雅公主？若是這般，王子儘管直言，孤一定稟明父皇，讓三弟像個男人一樣對珠雅公主負責，迎娶珠雅公主為三皇子妃。」

迪戎王子覺得自己突然被餡餅砸中了，這還有什麼不答應的。珠雅公主聽說能當天駱的三皇子妃也覺得十分驚喜，兄妹倆對視一眼，紛紛朝太子跪下。

三皇子見此，連忙抬手想制止這對兄妹，可奈何還是慢了一步，兩人已經一腔感恩地大聲道：「請太子殿下成全！」

太子滿意地點頭。

三皇子盯著太子，低聲道：「皇兄這是不打算要迪戎的冬蟲夏草好好調理身子了？」

太子卻並不領情，直接大聲反問。「三弟這是打算用迪戎的冬蟲夏草威脅孤？」

三皇子被太子問得一噎，有些手忙腳亂地看向在場不多的幾位朝臣。

太子卻道：「孤上次就告訴過三弟，孤如今的身子大好了，至於調理，孤手底下的人已經會栽培雞腿菇、靈芝以及猴頭菇了。對了，這世界上有一種叫做靈芝孢子粉的東西，對孤的身體很有益處，三弟恐怕還不知道吧，會栽培這些東西的人如今正在場上，指不定冬蟲夏草她也會。」

三皇子立刻警惕地掃了一眼場上眾人。「是誰？」

太子卻懶洋洋道：「三弟，孤還沒告訴你吧？那人已經將這栽培的技法傳授出來了，如今孤手底下有百十號人都會栽培。」然後壓低聲音道：「你就算想殺，也殺不盡的。」

說完招手示意宋雁茸起身。「沈夫人，還請妳看看，迪戎這冬蟲夏草是否也能栽培出來？」

宋雁茸低頭翻了個白眼，手在桌子下掐了沈慶一把。「說好的我只要吃飯看戲呢？這麼快就要我上臺了？」

沈慶反手握住宋雁茸的手輕輕捏了捏，以示安慰。

宋雁茸原本想站起來走個過場，就說自己不會。

不過那迪戎王子一副不可能的眼神看著宋雁茸，肯定道：「這冬蟲夏草乃是我迪戎特有的寶物，別說是栽培了，別的地方想找出幾個都不容易。」

宋雁茸就看不慣迪戎王子那副嘴臉，捏了捏盒子中的冬蟲夏草，裝模作樣的看了會兒道：「民婦願意一試。」

迪戎王子一副「我早就知道妳會這麼說」的樣子，輕蔑地瞥了宋雁茸一眼。

宋雁茸立刻補充一句。「民婦有八成的成算……一次做出來，若是讓民婦多試幾次，民婦保證能做出來。」

太子滿意地點頭，迪戎王子和公主卻立刻道：「這不可能！」

不等太子再說，宋雁茸就先開口了。「這有什麼不可能的，你們不知道的事情不代表別人做不到。」

「若是妳栽培不出來，妳當如何？」

「若是我栽培不出來，就把腦袋擰下來給你們。但若是我栽培出來了，你們當如何？」

宋雁茸笑道。

這話倒是唬得迪戎王子一愣，隨即立刻道：「那也得有個時限吧，若是妳一輩子都這麼試下去，豈不是到死都不用負責？」

宋雁茸伸出一根手指道：「以一年為期限，到明年的除夕，我若是還沒栽培出來，算我輸，但你們也得先說好，我若栽培出來了，你們該如何？我想，要你們拿命來，一來你們捨不得，二來我也沒興趣，所以你們換點別的來跟我賭吧。」

迪戎王子還在猶豫，上首的太子出言道：「若是迪戎輸了，就賠沈夫人黃金萬兩吧！」他知道宋雁茸喜歡金銀，這次她如此為天駱長臉，他得給她一點甜頭。

迪戎王子咬牙應下。

太子立刻吩咐人拿來文書，讓兩方人簽字畫押。

等宴會散去，迪戎王子方覺自己虧大了，他幹麼要和那個婦人賭這個？他若是贏了，對方擰下腦袋，他也沒占到什麼便宜，反倒對方一旦成功，他要賠出黃金萬兩。

這場宴會過後，珠雅公主當真被賜婚給了三皇子。

按照天駱的祖制，三皇子的正妃是來自異國，三皇子就再沒機會坐上那個位置了。因為天駱的皇位只能是純粹的天駱血脈，天駱的後宮也只能掌握在天駱人的手中。

皇帝倒是鬆了口氣，三皇子到底是他的骨肉，但皇位他只能給太子，如今這樣直接讓三皇子沒了機會，倒是避免了三皇子與太子之間的兄弟大戰。

之後的日子裡，沈慶每日用功讀書，宋雁茸則開始了冬蟲夏草的栽培研究。

有太子幫忙，很快就建成了所需的各種屋子，備齊了各種所需物品。

二月，天氣漸暖，春闈也拉開了帷幕。

沈慶下場，不負眾望，一舉拿下，殿試後，成為這屆的狀元。

打馬遊街那日，沈母帶著沈元、沈念趕到京城，看著沈慶胸前掛著的大紅花，老淚縱橫。

「我就知道，我們家老大定能光宗耀祖！」

同日，宋雁茸在蟬的身上成功接種，如今已經出草。

珠雅公主剛檢查出有孕，就得知宋雁茸栽培的冬蟲夏草成功了，再等月餘就能成熟，氣得珠雅公主差點小產。

不是說一年嗎？怎麼才兩個月未足，這就成了？

宮裡的賞賜源源不絕地送進沈慶暫住的小院，已經都擺不下了。畢竟朝中誰都不是傻子，今科狀元夫妻兩人都深得聖意，還不趕緊送禮……

當夜，沈慶握住宋雁茸的手，滿眼溫情與期待。

「茸茸，今夜是我們的登科夜……」

——全書完

世間萬物，唯情不死／灩灩清泉

2022年6月出版

莞美人生

在現代，離了婚的女人是單身貴族，可在此卻成了棄婦，
拜託，明明是她主動提出和離的，被拋棄的又不是她！
而且身為一個名聲極差的棄婦，夜裡沒睡好都不能直說，
為何？就怕別人以為她在想啥亂七八糟的才睡不好！
唉，她發現古代女人不好當，古代棄婦更不好當啊……

文創風 1075 **1**

剛結束一段失敗的婚姻，韓莞收拾家當欲前去他方開間藥店展開新生活，
不料路上下車察看拋錨的車子時，卻被一輛疾馳而來的大卡車撞飛墜崖，
再睜開眼，她正慶幸大難不死，卻發現她的肉身早躺在不遠處沒氣了，
而她這會兒則穿著一身古代女子的衣裳，腦袋被寶特瓶砸破一個洞！
所以說，她這是摔死自己又把另一女子的靈魂擠兑出去，占了人家的身體？!

文創風 1076 **2**

透過跟雙胞胎兒子及家裡忠僕的套話，韓莞總算知道了一些原主的事，
要她說，這原主實在倒楣，因為生得花容月貌，年紀輕輕就被人算計，
那年，原主傻傻地被人下藥，與齊國公次子謝明承發生了關係，
偏偏這事不僅鬧得京城人盡皆知，原主還成了那個犯花癡下藥的加害者，
於是又羞又怒的受害者在大婚前夕跑去打仗，原主是抱著大公雞拜堂的！

文創風 1077 **3**

家中惡奴當道，正經主子吃的竟還比不上奴才？這日子實在沒法過啦！
幸好她韓莞不是傻白甜的原主，不會繼續任人魚肉，當個苦情小媳婦，
她先使計收拾惡奴夫妻，把人送進官府發落，奪回掌家大權，
接著再開始做些吃食生意，攢足本錢創辦她的玻璃大業，
但畢竟是封建的古代，隨便來個貪婪的達官貴人，她就護不住這份家業，
因此還是得找根粗壯大腿抱才行，正好住隔壁的皇子就是現成的合夥人，
光是想到日後躺著就有數不完的錢，她的嘴角就忍不住要失守啦！

文創風 1078 **4**

老天爺待她還是不薄的，竟然讓她的汽車也跟著穿越過來了，
這汽車空間別人看不到，只有她能掌控進出，且裡頭一直是發動的狀態，
最棒的是不僅她的手機、電腦能充電，空間還能保鮮、優化及再生物品，
靠著這強大的金手指，她的各項事業做得是風生水起，
並且她還把「神物」望遠鏡贈給短暫回京的謝明承，與他談起和離條件，
想到他戰勝回來後她便能帶著孩子展開新生活，就覺得人生真美好啊！

文創風 1079 **5**

不枉費她日也盼、夜也盼，還開著汽車空間前去戰地，悄悄救助將士們，
如今謝明承不僅全須全尾回歸，並靠著她贈的望遠鏡立下彪炳戰功，
但，說好的和離呢？怎麼她每每提起，他就推三阻四玩起「拖」字訣了？
她知道兒子們長得漂亮又聰明，他們謝家人一見到就眼饞得不行，
可當初原主母子三人在鄉下過著生不如死的悲慘日子時，謝家人在哪裡？
現在見著孩子好就想討要回去？沒門！離，必須得離，沒得商量！

文創風 1080 **6** 完

她覺得自己看男人的眼光實在太差，因此發誓這輩子不再讓男人挨邊，
哪怕她穿越女的光環強大、魅力無法擋、男人愛得發狂，也不踏入婚姻，
何況那謝明承的顏值、能力與家世都達高標，又生在這一夫多妻的時代，
即便現在兩人互生情意，他也不可能一生一世只守著她這個女人吧？!
可是周遭親友都對他讚不絕口，兩個兒子又崇拜他、時不時倒戈幫他，
要不，就再給彼此一次機會，說不定這一世能迎來屬於她的完美人生？

2022年6月出版

九流女太醫

文創風 1073～1074

他背負著痛苦和失敗重生，潛身翰林院圖謀大事；
她是半調子醫女，進宮不求出人頭地，只求有個鐵飯碗混口飯吃。
相逢並非偶然，命定的聯繫讓他們亦敵亦友，剪不斷理還亂……

冤家路窄，手到情來／閑冬

莫名穿到古代小說中成為反派死士，這人設背景讓蘭亭亭頭疼得很！
她生平無大志只求平凡度日，壓根兒不想碰任何高風險職業，
何況結局已知，她將為了救腹黑主子而死，草草結束炮灰配角的短命人生……
思來想去活命要緊，既已回到故事起點，誰規定得重演相同的劇情？
雖說來到太醫院是和反派主子成雲開相遇的契機，但反派難為，她得另作打算，
索性認真備考當女醫，走上安穩的「公職」之路才是王道～～
豈料難得發憤圖強，從藏書閣「借書」惡補之舉，反讓自己更快被盯上?!
他不愧聰明絕頂，不僅貴為攝政王門生，還是掌管太醫院招考的翰林院學士，
利眼注意到她行徑詭異、對醫術一竅不通，更涉及偷走珍貴醫書，
姑娘她即使裝不認識也難逃其手掌心，只能臨機應變見招拆招！
這男人心思詭譎太危險，她務必得在他徹底黑化、攪亂政局前撇清關係才好，
哪知人算不如天算，自己開外掛卻陰差陽錯得到太醫院長肯定，被欽點成首席女醫，
入宮履職後恐將更擺脫不了成雲開的質疑糾纏，這孽緣看來沒完沒了啊……

2022年6月出版

淘寶小藥娘

文創風 1070～1072

身為風水大師的她，卻算不透自己的命，
如今一朝魂穿到古代，竟成了淘寶濟世的小藥娘?!

藥緣天成，一卦知心／依然月

堂堂風水大師竟被設局害死，魂穿到梁山村，成了同名同姓卻病殃殃的小姑娘？
宋影説多嘔有多嘔，原主自幼喪母已夠苦命，和她爹賣力幹活養家卻人善被人欺，
宋家人不僅好吃懶做，心腸更不是一般的壞，居然害原主跌落山崖一命嗚呼了！
穿來的她要活命唯有分家一途，至於以後生計，就用風水師的本事想辦法吧～～
神機妙算引來急欲尋人的貴公子秦傑登門求助，她還算出他的歸途有性命之憂，
相逢即是有緣，她人發善心幫他一把，從此打響名氣，賺足置產的好幾桶金，
買下傳聞鬧鬼無人敢住的青磚大瓦房，親手改過風水就變成聚福的小豪宅啦～～
她帶老爹歡喜喬遷，心想以後拜村裡的神醫為師，養生種藥兼顧家計也不壞。
孰料卻被藏在房中的人嚇破膽——本應平安回京的秦傑，為何會出現在她家?!
這且不算，分明指引他一條活路走了，如今卻重傷倒在她眼前，到底怎麼回事啊？

文創風 1088

賺夠銀子和離去 下

國家圖書館出版品預行編目資料

賺夠銀子和離去 / 京玉著. --
初版. -- 臺北市 : 狗屋出版社有限公司, 2022.08
冊 ; 公分. --（文創風 ; 1087-1088）
ISBN 978-986-509-347-1（下冊 : 平裝）. --

857.7　　111010642

著作者　京玉
編輯　王冠之
校對　沈毓萍
發行所　狗屋出版社有限公司
地址　台北市104中山區龍江路71巷15號1樓
電話　02-2776-5889～0
發行字號　局版台業字845號
法律顧問　蕭雄淋律師
總經銷　知遠文化事業有限公司
電話　02-2664-8800
初版　2022年8月
國際書碼　ISBN-13　978-986-509-347-1

本著作物由北京晉江原創網絡科技有限公司授權出版

定價280元
狗屋劃撥帳號：19001626
網址：love.doghouse.com.tw　E-mail：love@doghouse.com.tw